1

La rentrée sentait le moût. Le pressoir banal de Sainte-Marie allait de carrefour en carrefour chanter sa chanson ; c'était un cri métallique assez stupide et en même temps assez émouvant, un peu comme le chant du coucou, car l'un annonce l'aurore et l'autre le crépuscule de la belle saison. Il y avait un grand branle-bas de moucherons ; on les voyait silencieusement bouillonner au seuil des caves, sur les tas de marc, les treuils ensanglantés. Des hirondelles jaillissaient de partout, rasaient les pavés, les murs, les passants, s'engouffraient dans l'antre violet des celliers, en surgissaient, les ailes étendues comme des gymnasiarques, dans d'immenses renversements pleins d'ivresse. La danse des moucherons semblait à peine contrariée par ces passages prompts et limpides. La rue était pleine de ciel bleu. J'ai encore du mal à croire qu'il s'agissait d'un vrai massacre.

En quelques heures, la salle de classe perdait son caractère des vacances. Mon père remettait en place le mobilier, jusque-là repoussé et entassé dans un coin pour la commodité des évolutions et des jeux ; les bancs étaient numérotés à la craie ; certains portaient des traces de réparations toutes fraîches. Il les alignait avec soin, sur quatre rangs dont il mesurait l'espacement avec les lames du parquet. Robert et moi l'aidions de tout notre cœur, mais nous ne parvenions jamais à le satisfaire entièrement et le voyions revenir sur une ordonnance dont nous étions fiers. Les murs, blanchis à la chaux, reprenaient leurs tristes parures de cartes et d'images. Les tableaux noirs, descendus de leurs charnières, repeints, et encore tout imprégnés d'odeur, retournaient dans leurs angles. Toute une austérité oubliée recouvrait ses droits. La bibliothèque scolaire, avec ses étagères encombrées de livres et de brochures, le musée, avec ses casiers bourrés des plus hétéroclites trouvailles, nous occupaient fort. Nous passions des heures à épousseter, à étiqueter, à numéroter les objets les plus divers : charbons, métaux, savons, cuirs, huiles, bouquets desséchés et bruissants d'où s'échappait parfois une graine, céréales et légumes secs taraudés de vers, conservés d'année en année, dans des boîtes, des sachets, des fioles. Il y avait, aux plus hauts casiers où je ne pouvais atteindre qu'au prix d'équilibres périlleux, les objets précieux, ou considérés comme fragiles et rares : une loupe qui transformait les duvets de la main en ficelles, un gros œil de verre terrible à regarder, une oreille de carton infiniment plus troublante qu'une oreille authentique, une charrue miniature, un col de fémur, une mâchoire de lévrier, que sais-je encore. Il y avait enfin un boulet de fer, ramassé sur le champ de bataille de Fontfrède, un boulet que j'associai de bonne heure au souvenir de Turenne, et qui tirait tout son prestige de taches de rouille où je me plaisais à reconnaître le sang desséché de quelque héros.

Au matin de la rentrée, le parquet luisait comme un pont de navire. Lorsque les premiers écoliers arrivaient dans la cour, quelque chose de très mélancolique et de très puissant remuait en moi. Les chaudes et pesantes journées de l'été, les vacances dont j'étais las, s'éveillaient soudain dans mon souvenir avec un nouveau visage ; c'étaient soudain ce qu'on nomme les beaux jours, une suite de désœuvrements et d'ennuis au-dessus desquels flottaient, comme des voiles hardies et blanches, les vibrants souvenirs du voyage à Cassignan, de la fête locale, d'une corrida à Moret, d'une excursion au Bouleric. Tout cela surgissait d'un coup, sous cet aspect dépouillé et pur que les bons souvenirs prennent à distance, et qui est comme leur essence, leur vérité. Le retour des écoliers, que j'attendais depuis une semaine comme une délivrance prenait soudain un caractère d'intrusion ; il me semblait qu'avec leurs sabots neufs, mes camarades venaient tout à coup piétiner l'image ensauvagée et brûlante de l'été.

Tous les copains du village étaient là, mais ce n'étaient pas tout à fait les mêmes. Il y avait dans leur habillement quelque chose d'insolite et de cérémonieux qui devait rester sans lendemain, mais qui ne pouvait point ne pas frapper : satinettes plissées et luisantes des blouses, cols empesés, chaussettes bien tirées, sabots cirés, espadrilles neuves. Les plus misérables se signalaient par une innovation ou une coquetterie. Ceux des mas étaient l'objet des plus vives curiosités ; certains n'avaient pas paru au village depuis deux mois ; ils se réfugiaient dans les coins les plus reculés de la cour avec des airs de bêtes traquées. Les frères Falipou, tavelés et roux comme des abricots, se tenaient par la main ; sous leur tignasse brûlée comme un chaume, leurs yeux prenaient un éclat farouche, et l'aîné, de son air stupide et cruel, décourageait les avances des plus hardis d'entre nous. Les frères Aroles se laissaient approcher gentiment ; leurs parents étaient fermiers, un de leurs oncles, capitaine ; quelque chose d'honorable et de sûr se marquait dans leur maintien et nous n'étions pas loin de les considérer comme des pairs. Jacques et Fortuné Marginèdes s'acclimataient dès le premier contact ; ils portaient sur leurs épaules toute la gloire du mas Palau ; c'était la saison des pommes et des poires ; ils avaient conscience d'être enviés, peut-être même considérés ; cela les imprégnait de suffisance, et je souffrais un peu de leurs dédains. Je me rabattais sur Firmin du Rouget. Celui-là me fournissait en pain de seigle. Il venait, avec sa sœur, d'une métairie située de l'autre côté de la rivière ; ils déjeunaient à l'école ; pendant le repas, je leur faisais des visites intéressées. La sœur de Firmin était maigre, timide et rouge. Lorsque je la regardais manger, elle avalait son pain de travers ; c'était un pain noir, lourd et délicieux. Firmin lui tapait dans le dos, et ils riaient tous les deux, timidement, honteusement, gênés par l'insistance que je mettais à attendre ma part.

2

L'école recommençait dans une atmosphère de mélancolie. Cependant, il me semble que tout le monde, à la maison, était content de reprendre son travail. Ma mère voyait reparaître des soucis oubliés ; elle était, en effet, obligée de préparer tous les soirs le repas que mes sœurs emportaient à Moret ; elle devait se préoccuper de notre habillement, car nous inaugurions, nous aussi, l'année scolaire, en blouses et robes neuves. Cependant, elle gardait sa bonne humeur et ne paraissait pas fâchée de nous voir retrouver une vie plus disciplinée et studieuse. Mon père, qui recevait pourtant d'un seul coup le poids de cinquante enfants de tout âge, ne paraissait pas trop accablé. Je l'ai toujours vu faire sa classe avec plaisir, souvent avec une passion que l'âge eût pu émousser. Il y avait cinq divisions dans sa classe ; chacune d'elles était loin d'être homogène ; cela fait qu'à tout instant l'enseignement posait un problème à peu près insoluble. Tout allait cependant tant bien que mal. Chaque élève traçait son sillon. Au bout était le certificat d'études. Mon père les y conduisait presque tous, chacun à son heure, parfois tardive, car c'était avec des moustaches que certains l'abordaient. Les retardés, les arriérés, les débiles mentaux, définitivement classés comme « impossibles », allaient en cahotant jusqu'au terme de la fréquentation scolaire, et il fallait à mon père beaucoup de tact, de patience et d'ingéniosité pour faire comprendre à leurs parents qu'il « n'en pourrait rien faire ». Le désenchantement des parents était rarement douloureux ; il prenait le plus souvent des formes inattendues : « Il est très intelligent ! disait une mère, son avorton serré contre elle, mais il n'y a pas plus fainéant ! C'est son père tout craché ! », cependant qu'une deuxième, hochant miséricordieusement la tête, affirmait : « Pourvu qu'il sache signer son nom, monsieur Grégoire, on ne lui demande pas plus ! » On en venait aussi à des explications plus plausibles. L'un se trouvait victime d'une maladie ou d'un accident, un autre de couches difficiles, un troisième d'un effroi ou d'un mauvais sort. Rarement était invoquée l'hérédité, la terrible dégénérescence qui marque bestialement, sans espoir, un bon tiers des effectifs scolaires, le reste camouflant ses tares et ses vices, couvrant sa déchéance et sa mort sous les factices aspects de la fraîcheur et de la jeunesse.

Robert et moi faisions partie de ce lot de favorisés. Nous nous portions assez bien. Nous étions d'excellents élèves et franchissions les étapes avec plus d'entrain et de certitude que la plupart de nos camarades, sans doute parce que nous avions beaucoup d'amour-propre. Ainsi que je l'ai dit, notre père ne s'occupait pas plus spécialement de nous que de ses autres élèves, et, en dehors de l'école, il se penchait rarement sur nos cahiers. C'était à notre mère qu'était dévolu le soin de résoudre les difficultés de nos devoirs, et elle prenait au sérieux, au tragique même, suis-je tenté d'écrire, notre tâche. Nos sœurs nous aidaient aussi, lorsque leur propre besogne leur laissait du loisir. Notre maison était un milieu où on lisait, où on écrivait, où on contait, où on discutait souvent avec passion, où chacun montrait son savoir, en remontrait aux autres ; et notre père, souvent débordé par la science toute neuve de l'un de nous, ou démonté par l'assurance que donne une connaissance fraîchement cueillie dans un livre et que nous lui opposions sans pitié, se repliait sur lui-même, avec plus de surprise et de joie que de honte, et par un détour, préparait sa revanche. Nulle part, dans ma vie, je n'ai vécu dans une atmosphère faite de cette compréhension, de cette affection, hors de laquelle mon tempérament me portait à me raidir, à m'assombrir, à rentrer farouchement en moi-même. Plus qu'aucun autre enfant, je n'ai jamais su marcher sous le fouet ni sous le sarcasme. Plus qu'aucun autre enfant, j'ai été sensible à l'encouragement et à l'éloge. Les froides sévérités m'ont toujours durci ; je les ai confondues avec l'injustice. Les plus grands drames de mon existence sont des scènes d'école, de régiment, ou de métier, au cours desquelles des supérieurs hiérarchiques ont essayé de me briser avec des paroles d'autorité et de haine. Je revois ainsi trois ou quatre visages inoubliables. Les plus grandes joies de mon existence sont des souvenirs de réhabilitations, de revanches spirituelles, de fierté récompensée. Je sais que je me dépeins sous un jour qui peut prêter à sourire. Mais qu'y puis-je ? Ce que je puis avancer après ces expériences, c'est que la tendresse et l'éloge n'amollissent pas un cœur fort, qu'ils l'aident à vaincre allègrement. Les bons rouliers le savent bien qui tapotent l'encolure de leur limonier au bas de la montée et glissent un compliment ou une câlinerie sous leurs exhortations les plus viriles. Toute la joie, toute la chance de ma modeste vie tient à ce que j'ai grandi dans un milieu indulgent et aimant, où les débats prenaient un tour enthousiaste et passionné, même quand cela n'en valait pas la peine, où on s'exaltait au lieu de se diminuer, où la raison des forts s'inclinait en souriant devant l'audace des faibles, où les revanches naissaient dans la joie, les découvertes étaient saluées de cris, les trouvailles de rires, et où, en fin de compte, soit que nous fussions dotés d'esprit critique, soit que nous fussions assez intelligents pour que nos triomphes nous parussent suspects, soit enfin que le scepticisme se fût de bonne heure infiltré en nous, aucun de nous n'était vaniteux, aucun de nous n'était dupe.

3

Mon meilleur ami d'enfance, ce fut mon frère Robert. C'était plus particulièrement un ami des jeudis et des dimanches. Les jours de classe, il m'échappait un peu. Il avait trois ans de plus que moi et recherchait des camarades de son âge. J'en étais jaloux. J'encombrais leurs jeux, essayais de les plier à mes fantaisies. Robert était volontiers consentant ; les résistances venaient de ses copains ; parfois, il se laissait convaincre par le nombre et il m'abandonnait ; mais le plus souvent, il renonçait au jeu le plus passionnant pour remplir son devoir d'aîné et me rester fidèle.

À dix ans, Robert avait un caractère d'une extrême complexité. Ordinairement doux et réservé comme une petite fille, on le voyait parfois avec surprise se déchaîner dans des jeux brutaux, s'entêter, se passionner, se mettre en colère. Chaque année qui passait attisait l'aspect romantique de son tempérament, et cette lente mais impitoyable métamorphose plongeait ma mère dans l'étonnement et l'inquiétude. On l'entendait souvent regretter que Robert ne fût pas resté raisonnable et timide ; mais toutes les mères font des reproches à peu près semblables à leurs enfants dès qu'elles cessent de les comprendre en entier, dès qu'un halo mystérieux voile et dénature certains de leurs actes.

Enfants, nous nous réveillions dans le même lit, et c'était avec des rires, des chansons et des jeux, que nous inaugurions nos matins triomphants. Les jours de congé, le plaisir se prolongeait tard dans la matinée, jusqu'au moment extrême où la patience de ma mère était à bout. Après cela, nous allions jouer dans le couloir de la maison d'où on nous chassait, puis dans la salle de classe, puis dans la cour de récréation.

La cour de récréation, une fois épuisé l'intérêt du jeu de palet ou de la partie de billes, nous paraissait étroite et morne. Nous franchissions les murs interdits. Dans l'enclos du père Cardon, poussaient d'immenses figuiers, à l'automne lourds de figues, et deux grenadiers flanquant un puits couvert de tuiles moussues. Nous y étions souvent perchés en maraude et y faisions plus de ravages que des volées de moineaux. Le père Cardon habitait à une centaine de mètres de là et s'annonçait à nous par le bruit de ses sabots ou la fumée de sa pipe. Nous étions sûrs de sa bonhomie, car il avait su nous pardonner maintes frasques, et jusqu'à cette histoire de rasoirs que j'ai contée, mais nous savions qu'il tenait à ses figues tout comme un autre. Aussi, dès qu'il poussait la porte à claire-voie qui séparait l'enclos de la rue, nous tombions de l'arbre comme des fruits arrivés à maturité, escaladions le mur à un endroit où il était dégradé, et lorsque le père Cardon était distrait ou que la chance nous aidait, notre fuite passait inaperçue. Nous tombions haletants dans notre cour, et, accroupis, l'œil prodigieusement luisant, écoutions le vieil homme marcher, vaquer à des besognes lentes et futiles, parler à voix basse et quelquefois maugréer, lorsque nous avions laissé des traces trop évidentes de notre passage.

Robert était d'une audace et d'une souplesse surprenantes. Il s'élevait au fin bout de l'arbre avec des prestesses d'écureuil. Un jour que le père Cardon survint à l'improviste, il n'eut pas le temps de descendre et dut se résigner à se musser dans le feuillage, cependant que le vieux faisait une lente inspection des lieux et levait de temps à autre son long nez vers les hautes branches pour voir si la figue mûrissait. Comme il tremblait lorsqu'il put me rejoindre ! Mais avec quelle fierté dans le regard ! Et comme je l'enviais d'être le héros d'un semblable exploit ! Un autre jour que, de la cime d'un figuier, il me narguait en se balançant au milieu de fruits inaccessibles pour moi, j'entendis un craquement. Il s'était aventuré très haut et très loin du tronc. On sait que le figuier ne se rompt pas sèchement, qu'il se déchire à l'insertion des branches. Le craquement me parut si caractéristique que je levai les bras dans la stupeur de ce qui allait se passer. Je vis, en effet, l'arbre s'ouvrir littéralement et une de ses maîtresses branches se séparer lentement, majestueusement, du tronc, avec ses branchages, son feuillage, Robert debout et agrippé, et tout cela s'effondrer solennellement, comme j'imaginais que devaient sombrer les navires, avec leur cargaison, leurs voiles, leur capitaine droit devant l'immensité. Robert se tira sans mal du naufrage, mais le figuier avait tant souffert qu'il ne nous parut pas possible de cacher le désastre. Ce fut mon père qui se chargea de prévenir le vieux Cardon. J'imagine que ce fut une pénible corvée. Mais le père Cardon était homme à marquer son mécontentement pour en arriver à présenter des excuses. Deux braves hommes qui s'expliquent, ça peut égaler l'antique. Je me souviens, pourtant, que de longtemps, nous évitâmes de rencontrer le père Cardon, que son grand fils nous montra un jour du doigt sur la place publique, et qu'enfin nous n'abordâmes plus les figuiers et les grenadiers de l'enclos qu'avec la plus grande circonspection.

Le père Cardon avait une sœur octogénaire qu'on appelait la Babote. Elle habitait une petite maison située derrière l'enclos. Elle apparaissait par une porte dont elle faisait longuement crier le verrou, le poing serré sur son tablier relevé et gonflé, faisait quelques pas incertains dans la cour et se mettait à crier d'une voix aigre : « Piouas ! piouas ! piouas ! » Aussitôt, la volaille surgissait de toutes parts, de la grange, de l'étable, des branches basses des arbres. La Babote attendait un moment avant d'éparpiller le grain. Il y avait dans l'assemblée un vieux coq, à tête de soudard, qu'elle détestait ; elle l'écartait de gestes de la main et l'engueulait à voix basse. Parfois, elle venait simplement faire un petit tour pour dégourdir ses vieilles jambes. Elle allait lentement, au milieu des charrues et des outils épars, et des brindilles s'accrochaient à sa jupe traînante. Elle était à peu près sourde et aveugle et regardait du côté des figuiers avec des yeux vitreux assez effrayants. Elle contournait le puits, de loin, sur ses gardes, venait sous les grenadiers, tâtonnait dans le feuillage pour voir si les grenades étaient toutes bien à leur place. Elle était au courant de nos larcins et nous exécrait. Nous l'entendions nous maudire. Quelque chose de plus fort que le respect, qui était peut-être de la pitié, peut-être aussi un sentiment plus noble, nous retenait de rire. Un doigt sur la bouche, l'œil blanc, Robert me suppliait de ne pas déceler notre présence. Nous ne dérobions les grenades basses, auxquelles elle pouvait atteindre, qu'à toute extrémité. Une fois, elle m'avait surpris dans l'enclos, et, la retraite coupée, de peur de lui révéler ma présence, j'avais entrepris au rythme de ses vieux pas, une ronde autour du puits, comme si nous nous fussions amusés à la cachette. Elle disait que « nous étions des enfants de la peau du démon ». Je doute qu'elle nous eût jamais vus, ni qu'elle eût même entrevu nos ombres. J'en ai gardé un souvenir attendri. Ce qu'on disait de son avarice, de sa malpropreté, de son excentricité, n'a jamais pu déteindre sur ce sentiment. Je suis même parvenu à oublier la désagréable impression que me fit cette ombre austère, le jour où elle s'arrêta à quelques pas de moi, qu'elle leva ses yeux endoloris vers le soleil, et que, toute droite, dans une posture de manifeste extase, elle se mit à faire pipi.

Robert et moi mettions en commun les billes, les plumes et les noyaux d'abricot que nous gagnions dans nos jeux avec les autres gamins. Le noyau d'abricot se démonétisait dès que les mamans du village s'avisaient de faire des confitures et que des noyaux arrivaient sur le marché par milliers, avec parfois un lambeau de chair attaché à leur flanc. Les plumes gauloises, flamants, sergent-major, et ces plumes qui affectaient la forme d'une baïonnette au bout d'un fusil, gardaient d'autant plus de prix qu'on les gagnait neuves. Nous étions des joueurs de plumes recherchés parce que nous piquions dans le triangle de sable fin d'où il fallait les déloger à l'aide d'une bille, des plumes neuves que nous puisions dans les fournitures scolaires. Pour notre part, nous faisions des rafles de plumes ébréchées, rouillées, inutilisables, mais qui avaient valeur de trophée, de plumes dont la valeur, comme à la guerre, se mesurait davantage au nombre qu'à la qualité. Nous surprenant parfois à faire des inventaires, notre père nous traitait d'imbéciles, mais nous savions déjà quelle incompréhension l'enfant peut rencontrer chez l'homme le plus raisonnable. C'étaient pourtant les billes qui gardaient le plus durable prestige. Robert et moi étions de merveilleuses machines à gagner. Nous en raflions des centaines dans une saison. Une année, nous étions parvenus à en remplir un vieux broc, ras-bord. Une telle fortune nous pesait et nous faisions des offrandes à des copains déshérités, à des petites filles qui s'empressaient de les perdre, à des bambins venus en visite sur les bras de leur maman, et à qui nos parents, vantant plus que de raison notre bon cœur, nous priaient de donner une preuve de désintéressement. On donnait les plus grises, les plus marquées, toute une contrebande d'argile durcie et râpeuse que les marchands faisaient passer pour du granit sous une couche de vernis aveuglant. Les belles, les *cascarines* denses comme du métal et qui avaient la noblesse des vieilles pierres, les *carrasques*, billes-témoins ou billes d'enjeu, les *tirandes*, billes de tir glorieuses de plaies, d'exploits et de souvenirs, les *boulets*, mastodontes de l'espèce, et comme tels dédiés à des tournois où seuls importaient la performance et l'honneur, nous les connaissions une à une, et nous eussions pu leur donner un prénom, et même un nom de famille, car nous savions sur qui et dans quelles circonstances nous les avions conquises. Chacune d'elles faisait lever pour nous le souvenir d'une partie, le visage des témoins, la grimace crispée d'un camarade dépouillé jusqu'à sa dernière bille, jusqu'à cette *tirande* qu'il nous remettait de la main à la main, comme un vaincu rend son épée à la fin d'un combat malheureux.

Les jeudis d'hiver, lorsque la pluie nous cloîtrait dans la maison, nous jouions à faire dégringoler nos billes sur les marches de l'escalier. Nous placions un gros *boulet* sur la dernière marche et il fallait le frapper pour avoir le droit de ramasser toutes les billes qui avaient manqué le but. Nous jouions « de pour rire », c'est-à-dire pour l'honneur, mais cela ne nous empêchait pas d'éprouver à tour de rôle un vif dépit lorsque la chance nous trahissait. Un jour, au comble de la colère, je jetai, du haut de l'escalier, tout le contenu du broc sur Robert occupé à ramasser son butin. Plusieurs billes le frappèrent durement à la tête, et je vois encore l'expression de stupeur que prit son visage avant qu'il se décidât à hurler. Les reproches qu'on me fit m'emplirent d'une telle honte que, le soir, je n'osai paraître à table, et qu'une délégation, venue m'apporter le pardon de Robert, me trouva au lit, terrassé par le chagrin et bel et bien endormi.

À partir de sa treizième année, dès qu'il commença à fréquenter le cours supérieur de Moret, Robert m'échappa. Cela se fit presque sans transition, comme une séparation imposée par la vie. Une année avant, un véritable drame avait assombri son enfance, et je veux en parler avec toute la gravité désirable, tellement il me paraît avoir eu d'influence sur son destin.

À Sainte-Marie, Robert était le premier de l'école, et lorsqu'il le présenta au certificat d'études, mon père n'éprouvait à son sujet aucune inquiétude ; il escomptait même qu'il s'y distinguerait et en rapporterait une de ces palmes qui assurent au premier du canton une gloire qui dure parfois une semaine. Encore que j'aie cent fois entendu raconter ce qui se passa, je me garderai, même pour une chose aussi futile et ridicule que le certificat d'études, d'apporter un témoignage formel, mais il semble que mon frère dut à une similitude de nom avec un Grégoire de Moret, d'être porté « collé » à sa place. Cependant que, dans la grande cour de l'école de Moret, Robert fondait en larmes, mon père courut voir l'inspecteur primaire et les membres de la commission d'examen. On confronta des notes, on reconstitua des totaux, on reconnut l'erreur, mais, ses résultats proclamés et son « collé » allègrement voué à la pitié et à la malignité publique, M. l'Inspecteur cherchait un arrangement qui ne troublât ni sa dignité, ni sa quiétude, ni la forme ; j'ai tout lieu de croire qu'il y mit peu de délicatesse, car mon père, dans un sursaut de fierté et d'impertinence, lui immola la seule chose estimable qui était en jeu, je veux dire la joie de son fils. Le retour à Sainte-Marie fut affreusement triste. Le groupe des candidats revint au village dans le break des Marginèdes dont un fils était parmi les « reçus ». Les lauréats avaient arboré des cocardes et des drapeaux. Mais aucun n'osait chanter. Lorsque je vis mon père me sourire, son nez tout pincé et pâle, je compris qu'il était arrivé un malheur. Robert se tenait serré contre lui, souriant lui aussi, mais tout gonflé des sanglots qu'il dédiait à ma mère.

Il resta longtemps sous le coup de sa déception. Je dirai même qu'il en sembla marqué pour la vie. Ici encore, que les gens forts ne se hâtent pas de sourire. Sous ses réactions hardies et viriles, Robert cachait autant de faiblesse que d'orgueil. Cet échec inattendu et injuste brisa son élan, sa confiance en soi ; il émoussa la conscience qu'il avait de sa supériorité sur les autres, cette arme à double tranchant, cette forme d'esprit qui conduit les uns au ridicule et les autres au succès. Lui qu'on voyait naguère travailler avec allégresse, vaincre des difficultés sur lesquelles bronchaient des camarades de son âge, lui qu'on considérait comme l'esprit fort de la famille, perdit tout à coup le goût du travail. Il était secrètement blessé. Quelque chose d'amer, de brumeux et de veule s'était insinué en lui que ni l'oubli, ni les exhortations, ni les prières ne parvinrent à dissiper. Mon père en était ébranlé. Or, il pressentait nos drames intérieurs et savait les prendre au sérieux. Ce fut par l'éloge, par une excitation pas toujours modérée aux revanches, qu'il essaya de guérir Robert. Mais il en est du bel orgueil comme du véritable amour : les blessures qu'on lui imprime ne se cicatrisent jamais entièrement, et, chez les sensibles, il arrive qu'elles s'enveniment et empirent avec le temps.

Que ceux qui croient aux vertus des classements et des examens, que ceux qui prétendent de la sorte préparer une sûre hiérarchie, sélectionner de la graine d'homme, sanctionner le mérite et le labeur, élever les cœurs par l'épreuve, faire enfin œuvre éducative, intelligente et humaine, sachent qu'ils commettent à tout coup de véritables attentats. Un enfant qu'on couronne est, bien souvent, un enfant qu'on illusionne et qu'on pervertit. Un enfant qu'on « colle » est, bien souvent, une âme qu'on dégrade et froisse. Je sais que des cœurs d'enfants résistent parfois vaillamment à ce choc, que d'autres y puisent de la volonté pour l'avenir, mais, dans les batailles, le sort des vainqueurs et des vaincus ne doit pas faire oublier les morts.

Robert repassa son examen l'année suivante, cette fois avec succès, et entra au cours supérieur de Moret. Tout de suite, il fut considéré comme un paresseux. Il l'était devenu, semble-t-il. M. Crispin venait d'être promu directeur sans classe et ne s'occupait guère que de l'administration de l'école. Deux jeunes maîtres, épris de travail et de résultats, professaient les sciences et les lettres. Ils n'eurent pas à se louer de la conduite ni du travail de Robert. Un incident surgit bientôt entre mon père et l'un d'eux. Il y eut une sorte de polémique épistolaire dont Robert fit naturellement les frais. C'était le moins coupable. Son maître ne l'était pas davantage, je m'empresse de le dire. Dans cette circonstance, mon père se montra injuste et maladroit. Il se fit rabrouer comme un enfant. On déclara clos un incident qui eût dû, au contraire, préfacer le plus grand, le plus haut débat. Car c'était tout le problème de l'éducation qui se posait et se repose sans cesse. On demande aux maîtres de l'enseignement primaire de former des postiers, des instituteurs, des commis. Le redressement des âmes, l'affermissement des cœurs, sont considérés comme des tâches accessoires. Elles ne sont en tout cas point entreprises méthodiquement, scientifiquement. Le relèvement moral se fait à tâtons. Les résistances sont vaincues et jamais expliquées, rarement pardonnées en tout cas. Des malentendus s'élèvent, de maître à enfant, de maître à parents, qui vont s'accentuant jusqu'au malaise, jusqu'au drame.

Pauvres maîtres d'école, harassés de besognes et de responsabilités, et à qui on demande d'être aussi médecins, psychiatres, conducteurs de consciences, et qui font mille efforts touchants pour être tout cela, mais passent alors pour des originaux ou des fous ! Pauvres maîtres de qui on exige des résultats, qu'on n'apprécie que sur les résultats et dont la mission essentielle reste de former des jugements, de modeler des esprits, de les aiguiller vers le bon et le beau, d'aborder les problèmes pratiques avec le maximum d'équilibre et d'intelligence, d'assainir avant de cultiver, d'éclairer et de dégager avant de meubler ! Pauvres maîtres qui, par éclairs, ont conscience de la vraie grandeur de leur tâche, sortent alors de leurs programmes, de leurs emplois du temps, de leurs chemins battus, pour ouvrir à grands coups de hache une clairière dans le cœur broussailleux des petits hommes, mais qui, sitôt après, effrayés par ce qui leur apparaît tantôt comme une audace, tantôt comme une fantaisie, tantôt comme un luxe, s'empressent de retourner à leurs « disciplines » et y attellent à nouveau leur pauvre, leur pitoyable monde !

Les maîtres de Robert, je les ai connus. Je fus leur élève un an. La guerre ne nous permit pas une plus ample connaissance, car l'un devait y être fait prisonnier, l'autre tué. C'étaient de jeunes hommes intelligents et fermes. Je dois à l'un d'eux, pourtant rugueux et peu démonstratif, des joies très vives. Le jeudi, je parcourais les dix kilomètres qui séparaient Sainte-Marie de Moret, rien que pour connaître la note de mon devoir de français. J'étais souvent bien noté et ressentais la joie que doit procurer un vrai triomphe. J'avais souvent passé des heures sur un devoir pour en arriver à cette félicité et je me trouvais largement payé. Parfois, ma rédaction était lue aux grands élèves du cours complémentaire ; d'autres fois encore, elle était lue à l'école des filles. De quel orgueil ne me sentais-je pas incendié ces jours-là ? Je retournais à Sainte-Marie, enfiévré, véritablement ivre. Je me sentais plein d'amour. J'aurais voulu faire sur-le-champ une chose probante, grandiose, qui eût ravi et grandi tous ceux que j'aimais, et qui m'eût élevé, en même temps, très haut. Dans mon exaltation, je ne trouvais rien d'autre que de verser quelques larmes. Et voilà comment finit la vraie gloire... Je puis dire que ce maître a marqué dans ma vie. J'en suis d'autant plus convaincu que plus jamais je n'en ai rencontré qui m'aient ému et révélé à moi-même, qui m'aient traité avec ce sérieux, cette estime, ce respect même auxquels sont si sensibles certains tempéraments.

Hélas ! après l'algarade entre mon père et un de ses maîtres, Robert ne fut ni ne put être aimé. De temps à autre, il surprenait tout le monde avec un devoir étincelant, mais on s'ingéniait à diminuer son mérite et il ne faisait rien pour le confirmer. On mettait ses réussites au compte du hasard. On se méfiait de ses plus sincères élans. Il se repliait de plus en plus sur lui-même.

M. Castanier était très sévère. Comme tous les maîtres du monde, les bons comme les mauvais, les bons plus que les mauvais, il se laissait parfois aller à quelque impulsion. Cela arrive surtout aux débutants harcelés par les programmes et qui attendent des résultats. Une erreur répandue, c'est que l'instituteur se fâche pour rétablir la discipline ; or, neuf fois sur dix, il sort de ses gonds parce que l'élève n'écoute pas, ou ne comprend pas, ne profite pas de ses efforts. C'est à un sentiment de dépit sinon excusable, du moins compréhensible, que le jeune maître obéit lorsqu'il sévit. La retenue est une vengeance à retardement, un plat froid ; le règlement l'autorise, la limite ; tous les règlements sont hypocrites. La gifle déborde tous les règlements ; il n'est pas beaucoup de pères ni de maîtres qui n'en aient usé, le plus souvent sur les êtres les plus chers. Le seul danger, c'est qu'elle en entraîne d'autres, c'est qu'elle conduise à la brutalité ; or, la brutalité des maîtres, c'est une légende ; c'est l'écolier devenu grand et qui conte ses souvenirs comme le soldat en permission ou le vieux militaire content la caserne, qui fait la légende. J'ai entendu un homme affirmer que, de son temps, l'instituteur le frappait avec une règle de fer, et comme je m'étonnais que ce traitement l'eût laissé vivant, il s'entêta, s'indigna, jura qu'il la lui avait plusieurs fois tordue sur le crâne ; je dus me résigner à le féliciter d'avoir une tête aussi dure... Je reviendrai un jour sur ce sujet. Qu'on se rassure, je ne veux pas entreprendre l'éloge de la gifle. Dans notre siècle d'arbitraires, de viols et d'assassinats, je risquerais d'indigner trop de gens. Mais je me promets de montrer qu'une injure ou qu'une sanction ont de pires conséquences. Un enfant oublie une gifle parce qu'il lui prête instinctivement son caractère d'erreur et que le maître s'ingénie à se la faire pardonner comme telle ; mais la punition et la réprimande s'impriment en lui, l'aigrissent. On digère un coup de gourdin et on ne digère pas un crachat. On se relève d'un passage à tabac, mais point d'un verdict infamant. Le pilori est sorti tout droit de cette évidence.

Je suis à peu près sûr que jamais Robert ne fut battu ni simplement giflé par M. Castanier. Mais il fut souvent l'objet de réflexions et d'allusions ironiques infiniment plus pénibles. Je me rappelle ces propos de M. Castanier, mortifié par les menaces d'un père de famille : « Mes enfants, nous dit-il, cependant que sous son lorgnon s'aiguisait son fin regard de myope, je dois prendre garde... Il y a un monsieur, très fort et très gros, qui doit venir me demander des comptes... Il viendra à cheval... Et il a un sabre ! » Toute la classe pouffa et se tourna vers Barcelo, le fils d'un gendarme de Moret. Je me souviens plus encore qu'il se pencha sur moi et, avec une vraie douceur, car il m'aimait dans le fond, mais avec cette ironie pénétrante qui était dans son tempérament, il ajouta doucement :

« Ton père, je le crains moins... Il n'a qu'un porte-plume, lui ! »

Ainsi, trois ans après, M. Castanier gardait encore sur le cœur sa dispute avec mon père. J'imagine que Robert eut souvent à subir ses traits. Il ne travaillait guère. Il était toujours puni. Le dégoût de l'étude l'avait conduit à un vrai désespoir. Il voyait de l'injustice partout, se rebellait ouvertement. À cause de cela, il était fort admiré de ses copains. M. Crispin s'en mêla, mais Robert lui échappa comme aux autres. Il déchirait les billets qu'il lui enjoignait de remettre à mon père. Un jour que M. Crispin m'avait confié un de ces acerbes poulets, Robert, qui avait passé la journée dans les bois des Aspres, m'arrêta en route, m'enleva le billet, le lut et l'éparpilla aux quatre vents... Il avait seize ans.

L'école était finie pour lui. Il avait une petite moustache fine, des yeux profonds et doux. Les filles le lorgnaient. Avec elles, c'était un garçon séduisant et séduit, timide et fort, et l'épiant parfois, j'étais confondu de lui retrouver le visage de notre enfance, de nos attendrissements et de nos jeux. Je croyais qu'il faisait le mal. Tout le monde me l'assurait. « Il filait du mauvais coton ! », comme le répétait le père Crispin. Mais ce visage tout en tendresse le démentait... J'arrivai à la maison transi d'émotion et de doute. Tous les dangers pesaient sur cette tête chère. Je revoyais le pli de sa lèvre me suppliant de ne point le trahir. Je ne le trahis point. La peur, l'amour, tous les tremblements m'envahissaient. Pauvre cher Robert mort, comme j'ai bien fait de ne jamais te livrer ! Que serais-tu devenu sans les libertés, les folies, les voluptés de ton adolescence, les seules joies de ta courte vie ? Tu n'avais pas l'esprit bien lourd de savoir ni de sagesse, mais le poids de ton cœur, combien de fois je l'ai senti ! Tu étais aimant et chaste alors, j'en suis sûr, tu me l'avais confié plus tard. Tu étais pur. Tu ne voyais que les yeux des filles. Tu revenais avec leur parfum dans les cheveux. Tu étais secret. Mais tu portais tous les aveux dans ton regard et dans ta voix. Toute la poésie de ta vie s'agitait à ce carrefour tumultueux, dans la rumeur des gronderies et du remords, dans l'appel du plaisir, des escapades et des jolies filles... Si précoce qu'à treize ans, je crois bien, tu partais voir une amie dans un lointain village, qu'à quinze tu faisais de moi ton complice pour découcher quelques heures, qu'à seize tu parlais de te marier... Plus tard, grand et beau, recherché des femmes, exerçant sur certaines un attrait qui faisait parfois ton étonnement, me prenant pour confident, mais m'épargnant les révélations bouleversantes, me cachant les drames du cœur et de la chair comme s'ils eussent été exclus de tes amours, tu fus toujours pour moi un sujet d'émerveillement et d'angoisse... Tu inspiras des passions admirables. Et tu les rendis. Un jour j'en conterai qui semblent tirées, toutes brûlantes et pures, des fastes donjuanesques. L'amour, l'amour presque inlassablement heureux, l'amour miraculeux même, te rendit malheureux jusqu'au dernier jour. Il fut ton pain quotidien, ton esclavage, ta délivrance et ta perte. Enfant, je te pressentais ainsi intensément offert et souffrant. Et maintenant, j'enrage de ne point avoir su crier avec toi, de ne point t'avoir secouru avec des paroles et des sentiments d'homme, de ne point t'avoir révélé à tous comme le plus fier, le plus fécond, le plus digne d'entre nous... Que serais-tu devenu si une main vigilante et ferme t'avait conduit, si des cœurs aimants et forts t'avaient conquis, si on t'avait montré la vie non point toujours comme un aride combat, mais comme une suite de victoires, si on t'avait compris et non point seulement aimé ?... Je ne sais... Et qu'importe... Tu as mal tourné ! Tu es mort ! Tu es mort à vingt-cinq ans ! Tu es mort d'une première injustice, d'une première incompréhension... Tu es mort de toutes les injustices et de toutes les incompréhensions que la vie te ménageait... Tu es mort pour avoir voulu vaincre, par des actes irréfléchis et désespérés, la morne adversité... Tu es mort de t'être engagé pour la guerre comme pour une aventure, d'en être revenu dégoûté, meurtri, à moitié assassiné... Tu es mort de la facilité du monde, de l'argent que tu gagnas à pelletées, du mépris de l'argent, de l'amour des femmes, de tes passions et de tes déboires, du déséquilibre de l'après-guerre et de ton propre déséquilibre... Tu es mort après avoir brûlé ta vie aux deux bouts, désillusionné, sarcastique, si lucide que je ne puis y penser sans effroi, encore un peu retenu à la terre par la pensée des soucis matériels que tu laisserais après toi, et conscient qu'une dernière injustice allait te fermer les yeux... Tu es mort de tes erreurs, comme nous mourons tous, mais aussi de l'erreur des autres... Je ne vais presque jamais te voir dans ta tombe... On t'a exhumé, voici quelques années, pour te donner ce suprême luxe... Mais je ne passe guère de jour sans parler de toi, sans penser à toi... Jamais nous ne vécûmes plus fidèlement... Mes enfants, qui ne t'ont point connu, te chérissent. C'est que je leur ai expliqué ton cœur... Ma femme se souvient de ce que tu avais d'attachant, de doux et de pur... Tu es inlassablement vivant... Tu rôdes parmi nous avec le visage de la santé et de la joie... Tes traits d'esprit nous font toujours rire... Ta présence est parfois si forte que nous nous taisons pour te laisser parler... Tu entres et tu sors de notre cœur et de notre vie, comme avant...

4

Mes copains de village, quand j'y pense à la légère, il me semble que je puis les compter sur les doigts. Quinze ans de travaux communs, de jeux et de promiscuités, une multitude de souvenirs, me laissent à peu près les mains vides. Quelques figures apparaissent, un nez mal torché, une pommette tachée de rousseur, une lippe baveuse, un œil tout rond, avec des halos comme sur ces photos de groupes jaunies par la lumière, où des visages, ravagés de laideur et d'ombre, résistent désespérément aux outrages du temps.

Mais voilà qu'au prix d'un petit effort de mémoire, ces figures prennent consistance, s'éclairent, s'animent, me hèlent, et qu'aussitôt surgissent, sur leur banc, dans la cour de l'école, au bord de la rivière, au milieu d'un champ, à des places et dans des circonstances particulières, ces petits bonshommes dont je me croyais détaché pour toujours.

Leur nombre grandit. Les doigts de ma main ne suffisent plus à les compter. Ils arrivent en sabotant de toutes parts. Ils deviennent pressants. Quelque bonne gueule se détache. Quelque front hostile aussi. Des êtres que je suis sûr d'avoir aimés ou haïs. Des sœurs, des parents, des animaux font escorte à quelques-uns ;

il ne m'est pas possible de les dissocier, ou alors, s'effondre quelque chose d'essentiel.

Mes copains de village, j'y pense intensément maintenant. Ce sont les maisons, les rues et les places de Sainte-Marie, ses gouffres, ses collines et ses prés, ses feux et ses fumées, ses bêtes et ses gens. Ce sont, avec ma famille, ma maison, quelques livres, deux ou trois chats, un chien, toute mon enfance.

À cause de ce que mon père appelait en se rengorgeant « ma précocité intellectuelle », et à part deux ou trois exceptions, j'ai toujours eu des amis au-dessus de mon âge. La camaraderie d'études entraîne presque irrésistiblement celle des jeux. À neuf ans, je partageais les divertissements de camarades de douze, et encore désavantagé par ma petite taille, je devais faire de gros efforts pour ne pas déchoir. C'était dans les jeux que les garçons robustes prenaient leurs revanches des humiliations de l'étude. C'était là aussi que je me forgeais une volonté. De ces contacts rugueux, il m'est longtemps resté un grand respect pour le muscle et la force animale.

Je vous revois, vieux copains, tous ceux qui me dépassiez d'une tête et m'enseigniez la modestie : Lladère, le grand Lladère, arriéré mental, toi qui soulevais à onze ans des pierres de soixante kilos, luttais avec succès à un contre cinq, et tenais hautement le rôle du sanglier dans les chasses à courre... Jean Farrail, brute au long nez rouge, organisateur de bagarres et de rapines, terreur des grands et des petits, et qui exhibais volontiers, comme signe plus authentique encore de ton énergie, une virilité qui faisait notre admiration et notre honte... Barraquer, dit « la mule a fait un œuf », dadais immense et hilare, qui regardais tout de haut, de l'œil navré des dromadaires... Talayrac (Émile), fils de M. Talayrac (Émile), boutonneux comme treille au printemps, l'œil douloureux et bleu, la peau toujours irritée, un peu comme un verrat en mal d'amour, qui commandais de vraies guerres à la fronde et au sabre de buis, et te prédestinais, avec ta pauvre gueule ravagée d'homme, aux enfants de troupe... Parnaud, noir pirate des basses-cours et des dépôts d'immondices, famélique et harmonieux comme un nègre de Niafunké, qui ne comprenais pas toujours pourquoi on n'aimait pas trop te fréquenter – mais je vais te le dire, mon pauvre vieux, c'est parce que tu bouffais avec une incompréhensible extase le produit récuré de ton nez sans cartilage... Jouanole, dit Vesse-bleue, édenté comme un tatou et nonchalant comme vache au pâturage, qui prenais la défense des faibles comme on prend la mouche, redressais des torts avec la douloureuse et stérile application de Bouvard penché sur ses espaliers, vaniteux et lâche au fond, toujours mêlé aux petits, toujours en marge de la vraie chevalerie... Quintana frères, ressemblants comme deux jumeaux, unis et impassibles comme deux bœufs, vos larges mufles toujours « humiliés », comme si l'aiguillon eût tinté sur votre joug, attelés à je ne sais quel char, quelle lourde espérance... Frères Marginèdes qui portiez à vous trois, de votre mas, dans vos brodequins plus bruyants que des essieux, dans vos blouses gonflées de tramontane, dans vos yeux méfiants et étroits, l'odeur des étables, la rumeur des platanes et du moulin à palette, la nostalgie des grands prés... Frères Marginèdes qu'il fallait gratter entre les cornes pour vous découvrir, et qui remontiez parfois vos vanités et vos colères dans un grand coup de sang, comme gloussent et s'empourprent les dindons... Adrien Nidolère enfin, pauvre Drien, idiot du village, mélange inouï de bête et d'ange, enlisé le plus souvent dans ton indolence, ton apathie et ta douceur comme dans une bourbe, en surgissant soudain, pour un rien, comme un monstre harponné, et alors, sifflant de lanières, hérissé de crinières et d'écumes, roulant dans tes frénésies, submergeant le monde de tes clameurs, pour retomber sans voix, sans foi, sans espoir, dans tes ténèbres... Pauvres copains que j'ai redoutés, admirés, aimés, pour leur force, leur lâcheté, leur courage, leur ruse, pauvres copains qui avez tour à tour éclairé et assombri mon enfance, comme j'aurais été surpris si j'avais pu deviner que le sort vous serait à la plupart hostile, les uns, sains et forts, tués à la guerre comme un bétail prédestiné, les autres morts du terrible héritage de leurs tares, d'autres enfin, flétris, avilis dès la trentaine par l'excès du travail, par l'intempérance, par le manque de sagesse.

Pauvres copains assassinés, perdus, perclus et veules, pour vous évoquer, je veux oublier ce que vous êtes devenus, vous garder le prestige dont vous para mon enfance. Et sans doute qu'ainsi, je me montrerai plus vrai et plus équitable.

5

Jacques Pastor, dit « Mignonne », dit « Notre fils », dit « Viens-tu te soulager avec le père », arrivait en reniflant. Hiver comme été, il avait le menton luisant de bave et le dessous du nez encombré de morve ; d'un reniflement, il faisait remonter les « chandelles » qui l'empêchaient de respirer et m'appelait d'une voix douce, du fond de l'escalier. Mon père le rencontrait quelquefois dans le vestibule et je l'entendais lui dire, sur un ton où il y avait toujours un peu de réprobation et de dégoût :

– Te voilà, Pastor ! Veux-tu te moucher ?

Alors, « Mignonne » retournait le devant de sa blouse, se mouchait mollement dedans, et c'est soulagé et confus que je le trouvais, remuant des billes dans sa main.

C'était un gros garçon à la lippe épaisse et mouillée, trapu et ventru comme un homme, comme ce père qui le conviait tous les soirs, à la brune, à venir « se soulager » de concert à la Clairière, le dos tourné au village, leurs faces béates et curieusement semblables levées vers un des plus jolis horizons du monde. Il portait, comme la majorité des écoliers du village, une blouse noire et plissée, mais boutonnée sur le devant, et souvent débraillée, ce qui laissait voir son gilet taillé dans un gilet du père, sa chemise taillée dans une chemise du père, et parfois sa peau non moins incontestablement taillée dans la peau du père, car elle avait la même couleur blême et faisait, lorsqu'il la grattait, le même bruit de porc raclé.

Les visites de Jacques Pastor m'émouvaient et me flattaient autant que celles de Pierre Nègre, le fils du général, ou de Gustave Paillarès de Montclar, le neveu de la châtelaine, ou de quelque autre illustre rejeton auquel ses parents désignaient les enfants de l'instituteur comme les moins impropres à agrémenter leurs vacances. C'est que Jacques Pastor, dit « Notre fils », était un personnage fort complexe, me manifestant tantôt une amitié servile, tantôt me poursuivant de haines dont certaines duraient des mois, et que, de la sorte, il me forçait à lui donner une énorme importance.

Son père était conseiller municipal ; sans sa pauvreté criarde, on eût certainement pensé à le pourvoir d'une charge plus haute, car il était le guide inspiré des administrateurs de la commune, l'homme de la bouche duquel tombaient les conseils les plus judicieux et les sentences les plus conformes à l'intérêt public ; c'était enfin une vraie personnalité de village, et il aimait ce rôle à la fois éminent et effacé qui lui assurait estime et sympathie et lui permettait en même temps d'endosser, sans en souffrir, sobriquets et ridicules. On l'appelait « La Magnague » : l'enfant chéri, « Mignonne », « Notre fils », et parfois « le Babot », car lui aussi, il retenait d'autant plus mal ses filets de bave qu'il avait la lèvre épaisse et molle, la sentence lente et lourde ; et lorsque, après le repas du soir, il hélait son unique fils, qu'il le prenait tendrement par la main et qu'ils s'en allaient tous les deux, lourds et placides comme des vaches sur un chemin, vers ce lieu public nommé la Clairière où se vidaient depuis cent ans toutes les querelles et les pots de chambre de Sainte-Marie, on pouvait l'interpeller, le plaisanter, et même lui souhaiter bon appétit sans qu'il perdît de son assurance et de son prestige. Toutes ses vertus et toutes ses faiblesses, et jusqu'à la plupart de ses sobriquets qui étaient comme une rançon de sa gloire, il les avait transmis intacts à son fils, et celui-ci leur faisait honneur.

De toute évidence, Jacques Pastor ne m'aimait guère. Je devais lui porter ombrage. À l'école, je détonnais sur le troupeau par la sûreté et parfois la hardiesse de mes réponses et il eût fallu que mon père manquât réellement de fibre pour ne pas s'en montrer fier ; il ne s'en privait pas, le brave homme ; il me citait hautement en exemple, et, les jours d'inspection, j'étais son inlassable terre-neuve. Cela emplissait « Notre fils » d'une rancune lentement sécrétée. En classe, il me jetait de sombres regards, parlait aux voisins en me montrant du doigt, fomentait des complots dont je ne devais voir l'éclosion qu'au moment le plus inattendu, jetait dans mon âme une inquiétude mystérieuse que je n'osais confesser à personne et qui hantait jusqu'à mes rêves.

Il habitait un quartier écarté du gros du village, un ramassis de vieilles masures populeuses appelé « Le Château », et il comptait là autant d'amitiés que son père ; de la sorte, il liguait en un clin d'œil contre moi une bande de garçons parmi les plus dépenaillés et les plus ignares, et comme tels les plus outrés par mon savoir. Il y avait le Brouchot, un petit rouquin à l'œil mauvais, un tantinet bancal, qui résolvait toutes les difficultés par un ricanement et qui, avec cela, était incapable de faire du mal à une mouche... Ramonatxo, un maigriot si constellé de taches de rousseur qu'il avait l'air d'arriver à travers un nuage de confettis...

Anpire, le fils d'un maçon alcoolique, tout plâtreux et décoloré, nasillant, pince-sans-rire comme ses frères, son père, son grand-père, ses aïeux paraît-il, qui avaient tous recueilli la tradition de la mystification avec plus de ferveur que celle du métier, et l'honoraient diversement... Il y avait surtout Jouanole, dit « Vesse-bleue », au rire sans dents et nous dépassant d'une tête. Il était plus âgé que nous. Il parlait fort et confusément, hochait la tête comme un cheval, et je crois même qu'il hennissait lorsqu'il voulait feindre la résolution ou la colère. C'était un conspirateur, un provocateur, une espèce de sycophante. Il aimait les querelles des autres ; il en fomentait tout le long du jour ; lorsqu'elles éclataient, il prenait l'écart et s'amusait intensément. Certains jours, il me prenait sous sa protection et m'indiquait cent moyens de venir à bout de mes ennemis. Mais je me méfiais. Tout le monde se méfiait des conseils de « Vesse-bleue ».

Malheureusement pour moi, Jacques Pastor était loin d'être un délicat et c'était celui qui s'accommodait le mieux de l'amitié à éclipses de « Vesse-bleue ». En classe, ils se faisaient des signes d'intelligence par-dessus ma tête et je ne comprenais pas toujours que leur manège n'avait pour but que de me troubler. Ils s'envoyaient des billets ; parfois, l'un de ceux qu'on chargeait de faire le relais de cette poste perdait son sang-froid et laissait le papier en panne sur son banc. Il y avait alors un grand désarroi dans la classe. Mon père finissait par s'émouvoir, et lorsque le billet échouait dans ses mains, qu'il le lisait et éclatait d'un rire plein de compassion pour l'épistolier, l'atmosphère se détendait et la tragédie tournait en farce.

En récréation, l'hostilité de Jacques Pastor et de « Vesse-bleue » prenait d'autres formes. Faute de pouvoir prétendre me faire mettre en quarantaine, comme il advenait pour de plus désarmés, ils s'ingéniaient à former un clan, à m'écarter du jeu principal de la saison : les barres, le saute-mouton, la Mère Garuche. Il y avait dans leur prétention quelque chose de divinatoire et de diabolique, car rien ne pouvait m'être plus sensible que d'être écarté d'un « grand jeu » où mon audace, mes initiatives, et aussi ma vivacité m'imposaient comme un élément de réussite. Il y avait, comme cela, quelques privilégiés qu'on ne pouvait exclure des jeux sans que la qualité en souffrît. Aussi, Jacques Pastor et « Vesse-bleue » finissaient toujours par échouer dans leur dessein. Au surplus, avant la sortie en récréation, j'avais soin de rallier autour de moi quelques sûres amitiés : celle de mon fidèle Mathieu Ventajou, de Frédéric Bise, des deux Sernal de la Misonnette, des copains qui m'aimaient ou que ma confiance flattait. Dès la sortie, Jacques Pastor avait beau brailler comme un bateleur pour grouper une équipe forte et galvaniser les hésitants, le schisme tombait à plat. Dressé sur ses rouges jambes de coq, Frédéric Bise battait le rappel ; Mathieu Ventajou jetait des regards de défi du côté des factieux ; les Sernal de la Misonnette, calés sur leurs jambes de jeunes dieux, attendaient en souriant que le sort se décidât pour nous. Cela finissait par des négociations. Anpire risquait une plaisanterie. Fortuné Marginèdes faisait l'important. Le Brouchot et Ramonatxo feignaient l'innocence. À la fin, Jacques Pastor et « Vesse-bleue » retournaient parmi nous. Mais je savais que leurs dispositions à mon égard n'étaient pas modifiées et j'en souffrais beaucoup.

À l'école, que ce fût en étude ou au jeu, Jacques Pastor était irrésistiblement vaincu. J'avais sur lui de gros avantages dont le plus important était la présence de mon père. Je me gardais pourtant d'y recourir, car mon père me rembarrait durement lorsque je me plaignais. Cependant, Jacques Pastor m'assurait que c'était cette protection qui me valait de n'être point écharpé. Aussi, les jeudis, je ne m'aventurais pas sans crainte dans les rues du village. Lorsque ma mère m'envoyait faire une commission, je tremblais d'être surpris en route. Je ne me rendais au catéchisme et n'en retournais qu'en courant, et là encore l'ombre de Mossen Soubirane me protégeait. Les dimanches et les jours de fête m'étaient littéralement gâtés par la peur que Jacques Pastor m'inspirait. Je n'abordais la place publique qu'en compagnie de mon père ou de Robert ; lorsque mon frère m'abandonnait au bénéfice de camarades de son âge, je me jugeais perdu et retournais vite à la maison. Que de fois, endimanché et la poche tintante de sous, m'étais-je obstiné à rôder dans la maison en soupirant, décourageant toutes les questions de ma mère entêtée à comprendre l'incompréhensible ! Pour rien au monde, je n'aurais consenti à avouer la cause de mon désarroi. Jacques Pastor tournait comme un fauve autour de mes joies, de mes désirs, de ma liberté d'enfant. J'étais fasciné par ce gros garçon que sa mission d'épouvantail enivrait, et où que j'allasse, il me semblait entendre son halètement.

Fort heureusement, il y avait des accalmies dans cette sourde guerre. Un beau matin, « Notre fils » me proposait la paix, une alliance même si son intérêt l'exigeait, et il devenait un fidèle de mes amusements. Je le traitais avec cette chaleur qu'on met à réparer une erreur et à retrouver le temps perdu. « Viens-tu te soulager avec le père ? » ne me paraissait ni laid, ni fourbe, ni surtout terrifiant. Pour lui plaire, je faisais des infidélités à Frédéric Bise et à Mathieu Ventajou. Ils étaient fort outrés, Frédéric Bise surtout dont la jalousie était le faible. Mathieu Ventajou, lui, aimait que les choses tournassent bien ; c'était un vrai copain. Mais, on ne faisait jamais la moindre allusion à nos querelles passées. Une véritable histoire de peuples.

Durant ces lunes de miel, le jeudi, Jacques Pastor venait jouer avec moi. Nous organisions une partie de billes dans la petite cour ombragée d'acacias-boules qui était devant l'école. C'était la cour des jours de congé, des jeux intimes. C'était là que mes sœurs venaient coudre et que Gustave Paillarès de Montclar montait ses parties de croquet. Une couche de sable fin recouvrait le sol et lui donnait un caractère délicat, presque spirituel, que mon père n'aimait guère nous voir profaner. On voit quel honneur je faisais à « Mignonne » en l'accueillant là... Nous convenions de jouer « de pour rire ». Nous nous rendions les billes gagnées et parfois, nous poussions le désintéressement jusqu'à nous faire cadeau d'une belle. Nulle ombre ne semblait plus peser sur notre amitié.

Un jour – il y avait longtemps que la détente durait entre nous et nous oubliions parfois que notre paix exigeait les ménagements les plus attentifs –, Jacques Pastor eut l'idée de jouer « à capitales ». Tout alla bien jusqu'à l'arrivée de Frédéric Bise. Celui-ci se contenta d'abord de nous regarder jouer, derrière la grille. Le visage rouge, une lueur froide dans ses yeux ronds, la pomme d'Adam s'agitant dans son cou maigre comme un oiseau en cage, Frédéric Bise nous jura tout d'abord qu'il n'avait nulle envie de jouer avec nous, un divertissement inédit et mystérieux le requérant ailleurs. À cela, nous comprîmes qu'il brûlait d'envie d'être des nôtres, mais nous le laissâmes un instant souffrir en silence. Il ne semblait pas pressé de nous quitter. Il passait sa tête entre les barreaux, comme pour picorer nos billes, et à plusieurs reprises, il ricana d'un coup manqué.

– On voudrait t'y voir ! lui disait chaque fois celui d'entre nous qui s'était montré maladroit.

À la fin, il entra dans la cour, et lorsqu'il fut bien sûr qu'aucun piège ne se dissimulait derrière notre complaisance, il accepta de se mêler à notre jeu.

On recommença la partie. Jacques Pastor, qui avait l'avantage, n'était pas content. Il avait conquis trois capitales sur cinq, et je défendais tant bien que mal de ses assauts deux pauvres villes de trois cent mille âmes, lorsque l'entrée de Frédéric Bise vint tout remettre en cause. Je crus voir passer dans le regard de « Notre fils » cette sombre flamme que je connaissais bien et qui augurait des ruptures.

Au moment où recommence la partie de « capitales », sans doute est-il souhaitable que je donne une idée de la stratégie de ce jeu, comme le font les historiens avant d'entrer, à la suite des troupes et des généraux, dans le vif d'une bataille célèbre.

On dessinait sur le sol un carré de plusieurs mètres de côté. On traçait les diagonales. On creusait, à la pointe du couteau, comme plus souvent en enfonçant une bille à coups de talon, un trou à chaque angle et au milieu du carré. On baptisait ces minuscules excavations d'un nom de capitale ou de grande ville. Chaque joueur s'empressait, en faisant entrer sa bille dans le trou, de conquérir le plus de villes qu'il pouvait. Lorsque toutes les villes étaient occupées, à raison d'une ou deux par joueur, le vrai jeu commençait. Pour être vainqueur, il fallait prendre les cinq « capitales ». Chacune d'elles était pourvue d'une enceinte figurée par un rond ; on pouvait la défendre de n'importe quel point du cercle, comme on pouvait y prendre appui pour attaquer la ville convoitée. Lorsqu'une bille assaillante venait échouer près du but, on la frappait à mort de sa propre bille ; mais le fin et la maîtrise du jeu consistaient à la frapper sous un certain angle, de façon à imprimer à sa propre bille une incidence qui mettait la ville adverse à portée d'assaut. C'était une succession d'avances et de reculs, de sièges et de conquêtes, une lutte acharnée qui pouvait durer des heures, où l'on ne perdait jamais l'espoir tant qu'on était accroché à un coin de terre, où des hégémonies s'écroulaient sous les coups de coalitions de possédants dépossédés, où des parvenus haussaient le ton, où se renversaient soudain des alliances encore et toujours, enfin, l'histoire des peuples et des hommes.

Tout de suite, avec ses coups de doigt nerveux et sûrs, Frédéric Bise nous en fit voir de dures. Il fut bientôt le maître de trois capitales. Jacques Pastor et moi, mais le plus tacitement du monde, fûmes vite d'accord pour estimer que cet invité de la dernière heure nous récompensait assez mal de l'avoir accueilli. Une coalition sourde, puis ouverte, se forma contre lui. Nous nous « portions des pics », c'est-à-dire qu'à tour de rôle, nous placions complaisamment notre bille sur le chemin d'une possession de Frédéric Bise qui se trouva bientôt dépouillé des deux tiers.

Le mécontentement de Frédéric Bise était à peine dissipé qu'une ombre nouvelle grandissait au tableau. Reniflant et soufflant, soûl de triomphe, bavant sur les pactes et les amitiés, Jacques Pastor me déposséda d'une ville, puis assiégea la seule « capitale » qui me restait. Il me semble le voir encore, accroupi sur ce dernier coup, gonflé d'une joie mal contenue. À ce moment, une vague de véritable colère m'inonda le cœur, une haine de dupe et de vaincu. Je lui sautai dessus et, d'un coup de poing, je le fis rouler à terre. Il resta un instant dans cette posture, bouche bée, interdit. Une lueur lâche tournait au fond de ses yeux. Enfin, il se leva, ramassa sa bille et s'en fut sans nous regarder, ni Frédéric Bise, ni moi. Ce ne fut qu'après avoir franchi le portail qu'il me cria : « Tu me la paieras ! » C'était sa formule de déclaration de guerre.

Je m'en voudrais d'atténuer d'un mot la laideur de mon geste. Pourtant, cet incident marqua un heureux revirement dans mon caractère ; il me montra Jacques Pastor vulnérable, et même lâche. Frédéric ne manqua pas d'en donner une version arrangée et de lui faire une publicité qui me pesait. Dès le lendemain, l'école entière bourdonna de l'événement. Je fus quelques heures dans la peau d'un héros. L'épilogue de cette rivalité ne vint que longtemps après.

Jouanole, dit « Vesse-bleue », avait tout de suite considéré cet événement comme une magnifique occasion de s'employer. Après m'avoir complimenté chaleureusement et en grand secret, il avait pris fait et cause pour « Notre fils » et s'ingéniait à lui montrer qu'il ne pouvait rester sur cet affront. Il lui dressait des plans de revanche dont l'autre n'avait nulle envie ; quelque chose d'essentiel, le sentiment que je le redoutais, s'était évaporé de son esprit. C'était Croque-mitaine démasqué. Tel quel pourtant, il ne manquait pas de m'inspirer les plus vives craintes, mais l'important était qu'il n'en sût rien. Je m'aventurais crânement dans les rues les plus éloignées du village ; je poussais des pointes jusqu'au « château » ; enfin, je faisais le bravache. À la longue, la position de Jacques Pastor devint si intolérable, les adjurations de « Vesse-bleue » si pressantes, qu'à eux deux, ils résolurent de m'entraîner dans un guet-apens.

Un matin, une querelle s'éleva entre « Vesse-bleue » et « Notre fils », dans la cour de l'école. Ils se défièrent théâtralement, et, comme il était d'usage, ils décidèrent de vider leur différend à la Clairière, à la sortie de onze heures. Naturellement, une bonne partie de la classe se porta à leur suite vers le lieu du combat. La curiosité me fit suivre. Lorsque j'arrivai, « Vesse-bleue » et « Notre fils » s'étaient déjà empoignés, mais il me sembla qu'ils luttaient avec mollesse. Dès qu'il m'aperçut, « Vesse-bleue » se dégagea, courut à moi, me saisit aux épaules, me poussa devant « Notre fils » et lui cria :

– Maintenant, tu le tiens !

Pauvre Jacques Pastor ! Il n'était guère plus brillant que moi ! Il y avait dans ses yeux aussi peu d'enthousiasme et de courage que dans les miens ! Nous nous colletâmes. Il soufflait comme un vieillard. Ce fut une empoignade morne, sans coup de théâtre, sans vainqueur ni vaincu, et dans laquelle personne, pas même « Vesse-bleue », ne trouva son compte.

6

On sera peut-être surpris que j'aie si longtemps laissé Jacques Pastor me terroriser, alors qu'il eût suffi de me plaindre à mes parents ou à Robert pour faire cesser ses agissements. Hélas ! je n'étais pas sûr d'être pris au sérieux. Je redoutais qu'on se moquât de moi, qu'on me fît honte de ma peur, et qu'enfin on m'incitât à riposter. J'entretenais aussi avec acharnement une réputation de courage et de hardiesse que je m'étais faite tout petit déjà, en descendant chercher du vin dans l'obscurité, en chassant les chiens qui s'aventuraient dans nos parages, et surtout en m'offrant d'aller, en pleine nuit, à la recherche de livres et de cahiers que mes sœurs avaient oubliés dans la salle de classe. Que de transes j'avais éprouvées au cours de ces exploits ! En descendant l'escalier ténébreux, j'étais tellement préoccupé par mon inquiétude, que j'oubliais les indications que mes sœurs m'avaient données pour me guider. Je ramais sous les pupitres, tremblant, les yeux tournés vers la vague clarté des fenêtres, et lorsque je remontais avec ma moisson, personne ne se doutait que je venais de passer par de terribles angoisses. J'étais devenu le petit garçon qui n'a peur de rien, et la moindre preuve venait attiser cette certitude chez les miens. Vingt ans durant, et maintenant parfois encore, j'ai mis de la coquetterie et de l'entêtement à ne point avouer peurs ou faiblesses, et je m'empresse de dire qu'à force d'apparences, le courage peut devenir une honorable réalité.

Si un aveu m'eût échappé, c'est à Robert que je l'eusse fait. Il avait plus d'une fois volé à mon secours. Mais, à l'époque où Jacques Pastor me harcelait, Robert était lui-même l'objet d'une hostilité plus obsédante encore : celle du Grand Farrail.

Celui qu'on appelait le Grand Farrail était le fils aîné d'un cantonnier. À treize ans, c'était un splendide gaillard, ne rêvant que plaies et bosses. Celui-là n'était pas un lâche, comme Jacques Pastor, mais une brute authentique. Il n'hésitait pas à s'en prendre à des garçons plus âgés que lui, à faire front dans n'importe quelle circonstance, à ne plier, ni devant les sévérités de son père, ni devant l'indignation des familles. Il avait une cour de flagorneurs et de capons qu'il traitait avec hauteur, et où, de temps en temps, il puisait une victime. Je n'avais jamais eu à souffrir de lui ; il ne s'attaquait pas au menu fretin ; mais je gardais une profonde impression de certaines scènes dont il était l'animateur.

Aux chaleurs, les garçons du village allaient se baigner en groupes dans les gouffres du Tech. Aussitôt que paraissait le Grand Farrail, escorté de sa garde personnelle, tout le monde sortait de l'eau. Les moins fiers se rhabillaient et rentraient chez eux. Les autres s'allongeaient sur le sable et faisaient mine de se sécher au soleil. Le Grand Farrail jetait à la ronde le coup d'œil du maître. Il se mettait intégralement nu, comme nous tous, mais sa nudité en imposait parce qu'il était exagérément viril. Il entrait dans le gouffre déserté, comme vierge, et s'y ébattait seul, nageant et plongeant comme un dieu. Ce n'était qu'après cette exhibition liminaire que ses comparses se risquaient à prendre leur part d'ébats. Alors, le Grand Farrail venait sur la berge. Il s'étirait, peignait ses longs cheveux « avec le peigne d'Almain » comme dit Rabelais, puis s'étendait au soleil, la face au ciel, ou lové dans une posture voluptueuse, les yeux clignotants, son nez empourpré et fort perdu dans le sable. Il ne riait jamais ; sur son visage restait figé une sorte de dédain brutal et cynique. Après quelques instants de repos, et qui sait, peut-être de méditation, le Grand Farrail commençait à jouer avec lui-même... Même pour les plus jeunes d'entre nous, ce n'était pas une surprise. On pouvait voir souvent, sur le tuf brûlant et rouge de l'Aigall ou sur les sables des Affres, une longue théorie d'enfants s'obstinant dans ces interminables et desséchantes manœuvres que ne couronnait nulle victoire. Mais le Grand Farrail, de notoriété publique, s'épanchait comme un homme. Tout le monde pouvait le constater. Il avait aussi trouvé de s'éviter une fatigue superflue en utilisant les bons offices de certains de ses admirateurs. Les volontaires ne manquaient pas. Ils se disputaient cet honneur. Heureux qu'un peu de gloire rejaillît sur eux... La réputation du Grand Farrail avait gagné le village et même les villages environnants. Des chiffres et des comparaisons donnaient de sa virilité une idée aussi précise que s'il se fût agi d'un monument historique. Pour les adolescents et les enfants de Sainte-Marie, c'était un sujet de rêverie et d'envie. On mesurait et comparait à longueur d'été, et dans une atmosphère d'ingénuité, de fierté ou de mélancolie qui eût valu pour une olympiade. Ainsi, aux bords de la rivière, il s'établissait une hiérarchie du pénis, un palmarès du braquemart, qui classait plus sûrement un garçon dans l'estime de ses camarades que les plus touchantes preuves intellectuelles. Je ne me souviens pas d'avoir vu un enfant marquer de la répulsion, ni même de l'indifférence pour ces tournois, mais seulement une visible déconvenue lorsqu'il constatait qu'il aurait, si je puis dire, un long chemin à parcourir avant d'égaler les privilégiés. Le passage d'un charretier en quête de sable ou de pierres, la soudaine irruption d'un pêcheur à la ligne, ou parfois même l'arrivée d'une maman à la recherche de son enfant, n'arrêtaient pas toujours ces divertissements. Les plus timides prenaient le parti de se jeter à l'eau ou de s'enfuir dans l'oseraie, mais le plus souvent la pudeur était du côté du passant ou du visiteur. Il arrivait aussi qu'une frénésie collective s'emparât de la troupe, et c'étaient des danses, des exhibitions, dignes des bacchanales... Mais là où la tyrannie et la perversité du Grand Farrail dépassaient la mesure, c'était lorsqu'il exigeait d'un garçon rebelle ou simplement délicat qu'il lui prêtât assistance. Il le poursuivait à travers les roches, le ramenait gigotant, et lui faisait subir quelque humiliation de choix. Une des moins spirituelles consistait à lui faire embrasser le derrière nu d'un comparse et à le relâcher sous les huées après cette âcre accolade. Parfois encore, le Grand Farrail compissait sa victime dans un rite barbare. Il ne semblait prendre aucune joie à ces vexations odieuses qui, lorsque le brimé résistait, donnaient lieu à des scènes d'une rare violence. Le Grand Farrail le jetait à l'eau, comme on noie un chien, et cependant qu'il se sauvait vers l'autre rive, le faisait lyncher à coups de cailloux... Il existait une coutume assez innocente qui consistait à « faire des nœuds » aux vêtements des camarades en train de se baigner ; un raffinement voulait qu'on trempât ces nœuds dans l'eau et qu'on les serrât, à plusieurs, de toutes forces ; la victime usait en vain ses ongles et ses dents après de tels liens, et il devait se résigner à ne point revêtir sa chemise ou sa blouse... Le Grand Farrail trouvait ces espiègleries trop anodines. Sa tête de Turc choisie, il faisait un paquet de sa blouse, de sa culotte et de sa chemise, le lestait au moyen d'une grosse pierre et l'envoyait couler par deux ou trois mètres de fond ; bien entendu, il promettait une rossée à qui le repêcherait. C'est ainsi qu'Anpire, Ramonatxo, et une fois Barraquer, dit « la mule a fait un œuf », qui était déjà poilu comme un homme, s'étaient vus dans la pénible nécessité de regagner leur domicile tout nus ; c'est ainsi que Pierre Nègre, à qui sa respectabilité de fils de général et la terrible susceptibilité de son père interdisaient de choisir une telle alternative, avait attendu deux heures durant, assis sur un rocher destiné à le mettre en vue, la tête tombée dans ses mains comme une figuration de la honte et du désespoir, que sa servante vînt lui assurer une rentrée décente.

Ainsi que je l'ai dit, le Grand Farrail mettait de la coquetterie à affronter certains dangers ; il poursuivait de ses tracasseries les fils de notables du village, moins par jalousie semble-t-il que par besoin d'étonner, n'hésitant pas à se mettre à dos des gens devant l'autorité, la fortune, la situation desquels le village s'inclinait. Les notables, c'étaient le général, l'ingénieur des mines en vacances, le maire et l'ancien maire, l'instituteur, le commerçant en vue, l'adjudant d'infanterie coloniale en retraite, un riche fermier. Leurs fils ou leurs neveux se distinguaient des autres, surtout en période de vacances, par une certaine affectation dans l'habillement ou le langage ; tous ceux qui grasseyaient tant soit peu et qui arrivaient, comme Talayrac, d'une garnison du Poitou, ou comme les Combemale, de l'école de commerce de Narbonne, étaient considérés comme des

« Parisiens », et traités avec un sans-gêne et un dédain exceptionnels.

Les frères Combemale étaient deux jumeaux d'une quinzaine d'années. C'étaient les fils d'un géomètre-expert qu'on faisait passer pour un ingénieur des mines. Ils avaient de bonnes grosses caboches et ne juraient que par le sport. Ils arrivaient à Sainte-Marie avec leur canoë démontable et leurs rames, et c'en était fini pour deux mois de la tranquillité des chevesnes et des barbeaux, en amont et en aval du village. Ils possédaient, de surcroît, un ballon ovale et un ballon rond, des raquettes, des tenues de sport, des souliers à pointes, à crampons, à barrettes, et ils monopolisaient insolemment éteules, terrains vagues et placettes. Les jeux de palet et de bouchon, ces luxes villageois, se garaient tant bien que mal de cette invasion. Les premiers jours, les frères Combemale étaient assez bien tolérés. Leurs parents étaient censés honorer le village ; eux-mêmes n'étaient pas sans lui apporter un certain lustre avec leurs innovations sensationnelles et leurs audaces. On suivait leurs évolutions, de loin, du coin de l'œil, sur les eaux plates ; on souffrait de leurs difficultés lorsque leur embarcation s'empêtrait dans les roseaux ou allait s'échouer sur quelque pente encombrée de roches ; on les accompagnait sur les stades de leur choix ; on portait comme enfançons leurs ballons de cuir fauve et leurs valises à équipement ; on admirait la puissance de leurs coups de botte, et des profanes, exagérant leur candeur, leur demandaient de temps en temps de rééditer certaine « chandelle » qui leur paraissait être l'émanation, le jaillissement, l'illustration la plus probante et la plus glorieuse du jeu de balle. À la longue, pourtant, on se lassait du spectacle de leurs sillages et de leurs renflouements, de leurs arrêts de volée et de leurs feintes de passe, de leurs smashes et de leurs revers. Comme ils n'étaient pas prêteurs, ou qu'ils ne conviaient à leurs divertissements que des privilégiés qu'encore ils tenaient dans une sorte de subordination humiliante, ils finissaient vite d'user tout leur crédit. D'indifférents, ils devenaient obsédants, et d'obsédants, insupportables. Ils gâtaient les rêveries des grands et les rêves des petits. Tout le monde leur marquait plus ou moins de dédain et d'hostilité. Leur gloire de comète faisait soudain naufrage.

Leur premier vrai malheur vint de leur goût prononcé pour les décisions sportives. Ils s'avisèrent un jour de boxer un admirateur récalcitrant ; cela leur donna un regain de popularité, justifié par la manière dont ils avaient poché les yeux de leur adversaire. Mais, ils se signalèrent en même temps à l'attention du Grand Farrail qui, au surplus, ne les avait jamais portés dans son cœur. Escorté de sa suite de thuriféraires et d'amateurs d'émotions fortes, le Grand Farrail alla les provoquer dès le lendemain. Aussitôt, et bien plus excédés par la désaffection dont ils se sentaient l'objet depuis quelque temps que par les injures méprisables du Grand Farrail, les frères Combemale se jetèrent ensemble sur lui afin de le faire payer pour tous. Le Grand Farrail n'avait jamais entendu parler de méthodes pugilistiques, mais il pratiquait sans le savoir une boxe terriblement efficace, un mélange de boxes française et anglaise, assaisonné de directs et de coups de pied, corsé de coups de tête et de prises de jiu-jitsu, et ses règles étaient la hardiesse, la rapidité et l'énergie. Leur premier coup porté, les frères Combemale, tombés dans une garde un peu rigide et ridicule, se virent assaillis par une terrible grêle de coups. Déchaîné, ricochant de l'un à l'autre, lançant tour à tour ses pieds, sa caboche et ses poings dans une gymnastique étourdissante et démoniaque, le Grand Farrail les mit dans un tel état qu'on fut contraint de les secourir et de les ramener, claudicants et saignants, à leur domicile. À la vue de sa descendance éclopée, le père Combemale faillit tomber du haut-mal. Il était beaucoup plus humilié qu'indigné. Il alla trouver le père du Grand Farrail. Le brave cantonnier, sa grosse verrue tremblant au bout de son nez, cessa de tirer sur sa pipe toujours à moitié éteinte et essaya d'apitoyer l'ingénieur des mines sur sa propre infortune. Mais M. Combemale, sportif et tranchant comme ses fils, ne voulut rien entendre de ce langage et il menaça d'une plainte au procureur de la République qu'il se vantait de connaître intimement.

Quant au Grand Farrail, avisé de toutes parts qu'il courait un grand danger, il avait tout bonnement gagné le maquis. Il était coutumier de ces fugues qu'en Provence on appelle « un plantié », avec cette nuance qu'il ne s'embarrassait ni de mystère ni de poésie et savait où il allait. Il se plaçait quelques jours durant, dans un de ces mas d'Albère si intimement mêlés à la forêt qu'on ne les découvre qu'en tressaillant. Là, tout en besognant comme un homme, il se tenait aux écoutes des potins du village. On le protégeait. On l'entourait de quiétude. On ne lui demandait pas d'autre explication que de se montrer productif et vaillant. À quelques jours de ces « affaires », les métayers qui l'employaient s'arrangeaient pour faire savoir au père Farrail que son garnement était en sûreté et bien traité, et la verrue du brave homme tressaillait une fois de plus, mais cette fois d'aise, car il ne cessait d'espérer qu'avec le temps son fils reviendrait à des sentiments plus pacifiques. « Quand j'étais jeune, j'étais comme lui ! avait-il coutume de dire. Vous verrez que ça lui passera ! » Et on ne pouvait s'empêcher de considérer avec étonnement cet homme bonasse et ratatiné qui prétendait avoir commis les cent coups.

Des incidents de nature aussi grave avaient maintes fois opposé le Grand Farrail aux frères Marginèdes ; mais ceux-là ripostaient durement, à la paysanne. C'étaient deux gars rugueux, solides comme des chênes et qu'on ne surprenait jamais sans vert. Le Grand Farrail savait qu'il ne pouvait pas grand-chose contre leur coalition et il les combattait séparément ou de loin. Lorsqu'ils venaient porter le lait à Sainte-Marie, il les assaillait à coups de pierre. Jacques et Fortuné Marginèdes abandonnaient leurs bidons sur le chemin pour riposter et lui donner la chasse à travers les collines. Une fois, le Grand Farrail les avait entraînés dans une poursuite folle au cœur des garrigues ; puis il avait fait un crochet et était revenu sur la route boire quelques pintes de leur lait ; on affirmait qu'il avait souillé celui qu'il n'avait pu boire. Le père Marginèdes avait trop d'orgueil pour intervenir dans ces querelles ; il se contentait de toiser ses fils avec une magnifique expression d'autorité et de mépris, et cette leçon était si éloquente et si forte que, si le Grand Farrail eût pu pressentir ce qui se tramait dans le crâne et le cœur des fils Marginèdes, tout courageux qu'il fût, il eût tremblé de tous ses membres. Heureusement pour lui, les Marginèdes s'amollissaient au contact du village ; ils n'étaient redoutables que dans leurs champs, leur solitude ; la sève qui faisait la puissance de leur cœur se retirait d'eux comme de saules déracinés.

Mon père avait gardé un vif ascendant sur le Grand Farrail tant qu'il avait fréquenté l'école, mais, par la suite, il avait jugé prudent de ne point se mêler de ses affaires. Il avait eu tout le loisir de l'observer comme élève ; il ne le heurtait jamais de peur d'être entraîné à des ennuis ; il en avait un peu peur, comme d'un fou. Le

Grand Farrail n'eut sans doute jamais conscience de son privilège, mais ce n'est pas sûr. Il manifestait à l'égard de son maître des sentiments qui ressemblaient à de la gratitude, sur la générosité desquels on ne pouvait en tout cas se tromper. Il s'était institué le gardien des abricots et des muscats de notre jardin ; il respectait notre basse-cour, nos chats, nos vitres, et pour tout dire, notre quiétude. Pour négatives que fussent ces démonstrations, elles touchaient et surprenaient. Je m'explique mal que, plus tard, il fût devenu pour Robert un sujet de crainte, pour ne pas dire de terreur.

Peut-être, quelque jour, Robert l'avait-il incommodé par ses mérites de nageur ou de joueur de palet ? Peut-être son prestige auprès des filles du village lui portait-il obscurément ombrage ? Peut-être ne lui pardonnait-il pas de se distinguer en poursuivant ses études ? Peut-être enfin gardait-il sur le cœur quelqu'une de ces discussions que les adolescents des villages entreprennent, parfois, le soir, sur la place publique, sur les sujets les plus divers, et qui ne sont ni plus navrantes, ni plus stériles que certains contacts d'intellectuels ? Ce que je puis dire, c'est que le Grand Farrail était incapable de pardonner une offense, de quelque ordre qu'elle fût, de qui qu'elle vînt, et Robert avait dû manquer à la prudence qui était de règle dans les relations avec ce mauvais coucheur. Le moment arriva où Robert se vit menacé des pires corrections, et qu'à son tour, comme moi-même au temps où Jacques Pastor me terrorisait, il ne se risqua hors de la maison qu'en tremblant. Bientôt, le sachant sur ses gardes, le Grand Farrail se risqua à venir le traquer jusque dans notre maison. Je le rencontrais parfois aux aguets, derrière la grille. J'allais l'observer du balcon. Je le voyais embrasser nos fenêtres d'un regard venimeux, puis s'en aller en ricanant, avec cette expression canaille et diabolique qu'on ne trouve à peu près convenablement rendue que dans les romans-feuilletons et le mauvais cinéma. Robert n'avait pas, comme moi, la ressource de rester à l'abri et de se créer des distractions, des habitudes, une mentalité comme en connaissent les malades et les reclus, et qui, je puis l'affirmer, recèlent une appréciable part de volupté. Lui, chaque jour, il était forcé de se rendre à l'école de Moret et d'en retourner. Tout vaillant qu'il fût, il ne se sentait pas de taille à affronter le Grand Farrail, et lui non plus n'osait confier sa peur à personne. Pourtant, il était parvenu à alarmer pour leur propre compte ses camarades de route, et, le soir, ils rentraient de Moret en pelotons compacts et se rassurant par le nombre et la vitesse. Le Grand Farrail s'était montré à plusieurs reprises sur le bord de la route ; une fois, il les avait mis au défi de descendre de leurs vélos et de se présenter à lui, un à un, mais ils avaient continué à pédaler comme des sourds. Depuis, le Grand Farrail les attendait, les poches bourrées de cailloux, et il les égaillait comme moineaux sous une grêle de projectiles. Je lisais tous ces drames dans les yeux de Robert dès qu'il rentrait, mais je n'osais l'interroger. C'est dans le village, par ses copains, que je connaissais les détails de chaque aventure. Un soir, ce fut le Grand Farrail lui-même qui m'informa du sort qu'il réservait à mon frère. Il lui promettait tout simplement « une mort de lapin »...

Je rentrai en courant, le cœur en émoi. J'allai tomber en larmes dans les bras de ma mère, et je lui expliquai quelle fin guettait Robert si on ne se décidait pas à intervenir. À ma grande surprise, ma mère se moqua de moi. Je fus encore moins heureux auprès de mon père :

– Qu'ils se débrouillent ! me dit-il, sur un ton d'agacement et peut-être de dépit.

Alors, je compris que le destin de Robert m'incombait en entier, que je pouvais seul le sauver. Un frisson héroïque me gagna. Je sortis dans les rues du village à la recherche du Grand Farrail. Lorsque je l'aperçus, à quelques pas, écrasant de force et de vitalité, et si calme, si tranquille dans sa puissance, mon cœur trébucha. Je l'appelai. Il se retourna d'une pièce, me regarda d'un air surpris, presque joyeux.

– Écoute ! lui criai-je d'un trait. Si tu touches à mon frère, moi je te tuerai !

Il me semble encore entendre l'éclat de rire dont le Grand Farrail salua ma fuite – car je m'étais enfui, ma menace lâchée, de peur de représailles, et sans doute aussi parce que l'héroïsme des enfants, tout comme celui des hommes, a des limites, qu'importe. Je gardai longtemps la conviction que mon intervention avait sauvé Robert d'un grand danger. Aujourd'hui encore, me remémorant les faits qui suivirent, je ne suis pas loin de croire qu'elle donna à méditer au Grand Farrail. Aussi subitement qu'elle était née, finit l'hostilité qu'il manifestait à Robert ; sans doute n'avait-elle pas de raisons profondes ; sans doute ne l'estimait-il pas tout à fait digne de lui. Cette brute était un vrai homme. Il aimait, il recherchait les résistances. À l'inverse de Jacques Pastor, il se dégrisait au contact de la faiblesse et de la couardise. Il n'éprouvait d'audace que devant les périls. Cela, tout enfant, je le pressentais, et malgré tout ce que j'entendais dire du Grand Farrail, je ne pouvais m'empêcher d'éprouver pour lui ce que j'ose nommer de l'estime. Je jurerais qu'il l'avait deviné. Je revois son œil posé sur moi, à certains moments, son sourire goguenard où flottait quelque chose de plus pur que de l'indulgence, et qui était sans doute de la tendresse. Après la scène que j'ai contée, j'évitai de le rencontrer de peur d'avoir à rendre des comptes. Un jour, je me trouvai nez à nez avec lui, dans un chemin creux qui menait à la rivière.

– Où vas-tu comme ça ! me demanda-t-il, sur ce ton ironique et conciliant que prennent les hommes sûrs de leur force.

Je ne sais ce que je bégayai. Sans doute, la gorge serrée par l'émotion, me contentai-je de lui montrer le torrent, au-dessous de nous.

– Tiens ! me dit-il, viens... Je veux t'apprendre à pêcher !

Nous descendîmes sans parler jusqu'aux berges du Tech. Je le revois, penché sur le courant, ses jambes musculeuses cernées de remous, son long nez rouge effleurant l'eau grondante, ses mains perdues sous les pierres. De temps à autre, sans se redresser, il me jetait, comme un éclair, un chevesne ou un barbeau longuement traqué aux confins de sa cache. Il me rappelait les portraits qu'on faisait de l'oncle Tia. Je me sentais proche de lui. J'aurais voulu lui crier mon amitié. Tout ce qu'il y avait en lui de primitif, mais en même temps de grave, d'estimable et de fort, apparaissait, se confirmait, rejoignait l'impression qu'il me laissait chaque fois que je le voyais en contact avec l'eau, aussi libre et aussi pur qu'un triton. Il me donna toute sa pêche. Je me taisais, tout étourdi par ses façons, sa générosité rude. Aux abords du village, avant de me quitter, il posa sa main sur mon épaule. Avant qu'il parlât, je me sentis envahi de gratitude et d'orgueil.

– Tu diras à ton frère que c'est fini, que je ne lui ferai plus rien ! me dit-il.

Je rapportai la pêche du Grand Farrail à la maison. Lorsque j'expliquai ce qui s'était passé, Robert me regarda avec une telle intensité que je ne crus pas devoir rapporter devant la famille réunie la promesse un peu humiliante du Grand Farrail. Et mon père dit simplement :

– Je vous le dis... Ce n'est pas un mauvais garçon !

7

Étienne Garrouste était le fils de la Didote, une des quatre épicières de Sainte-Marie. Son père était un petit homme souffreteux, à la figure pâle, et vivant dans une perpétuelle anxiété. Les médecins lui déconseillaient l'effort physique ; les voisins le poussaient à seconder sa femme à l'épicerie ; mais c'est la Didote qui décidait des vocations et des affaires familiales, et il était de notoriété publique qu'elle ne supportait son mari que loin d'elle, dans ses vignes, précisément assez distantes du village. C'était elle qui accueillait le client. Plutôt mal que bien. Et qu'importe, puisque le client revenait. Forte et rouge, dotée d'une moustache assez forte pour vaincre le ridicule, elle eût pu laisser à quiconque une impression favorable, et même respectable, si ses yeux n'avaient eu quelque chose d'inquiétant. C'étaient des yeux pénétrants – de ceux qui ne pénètrent que mauvais desseins –, aux flammes rouges, des yeux furibonds et roulants, les yeux des Didot, une famille de pistolets, de mauvais coucheurs et d'hypocondriaques, des gens qu'on appelle parfois, malgré leurs épines, des « bâtons merdeux ». Par quel miracle, la Didote conservait-elle une clientèle assez assidue et assez héroïque pour l'enrichir ? Je ne saurais le dire exactement. Je crois me rappeler pourtant qu'elle avait une exclusivité de fromages fameux et qu'elle consentait le crédit. Peut-être aussi les clients découvraient-ils sous ses airs revêches, ses réflexions peu amènes, et dans la provocation même de son regard, des compensations et des vertus qu'un enfant ne peut déceler. En tout cas, la vérité m'oblige à dire que sa boutique était la mieux achalandée du village.

Mes parents ne se servaient pas souvent chez la Didote. L'épicerie était loin de l'école. Et c'étaient nous, les enfants, qui décidions souvent du choix du fournisseur. Nous aimions bien la Jane Candi qui ne nous laissait jamais partir sans glisser dans notre main quelques « juliennes » ou un vrac de « choses cassées » qu'elle détachait du fond des bocaux à sucreries, la Jane Candi dont la devanture était la plus éclectiquement pourvue en surprises, la Jane Candi dont le sourire de miel et les yeux bleus, doux et distraits, savaient le mieux nous donner l'illusion de la générosité. Cela n'avait pas manqué de créer entre la Didote et mes parents un certain froid, un froid en tout point semblable à celui que nous marquaient les deux autres épicières du village. C'étaient encore nous, les enfants, qui étions le plus directement et le plus crûment avertis de cette hostilité, lorsque le hasard, la fantaisie, et parfois la nécessité, nous conduisaient dans une de ces boutiques.

– Tiens ! nous disait-on, il y a une éternité qu'on ne vous avait vus !

Ou bien :

– Que tu n'en as pas trouvé ailleurs ?

Ces réflexions manquaient rarement leur but. Nous avions soin de répéter ces propos à notre mère, qui s'en trouvait assombrie, prenait notre père à témoin de la méchanceté et de l'injustice des gens, et pourtant, par la suite, essayait d'apaiser par des achats la rancune et l'aigreur des boutiquiers mécontents.

Par-dessus l'hostilité de la Didote, son fils et moi n'avions jamais cessé de fraterniser. C'était un grand et maigre gaillard, plus âgé que moi, velu comme un homme, avec quelque chose de raide et de brutal dans les gestes, une espèce de gaucherie rude qui le faisait d'abord considérer d'un mauvais œil. Il montrait des dents gâtées, ravagées, dissoutes, sauf les canines, semblables à deux bastions jaunâtres qui avaient découragé la carie. Ses yeux changeaient de couleur à tout instant, tantôt métalliques et vibrants, un peu fous, et c'étaient les yeux des Didot, tantôt voilés de douceur et d'inquiétude, comme des yeux de chien qui s'ennuie, et c'étaient les yeux des Garrouste. Il jouait de cette singularité, un peu à la manière d'un acteur, car il avait remarqué que ces changements impressionnaient les tout-petits. Il parvenait de la sorte à intimider les uns et à séduire les autres.

Il m'aimait bien. Il faisait partie du groupe de cinq ou six élèves à qui mon père prédisait, de temps à autre, avec le plus grand sérieux, un bel avenir, le groupe qui organisait les jeux, résistait aux cabales, dissolvait les dissensions, aimantait dans le travail comme dans le plaisir le reste de l'école. À cette élite venaient s'agréger deux ou trois magnifiques cancres dont je parlerai, de l'un surtout, un certain Mathieu Ventajou dont l'amitié a éclairé mon enfance de mille surprises et de mille feux, des cancres dont la force, la ruse, l'ingéniosité, des qualités secrètes aussi, étaient indispensables à la plénitude de nos joies.

En classe, Étienne Garrouste était placé derrière moi ; pour peu qu'il prétendît me faire une confidence, il m'empestait de son haleine d'arrière-boutique. Frédéric Bise, mon voisin de banc, était très jaloux de sa place de second, comme il l'était de tout ce qui me touchait de près. Il existait une certaine anarchie dans les classements, et l'ordre de mérite de la rangée des grands était souvent conditionné par une question d'audace et de force. Frédéric Bise se trouvait parfois évincé par un camarade plus fort. C'était un excellent élève. Alors, sans que mon père s'en doutât ou s'en mêlât, des négociations s'engageaient qui devaient remettre Frédéric Bise dans son droit. Étienne Garrouste s'instituait sans discussion le chef de cette diplomatie toute en gestes et en œillades, et encore qu'il n'eût guère de motifs d'aimer Frédéric Bise, il n'avait de cesse qu'il imposât la justice. C'était à ces moments-là qu'il roulait les yeux des Didot. Grimaçant, ses canines dégainées, il était terrible à voir. Il en imposait à « Vesse-bleue » et « Viens-tu te soulager avec le père » eux-mêmes. Souvent, sa mimique effrénée, ses gesticulations, et pour tout dire, son don-quichottisme, le conduisaient tout droit au piquet. Dans le coin de la classe que lui avait désigné mon père d'un doigt irrité, agenouillé et tout triste, il se retournait de temps à autre pour me faire partager sa détresse. C'est alors qu'il avait les yeux des Garrouste, les yeux de son père après la grêle ou le passage des charançons, des yeux si excessivement navrés que leur expression me forçait à rire.

De son poste de troisième ou de quatrième, je ne sais au juste, il exerçait un contrôle et un relais entre tous ceux de l'élite. En calcul, les réponses de Frédéric Bise faisaient autorité; mes listes de synonymes étaient toujours les plus fournies. Grâce à Étienne Garrouste, elles circulaient du haut en bas de la rangée, avec célérité et sécurité, qui sont, je crois, les principes postaux essentiels. La pédagogie y perdait sans doute, mais Étienne Garrouste n'en avait cure. Sans le savoir – ou alors, quel orgueil il eût éprouvé ! – il avait formé les oreilles et les yeux de la division à une gymnastique étourdissante ; et, de son banc de dernier, bouche bée, son nez abêti de pré-salé obstrué de polypes, son front étroit barré d'une ride qui était le seul fossé entre ses sourcils et ses cheveux ras, Mathieu Ventajou qui n'entendait rien, Mathieu Ventajou qui ne sentait rien, Mathieu Ventajou qui ne comprenait rien, Mathieu Ventajou lui-même, répondait miraculeusement par des signes d'intelligence.

Grâce à Étienne Garrouste, la division marchait, marchait au canon. Le plus ignare présentait une solution ou une analyse devant lesquelles mon père n'était pas forcé de se lamenter trop haut. Pourtant, lorsqu'il penchait d'un peu près son nez busqué sur un exercice, il démasquait en même temps la tricherie et le tricheur. Le Brouchot avouait tout de suite ; il savait par expérience que, s'il niait, il serait vite confondu. Les frères Quintana s'entêtaient à se parer de vertus que démentaient leurs yeux stagnants comme des mares. Quant à Mathieu Ventajou, il se contentait de rire, d'un rire muet et tout de même nasal, d'un rire si manifestement incurable que mon père finissait quelquefois par lui taper sur l'épaule et le félicitait.

La partie d'Étienne Garrouste, c'était la rédaction. C'était aussi la mienne. À nous deux nous exercions une sorte de souveraineté. Nous nous confiions nos brouillons. Les trouvailles d'Étienne Garrouste émouvaient en moi un sentiment que j'éprouve dans mes bonnes lectures , un sentiment de surprise, de sincère émerveillement, et, pour être complet, d'humilité. Je restais quelques instants sous le coup de cette impression. Puis, je m'en dépouillais avec fièvre, avec une sorte de fureur ; une force dans laquelle il entrait un peu de jalousie, le besoin de dominer, de prouver, de dépasser, me soulevait. C'est ainsi que naît l'audace verbale. Mes devoirs ne devaient pas être toujours convaincants. Mais les hommes se satisfont de peu. Le délire d'un enfant les met tout de suite sens dessus dessous. Mon père se contentait de sourire, mais je le devinais tout ému. Il n'avait pas l'éloge maniéré ni discret. C'est de ces devoirs que je l'entendais dire à ma mère : « Je me demande où cet animal va pêcher ça ! » Parfois, sous le coup de l'enthousiasme, il les envoyait à Clément, et pour que mon grand frère ne crût pas à de la complaisance, il les sabrait de cette notation à l'encre rouge : « C'est absolument de son cru ! » Joies sacrées, émotions orgueilleuses qu'un compliment plus mesuré, et parfois teinté d'affectueuse ironie de Clément, venait mitiger de raison et rendait à leur sain caractère.

Étienne Garrouste, lui aussi, était un peu jaloux de mes réussites. Mais il n'y perdait rien. Cela forgeait notre estime. Nous nous regardions un peu comme des rivaux qui, la lutte finie, échangent généreusement leurs palmes.

Contre cela, contre cet échange chevaleresque et ostentatoire de nos lauriers, contre notre dualité, notre vanité d'écrivains en herbe, contre notre amitié enfin, venaient en vain se heurter les rancunes et les suspicions épicières de la Didote. Elle voyait son fils me fréquenter d'un très mauvais œil, et lorsque d'aventure j'apparaissais dans la rue où elle tenait boutique, elle me jetait, de loin, sur un ton hostile :

– Qui cherches-tu ? Le petit ?... Il n'est pas là !

Cependant, Étienne Garrouste était toujours là pour moi. Je l'apercevais, par l'huis entrouvert, levant dans le dos de sa mère une main pâlie d'ombre et toute fébrile. Ou bien, il me hélait silencieusement du fond d'une rue transversale. Nous nous rejoignions. Il n'aimait pas que je fisse une allusion à la sévérité de sa mère. À plus forte raison, il ne me proposait pas de la braver. Il m'entraînait doucement loin de sa maison, puis il me décidait à rendre visite à son père, à la vigne.

Le vieux Garrouste était un homme de tout repos. Il ne nous cassait pas la tête de questions. Il semblait avoir assez à débattre avec lui-même. Dès que nous nous montrions à la corne du vignoble, il nous adressait un semblant de sourire, d'une expression triste, presque larmoyante, et il nous disait :

– Vous êtes là, vandales !

Cela nous flattait. Nous savions la valeur des mots. Lui, continuait de travailler. Il soufrait. Il semblait né pour soufrer. Je ne puis l'évoquer que soufrant. Qu'on me pardonne ce calembour car il résume la vie d'un homme. Sa vigne n'était pas grande, mais elle me paraissait aussi impeccable qu'un papier quadrillé. Sa vigne, c'était son cahier de devoirs. Nous nous tenions respectueusement dans la marge. Lui, il allait d'un cep à l'autre, son encensoir à la main, et, à chacun, avec une solennité de chanoine, il donnait sa juste part de bénédiction, sa juste part de soufre en fleur, d'un jaune aérien et délicat de pastel, sa juste part d'encouragement aussi, car il leur parlait, le brave homme, il leur parlait comme on parle à sa mule réticente, à son enfant étourdi, il leur confiait un peu de cette tendresse et de cet abandon refoulés par trente ans de mariage. Pendant ce temps, Garrouste le fils, monté sur une motte, me vantait ses terres, circonscrivait de gestes emphatiques un domaine que je n'aurais pas cru si grand. Je hochais la tête avec infiniment de politesse. Je feignais de ne point m'apercevoir que, depuis la dernière fois, il colonisait les propriétés voisines. Et sans doute, tant d'opulence me laissait indifférent. Soudain,

Garrouste le père, que nous aurions juré distrait, ou, en tout cas, bien loin de nous, lui criait :

– Veux-tu te taire, petit croyant !

Aussitôt, Garrouste le fils descendait de sa motte, assez confus, et je m'ingéniais pour ma part à prendre un air innocent. Car, je l'avais maintes fois remarqué, les drames naissent de bien peu de chose, entre grands et petits.

Nous restions parfois là, à l'orée de la vigne, jusqu'au crépuscule. Lorsque le père Garrouste constatait qu'il ne restait guère de jour, il nous rejoignait et, tourné vers le ciel, il marmonnait je ne sais quoi. Il rangeait quelques affaires dans le cabanon dont l'haleine le faisait éternuer, embrassait encore une fois du regard son domaine, puis nous faisait signe de marcher devant. Je ne suis pas sûr que, en cachette, il ne fît quelque signe de croix.

Nous revenions à Sainte-Marie par de hauts chemins qui tournaient comme des lassos sur les perspectives des champs, et parfois en étranglaient un tout entier dans un de leurs remous. À la Crouette, le père Garrouste me touchait doucement l'épaule et me disait : « Allons, va... » sur un ton suppliant et pourtant ferme, comme s'il eût voulu m'engager à accepter un inévitable sacrifice. Pour moi, cela voulait dire clairement : « Allons, file de ce côté, afin que la Didote ne te voie pas avec nous... Tu sais que ça ferait des histoires ! » Oui, je traduisais cela aussi crûment que s'il me l'eût crié. Alors, je quittais les deux Garrouste. Je rentrais seul, par la Clairière. J'entendais parfois le pauvre homme s'éclaircir la gorge, au fond de la nuit tombée.

Le chaud de ma maison, les accueils lumineux et tendres qui m'attendaient ne pouvaient de longtemps me détacher de l'image des deux Garrouste, rentrant chez eux, tout tristes, tout voûtés, sous le poids d'une mystérieuse détresse.

Une fois, Étienne Garrouste me parla de sa mère avec tendresse. Je fus très étonné. Je m'étais imaginé que la Didote n'était aimée de personne au monde, et que cela était bien établi, une fois pour toutes, dans l'esprit même de son fils. Il vit ma surprise. Alors, sans perdre contenance, il me fit de sa mère un éloge démesuré. Il lui prêtait autant de vertus qu'on en prête à la mère des manuels de morale, mais je sentis qu'il se forçait, qu'il ne montrait pas de véritable émotion ; je sentis qu'il me brossait un portrait complaisant, un portrait livresque, un portrait de bon élève plutôt qu'un portrait de fils convaincu. Les résistances qu'il lisait en moi le piquaient au vif ; il s'exalta, et alors, vraiment, il me fit de la peine. Je serais peut-être resté troublé par sa véhémence et sa chaleur, s'il n'eût décidé, un peu plus tard, de m'apporter des preuves de la bonté de sa mère.

– Tu vas voir, me dit-il. Je vais lui demander une orange et nous la partagerons. Attends-moi ici !

Il entra dans la boutique et en ressortit aussitôt, plus vite semble-t-il qu'il n'y était entré, penaud et les mains vides.

– Elle n'a pas voulu ! me dit-il, sincèrement navré de ce que sa mère l'aidât si peu à se réhabiliter.

Un autre jour que je venais chez la Didote en client, et avec l'assurance que me communiquait le porte-monnaie de maman gonflé de sous, Étienne Garrouste, qui jouait sur le seuil de la boutique, entra derrière moi, et assista dans l'extase au court entretien que j'eus avec sa mère. Je ne sais ce que je vins acheter, peut-être une qualité de café que ma mère prisait particulièrement, mais je me souviens que la Didote se montra aimable. Son fils était aux anges. Il s'imagina que sa mère m'ouvrait son cœur et que l'heure de la réparation sonnait. Il s'approcha, et, d'une voix étranglée par l'émotion, il suggéra à la Didote de m'offrir une praline. À ma grande surprise, elle s'exécuta sur-le-champ, et je sortis de l'épicerie, la joue gonflée, et ravi. Cependant, il me sembla entendre derrière moi un bruit insolite suivi d'une galopade. Peu après, comme je regagnais notre maison, Étienne Garrouste me rejoignit. Il avait couru.

– Tu as vu ! me dit-il, tout haletant. Qu'est-ce que je te disais ?

Je l'assurai de ma surprise et de mon plaisir, qui étaient réels. Il souriait, modestement triomphant. C'est alors que je m'avisai qu'il avait une joue beaucoup plus rouge que l'autre...

Étienne Garrouste ne devait pas en rester là. Il ne devait pas me juger assez convaincu de la mansuétude de la Didote. Peut-être aussi aimait-il les gageures. Une après-midi d'été, il m'invita à monter chez lui. J'invoquai le danger que nous courions à incommoder sa mère. Il me rassura avec beaucoup de conviction ; mais son argument décisif fut que la Didote était très occupée par la torréfaction du café ; et, en effet, le quartier tout entier était embaumé par l'odeur du café que la Didote grillait devant sa porte. Nous entrâmes chez lui par la porte de derrière. Dans le couloir qui menait à la boutique, s'amorçait un escalier étroit et abrupt qui sentait l'huile rance. L'escalade nous conduisit dans le grenier. Là, étaient entreposées les marchandises les plus diverses : des pans de morue embrochés et pendants à un gros clou comme des factures, des estagnons miroitants, des sacs, des caisses, des barils, laissant tous plus ou moins percer de leurs secrets ; dans un coin, comme soulevant le couvercle d'une caisse à moitié déclouée, un fromage de Hollande semblait une grosse lune rouge s'efforçant de surgir de son aurore de paille. Étienne Garrouste jouissait intensément de ma surprise. « Hein ! avait-il l'air de dire, tu n'aurais pas cru que je possédais tant de richesses ! » Mon émoi dissipé, je le vis s'approcher de moi et affecter une grande libéralité. Il souleva le couvercle d'un couffin de paille tressée et découvrit des figues d'Espagne.

– Tu peux en prendre ! me dit-il.

Et comme j'hésitais, il en détacha une grosse, si comprimée par ses voisines qu'elle avait éclaté en plusieurs endroits. Cela fit une énorme brèche dans la rangée. Il me fit admirer la figue, puis, la trouvant sans doute trop grosse pour mon appétit, il l'ouvrit par le milieu et m'en offrit la moitié. C'était une de ces figues noires, à la pulpe enfiévrée, qui portent en elles l'odeur et la rance barbarie des pays chauds. Je la déclarais excellente lorsqu'un pas pressé fit gémir les marches. Aussitôt, Étienne Garrouste devint pâle comme la mort, et je sentis ma gorge se serrer... C'était bien la Didote, intriguée par le bruit de nos pas sur le plancher. Elle ne me regarda pas. Elle alla droit à son fils et le gifla vigoureusement sur les deux joues, cependant qu'il faisait des efforts désespérés pour déglutir sa moitié de figue. Puis, ayant jugé d'un coup d'œil infaillible que nous n'avions pas commis de trop gros dégâts, elle se répandit en allusions sur l'éducation de certains enfants dont on était en droit d'attendre mieux, et enfin, nous montrant d'un doigt impérieux la sortie que nous brûlions de gagner, elle nous cria :

– Filez ! Et que je ne vous y reprenne plus !

Dans la rue, Étienne Garrouste riait jaune, mais il riait tout de même, comme s'il venait de jouer un bon tour, ou plus exactement comme s'il eût jugé que nous avions la compensation de nos ennuis dans l'estomac.

– Elle ne m'a pas fait mal ! me dit-il.

Et j'en suis encore à me demander s'il voulait parler de la moitié de figue ou des claques qu'il avait reçues.

Ce fut, je crois bien, la dernière tentative que fit Garrouste le fils, pour mettre sa mère à la portée de mon cœur d'enfant. Elle m'a valu de trouver, depuis, et quoi que je veuille, un arrière-goût d'amertume aux figues de Mallorque. Mais je pense, avec non moins de ténacité, qu'elle illustre une forme d'amour filial digne d'être louée, et peut-être même méditée.

8

D'autres copains se sont partagé mon affection et mon aversion, mon amour et ma haine. Il m'arrive maintenant de découvrir l'importance réelle qu'ils eurent dans ma vie. L'empreinte la plus forte ne m'a pas toujours été laissée par ceux que j'ai le plus fréquentés. Lorsque je l'évoque fortement, n'importe lequel d'entre eux m'apparaît comme un rouage essentiel de mon enfance, et je sens bien qu'après avoir fait vingt portraits scrupuleux et rapporté cent traits véridiques, je n'aurais que faiblement évoqué le rayonnement que ces camarades exercèrent sur ma jeunesse.

Ratatiné, chevelu, pouilleux et stérile, passant pour sournois à cause du petit rire de défi avec lequel tu résolvais tous les problèmes et déjouais les embûches, il me semblait qu'il n'y avait pas grand-chose à dire de toi, le Brouchot... Mais, si je te suis dans ton jardin, dans ton quartier, dans ta rue, dans ta maison, comme il m'était arrivé quelquefois, si je te revois dénichant des pies, excitant ton bélier, ou jouant de la flûte à trois trous, je m'avise que tu étais un bonhomme infiniment complexe, dont la vie était plus hérissée de difficultés que la vie d'un enfant ordinaire, que tes joies et tes peines prenaient des formes si secrètes qu'on s'y méprenait, qu'on les confondait, que ton comportement vis-à-vis de nous, tout en paraissant puéril et parfois au-dessous de notre taille, était, de toute évidence, celui d'un homme...

Sébastien Pardineille, tombé, ainsi que tes frères et tes sœurs, dans un tel marasme qu'on éprouvait un affreux malaise à te saisir par un bras ou une jambe dans le hasard d'un jeu... Sébastien Pardineille, aux yeux à demi voilés par l'anémie, aux lèvres exsangues et se desquamant comme un ail qui sèche... Sébastien Pardineille, croulant de ptoses, râpeux de crasses et de vermines, exhalant par tous tes pores une odeur que je ne devais identifier que plus tard, dans une chambre mortuaire... Sébastien Pardineille, qu'on ne fréquentait qu'avec répugnance et qui le sentais si bien que tu préférais ne pas entrer dans nos jeux... Sébastien Pardineille, avec qui il fallait pourtant compter, à l'école, tant tu étais intelligent, studieux, d'une précocité de jugement qu'aiguisait ton malheur, d'une sombre sagesse que tu avais, parbleu, acquise dans ta solitude et dans tes nuits... Sébastien Pardineille, reproche vivant surgissant soudain de tes limbes et de tes ténèbres comme un réprouvé sort de sa géhenne... je te revois aussi, avec d'autres yeux, et j'éprouve une grande honte des dédains que je te marquais, de l'incompréhension avec laquelle j'accueillais tes succès scolaires, les seules coquetteries que ton effroyable enfance de misère autorisât...

Pourtant, le Brouchot, Sébastien Pardineille, d'autres encore dont les gestes s'inscrivent en noir sur mon passé, mon remords de ne point vous avoir secourus se dissipe un peu à la pensée que j'ai partagé mon pain, mes jeux, ma joie, le plus intime et le plus fort de mon enfance avec un camarade plus déshérité encore que vous, car il n'avait rien de mystérieux à offrir, aucun esprit à montrer, seulement une bonne volonté et une ingénuité que j'éprouve le besoin de réhabiliter, de monter en épingle, avec le secret désir de provoquer des sourires, voire d'indigner, comme le prince Muichkine entreprenant son éloge de l'âne, et en arrivant, dans sa confusion, à cette formule de vérité et de défi : « L'âne est un homme utile et bon... »

Il s'appelait Mathieu Ventajou. C'était le fils d'un forgeron, l'aîné d'une famille de huit enfants. Il habitait tout près de l'école, au bas du raidillon des Cardon. La forge donnait sur la rue. C'est là que je le trouvais, sinon, je poussais la porte de la cuisine qui s'ouvrait dans le fond obscur de la boutique. Là, si je me heurtais aux cris aigres de sa mère, j'enfilais l'escalier étroit et tournant qui s'amorçait, lui aussi, dans la forge, et j'allais visiter les chambres de la maison, si j'ose nommer ainsi les affreux galetas où dormaient, pêle-mêle, les Ventajou. Si quelqu'un de la famille, traînant comme une épluchure sur une marche, ou égaré dans quelque obscur redan de cette maison toujours pleine de clameurs, de jérémiades et de bruits de marteau, m'assurait que Mathieu Ventajou était sorti, je redescendais, piquais une tête dans le raidillon qui menait au jardin. C'était miracle que je n'y découvrisse pas enfin Mathieu Ventajou, occupé à se divertir d'un jeu pittoresque et dangereux.

Il n'était pas beau, mon pauvre Mathieu ! Sous sa longue blouse d'épicier, on le sentait maigre comme un clou. Sa figure avait quelque chose de vieux et de flétri. Il respirait avec difficulté, le nez pincé comme un saxophoniste, la bouche entrouverte sur de méchantes dents. Cet abêtissement et ses oreilles écartées lui donnaient l'aspect d'une brebis frais tondue. Et rien, dans le regard de ses yeux ternes et dépareillés, ne venait apporter la moindre compensation, le plus fragile espoir. Il parlait du nez. Il riait du nez. Il souriait même du nez. Son accent était un objet de dérision, et comme cela le blessait, il se mettait en colère et nasillait de plus belle. On l'appelait Pintajou, Fintajou, Ffeintachou, dans des pouffements, des nasillades, des chuintements, et souvent, toute la progéniture du forgeron arrivait en renfort pour défendre l'aîné du ridicule, qui avec un nez plus bouché encore, qui avec une bouche fendue jusqu'aux oreilles, selon que l'enfant tenait du père ou de la mère.

Dès qu'il m'apercevait, Mathieu avait un sursaut de plaisir et me pressait de participer à son divertissement. J'étais un des rares camarades qu'il admît de la sorte ; il sentait en moi beaucoup d'estime pour sa hardiesse, son imagination étonnamment fertile en matière de jeux, et par-dessus tout son adresse diabolique ; il sentait aussi que j'étais loyal et acceptais sans arrière-pensée ma part de responsabilité dans les expéditions, les chasses et les croisades qu'il entreprenait... Le jardin des Ventajou était un triangle de mauvaise terre où on ne cultivait à peu près rien, mais, pour peu qu'on y creusât, on y faisait des découvertes : ferrures rouillées, cerceaux, vieux treillages, boutons de portes, charnières, débris de poêle, fers à cheval, tout ce qui peut échapper à la négligence comme à l'indifférence d'un forgeron. Petit à petit, la terre s'était incorporé la plupart des objets qu'on lui avait jetés en pâture ; le potager proprement dit reculait pas à pas devant cette lave hostile, et notre champ d'exploration croissait à mesure. Nous employions rarement nos trouvailles à des amusements pacifiques, comme l'eussent fait des enfants sages ; Mathieu eût jugé cela indigne de lui ; nous avions un faible pour l'industrie de guerre ; Mathieu s'était spécialisé dans la construction des bombardes et des catapultes. Quelles émotions il éprouvait lorsque la gueule d'un obusier, figuré par un vieux tuyau de poêle, crachait sur l'alentour sa mitraille de mâchefer, sous l'impulsion de vieilles chambres à air tendues à péter, ou lorsque des fonds de seaux ou des couvercles s'en allaient osciller et miroiter dans l'espace avant d'aller s'abattre, avec la fulguration et la vitesse de couperets, dans quelque plate-bande du jardin de la cure où, retroussé jusqu'au genou, comme un homme, Mossen Soubirane sarclait paisiblement ses choux ! Nous aimions ces exercices ; nous améliorions la portée de nos bombardements de jour en jour, et c'était Mathieu qui se révélait le plus ingénieux, le plus ambitieux, le mieux averti des secrets de la balistique. Mais, nos inventions n'eussent eu qu'un charme relatif si leurs effets n'eussent point alarmé le voisinage ; nous étions assez contents de nous lorsque la lucarne des Lladère crépitait sous une de nos décharges, ou lorsque nous atteignions les tôles de la marquise sous laquelle les Bise-riches prenaient prétentieusement leur goûter... Enfin, nos joies les plus vives, nous les éprouvions lorsque la parabole de nos tirs dépassait le rideau de peupliers et de vernes qui bordait le canal d'arrosage ; derrière, se trouvaient le lavoir public, la route de Castellas, des lieux fréquentés par les laveuses, les charretiers, et parfois, quelque promeneur ; lorsque des protestations montaient de ces parages, ou qu'un attelage secouait soudain sa ferraille sur le chemin, nous courions nous cacher dans le clapier. Là, serrés l'un contre l'autre, gonflés d'une hilarité que nous n'osions encore laisser exploser, nous attendions que la menace se précisât ; si les cris persistaient, ou qu'une silhouette gesticulante parût sur la berge du canal, nous devenions pâles, nos rires trébuchaient, et nous décidions, à voix blanche et basse, de proclamer notre innocence coûte que coûte, si par malchance nous étions découverts... Plus d'une fois, Mossen Soubirane s'était redressé, la serpette en suspens, pour regarder dans notre direction. C'était celui que nous craignions le plus, car il nous retrouvait tous les jours au catéchisme. Un jour, je l'entendis expliquer à mon père « qu'un instrument tranchant comme un rasoir » était venu se ficher dans la terre à quatre pas de lui. « Je ne sais quel est le démon qui s'amuse à ce jeu, dit-il. C'est tombé avec une telle force que ça aurait pu me guillotiner ! » Tout ému, j'allai rapporter le propos à Mathieu. Un flot de fierté colora son visage.

– Ça, il a dit ! fit-il de sa voix de fifre. Regarde si ça en a de la force !

Après cela, il s'avisa que nous serions obligés de nous confesser, mais je l'en dissuadai farouchement.

Lorsqu'une série d'exploits trop poussés enfiévrait le quartier, nous transportions nos jeux dans la cour de l'école ; mais là, nous côtoyions les périls ; nous étions environnés de choses sacrées, telles que mon jardin, ma basse-cour, les vitres de la classe, la cour des Cardon avec lesquels les relations étaient tendues, et surtout la grand-rue, avec la vitrine du café Jouanole dont nous estimions chaque vitre à au moins mille francs. Nous étions dans l'obligation de calculer minutieusement nos angles de tir et de nous contenter d'un seul objectif, un petit pavillon surmonté d'une girouette, dans lequel Nomdedeu, le boulanger, entreposait ses sacs de farine. Pour l'atteindre, il nous fallait dépasser la crête d'un toit qui séparait la cour de l'école de la boulangerie. Nos projectiles restaient parfois suspendus à des pins parasols qui émergeaient au-dessus des tuiles. Nous nous rabattions sur le gros gravier, les cailloux. Le fin du fin consistait à cabosser la girouette qui avait un profil d'homme. Mais là encore, des protestations, venues de régions mystérieuses, nous alarmaient. Une fois, ce fut Nomdedeu en personne qui vint nous surprendre. Il tenait sa tête à deux mains et criait comme un forcené ; nous nous sauvâmes à temps pour ne pas entendre ses doléances ; il se résigna à montrer sa bosse aux gens du voisinage et à manifester sous les fenêtres de l'école. C'était un brave homme. Mais je préférai ne pas l'affronter de quelque temps.

Un autre jeu où Mathieu excellait, c'était la chasse aux chiens et aux chats. Tous les chats du village nous connaissaient. Lorsque nous parcourions une ruelle, les seuils se vidaient. Mathieu visait le chat en fuite, à quelques pas en avant, comme le chasseur tire le lièvre en plein déboulé, et il était rare qu'il le manquât ; mais le caillou continuait son chemin, allait atteindre quelque passant ou quelque vitre ; cela faisait invariablement de l'éclat. Les chiens nous paraissaient un gibier trop facile ; nous les chassions avec circonspection, parce que nous aimions la plupart d'entre eux et que notre amitié l'emportait sur notre vanité. Nous tenions un tableau de chasse où s'inscrivaient les touches irréfutables et je faisais, ma foi, si bien, que certains jours de chance, je dépassais Mathieu. Ces expéditions n'allaient pas sans désagréments, et il nous fallait quelquefois, tout empourprés par des courses folles, aller nous cacher en dehors du village. Les gens avaient pris l'habitude d'aller se plaindre directement à nos parents et nous avions le souci de laisser s'estomper la fâcheuse impression qu'ils laissaient. Pour cette raison, la Clairière était notre canton préféré. Là, les personnes s'aventuraient rarement durant le jour, mais les chiens et les chats poussaient de fréquentes visites aux tas d'immondices qu'on y déversait. Malheureusement pour elles, et pour nous aussi, les poules des basses-cours environnantes y venaient aussi. Nous les choisissions pour cibles, mais de loin, pour corser la difficulté autant que pour éviter de les décimer. Mathieu avisa un jour un magnifique coq sur un tas de fumier ; il me le montra avant de le tirer et lui lança une pierre, à dix pas. Frappé à la tête, le coq fit deux ou trois tours sur lui-même en hoquetant, puis tomba raide. Aussitôt, ma première pensée fut de fuir. Mais Mathieu avait gardé tout son calme ; je le vis s'approcher de la victime et la recouvrir en hâte de quelques poignées de paille, espérant sans doute retarder de la sorte l'heure d'une expiation à peu près certaine. Nous revînmes sur le lieu de notre exploit quelques heures après, comme dit-on les criminels y sont irrésistiblement entraînés. À notre immense surprise, notre coq, plus beau, plus impressionnant que jamais, picorait éperdument au milieu de ses poules. Nous ne pouvions en croire nos yeux. Il ne fallut pas moins que l'évidence d'une petite flaque de sang à demi séchée, ainsi que la plaie de vilain aspect que le coq arborait sur sa cocarde, pour nous convaincre que c'était bien lui qui avait ressuscité.

Mon père se délectait, à cette époque, des romans préhistoriques de Rosny. Il m'avait fait lire, à moins qu'il ne m'eût conté, des épisodes de *La Guerre du Feu* et du *Félin géant*. Les exploits du machaïrodus m'avaient prodigieusement ému. J'essayais d'expliquer à Mathieu quelle bête terrible c'était ; il s'émouvait lui aussi, mais plus lentement. Certains jours, il acceptait d'être Aoûn, fils d'Urus, cependant que je me réservais le rôle de Zoûrh, le fils de la Terre. Nous allions par les bosquets et les terrains vagues, un pieu dans une main, la fronde dans l'autre. Pour nous, tout était jungle ou savane. Loups, dhôles, hyènes et chacals nous épiaient. C'étaient des pierres. Les vaches, dans les champs, étaient nos mammouths, et nous allions contracter des alliances, comme jadis Naoh, le chef des Oulhamr. Lorsqu'un tigre apparaissait dans les roseaux, nous courions jusqu'aux « casots » éparpillés dans la campagne comme autant de providentielles cavernes, et de là, nous l'injuriions. Bientôt, une véritable peur nous prenait, et nous retournions aux alentours du village, moins désertiques et, partant, moins mystérieux. Le moindre flâneur devenait pour nous un Kzamm, un Lémurien, un Homme du Feu, l'éclaireur de quelque horde. Nous épiions d'yeux cruels ses moindres gestes. Un jour que, gonflés d'une haine épique, nous traquions le père Aloujes, dit Flap-Flap, dans les buissons où il avait cru devoir se réfugier, nous eûmes la surprise de le trouver accroupi et se soulageant. Cette aventure nous fit rire moins qu'on ne pense. Ce n'était pas, hélas ! tous les jours qu'on avait un machaïrodus à se mettre sous la dent ! Il me souvient qu'un autre jour, Mathieu, à qui j'avais appris des bribes du langage des Oulhamr, aperçut un chien famélique occupé à défricher des ordures, et que, le poing levé vers le ciel, il lui cria de son affreuse voix de nez :

– Aoûn ne craint pas la bête rouge !

Le chien nous regarda, étonné et très triste, et au premier jet de nos sagaies, il s'en fut d'un trot oblique, nous jetant de biais des regards d'une telle humilité que nous fûmes saisis de honte. Nous quittâmes, ce soir-là, les terres du soleil, comme après une défaite. Le monde venait de nous apparaître sous un jour prosaïque et misérable. Et nous renonçâmes à aller affronter la Louve, l'énorme chienne du mas Palau, le gros morceau de notre carrière d'hommes préhistoriques, le félin géant que nous nous étions promis d'apprivoiser.

À cause de ces dispositions aventureuses, Mathieu Ventajou eût pu ne me paraître un camarade intéressant que les jours de congé ; durant les heures de classe, et même durant les récréations, où nous ne pouvions pratiquer que des jeux autorisés, il eût pu perdre son crédit et devenir pour moi un garçon comme les autres. Or, nos souvenirs communs créaient de lui à moi un si ferme lien, que j'en prenais prétexte pour l'associer aussi honnêtement que je le pouvais à des travaux ou des distractions pour lesquels il n'était manifestement pas fait.

Il était assis au dernier banc de la division, à une place dont les cancres avaient honte, mais qui présentait maints avantages, entre autres celui de dominer l'assemblée. Il était quelquefois obligé de la défendre, car le Brouchot et Barraquer dit « la mule a fait un œuf » y prétendaient, certains jours que, dans leur for intérieur, ils avaient décidé de renoncer. Je l'aidais à s'y maintenir. Je favorisais son entrée en classe quelques instants avant les autres, ou bien, je préposais « Vessebleue », ou Étienne Garrouste, qui tous deux aimaient redresser des torts, à la garde du dernier banc. À la rentrée, il y avait, autour de ce siège, des luttes comme n'en connaissent que les trônes et les fauteuils académiques. Mathieu finissait toujours par triompher, par se succéder, et il n'en était pas peu fier. Je me retournais de temps à autre pour lui faire un signe d'amitié, et je rencontrais chaque fois son œil fidèle, son sourire navrant dans la joie comme dans la peine ; d'autres fois, c'était lui qui me hélait afin que je le sorte du cruel embarras où le mettait un exercice scolaire. Avec le concours d'Étienne Garrouste, le terre-neuve de la division, je le tirais des plus mauvais pas. Ainsi que je l'ai dit, mon père nous aidait par son indulgence. Cela fait que, tout en restant convaincu de son incapacité, Mathieu n'en souffrait pas trop.

Son père eût aimé qu'il obtînt le certificat d'études, mais cela paraissait aux initiés et à Mathieu lui-même une chose aussi inaccessible que la Toison d'Or. Le père Ventajou cumulait les fonctions de facteur-auxiliaire et de forgeron ; chacun savait qu'il déchiffrait avec peine les adresses de son courrier. Les cahiers de son fils l'impressionnaient. Il lui trouvait bonne tête et se vantait qu'il ne lui ressemblerait pas. Cette naïveté déconcertait mon père quand elle ne l'indignait pas, et lorsqu'en famille, il nous faisait part des illusions du père Ventajou et désespérait de pouvoir jamais les exaucer, je me sentais envahi d'une immense tristesse. Par charité, je m'étais mis en tête de préparer les Ventajou à cette déconvenue. Je voyais le forgeron tous les jours dans sa boutique ; je rôdais autour de lui ; je l'aidais quelquefois ; et il était rare qu'il ne m'entretînt pas de l'école et des progrès de son fils. Je lui assurais que tout allait à merveille. Puis, changeant mon fusil d'épaule, j'entreprenais le procès de l'instruction et des diplômes. Ventajou s'arrêtait de travailler pour m'écouter. Il faut croire qu'il y avait quelque chose d'amusant, et peut-être de consolant dans ce que j'avançais, ou peut-être encore était-ce une sorte d'instinct qui ne devait rien à la charité qui me faisait persuasif et convaincu, car Ventajou hochait la tête en m'écoutant, partait d'un bon rire, appelait sa femme et lui disait :

– Écoute, ce qu'il me raconte, ce *pallagas !*

Nanne Ventajou n'avait guère le temps de s'intéresser à mes bavardages. Elle était toujours lasse et amère. Elle se contentait de hausser les épaules et rétorquait :

– Oh ! *lui raï!*

ce qui signifiait que mon cas était tranché d'avance, que je serais du côté des privilégiés, et qu'à ce titre, je n'avais pas le droit de me moquer des pauvres gens. Bientôt, je constatai que les Ventajou n'étaient pas le moins du monde conquis par mes paradoxes, et je finis par me contredire en m'offrant à enseigner ses devoirs à leur fils. C'était notre corvée du soir. La Nanne allumait la lampe un peu plus tôt que de coutume. Dans la cuisine, où le rassemblement familial se faisait de plus en plus encombrant à mesure que la nuit s'épaississait au-dehors, Mathieu et moi travaillions au milieu d'un enfer. La progéniture des Ventajou babillait, chantait, piaillait, hurlait ; le berceau était toujours occupé ; le dernier-né se mêlait au concert. Le père Ventajou, arrivant de sa tournée du soir, posait calmement son sac, enlevait par-dessus la tête sa blouse d'uniforme, et, tout en procédant à cette métamorphose, il ne cessait de nous regarder d'yeux bienveillants, presque extasiés. Il faisait taire les enfants trop bruyants ou suppliait la Nanne de s'occuper des moins raisonnables, montés sur les chaises, la table, et s'essayant à renverser notre encrier ou à déchirer nos livres. J'étais assez fier de voir cette famille infernale étouffer ses mécontentements et ses bruits pour me laisser poursuivre en paix mon devoir de précepteur. Mathieu travaillait sous ma dictée avec une application douloureuse ; j'étais un maître fraternel ; je lui soufflais toutes les difficultés et prenais parfois la plume pour redresser une erreur. Après cela, le père Ventajou voulait me récompenser à toute force, me dédommager de ma peine. Il me retenait à dîner. Je ne me faisais pas prier. Ces repas étaient pour moi de vraies fêtes. Certains soirs, on oubliait de prévenir mes parents, et quelqu'un des miens venait s'inquiéter de moi. Je l'entendais parler avec le père Ventajou, dans la nuit de la forge. Je me gardais de donner signe de vie. Parfois, le colloque s'éternisait. Toute ma félicité était suspendue à un fil. Heureusement pour moi, le père Ventajou se montrait intraitable.

– Si vous le voyiez manger, il ne vous ferait pas de peine, disait-il. Allez, allez... ne vous tracassez pas de lui !

Quel soulagement, lorsque la porte de la rue se refermait et que le forgeron revenait près de nous en toussotant !

– Elle est partie ! me disait-il, en clignant de l'œil.

Ancré à ma place chaude, entre deux petits Ventajou, j'imaginais un instant le visage crispé de ma mère. Je savais que je serais grondé en rentrant, qu'on invoquerait parmi des raisons susceptibles de m'ébranler, l'extrême indigence de mes hôtes, mais je retrouvais assez vite mon appétit. Les haricots à la vinaigrette des Ventajou, des haricots fermes et onctueux, lumineux d'huile, je ne crois pas avoir mangé de ma vie quelque chose de meilleur.

À la saison, Mathieu et moi allions à la découverte des nids. Nous connaissions feuille à feuille le moindre boqueteau, le moindre buisson de la contrée, les habitats de prédilection du rossignol, du chardonneret, de la tourterelle. Sur le chapitre des nids, mon père était d'une extrême sévérité, et il acceptait qu'on lui dénonçât les garnements qui les détruisaient. Aussi, nos recherches s'entouraient-elles d'un grand secret, et, en présence des petites nichées, nous étions pris de frayeurs et d'hésitations qui leur sauvaient souvent la vie. Mais nous aimions trop ces trouvailles pour y renoncer. Il fallait guetter des heures un couple de rossignols, se livrer à des estimations et des déductions savantes, avant de découvrir leur nid, secret et profond, leurs œufs verdâtres et piquetés, semblables à des olives acides. Nous n'osions y porter la main, nous contentant de les dénombrer du regard. Je n'ose affirmer que Mathieu se souvenait, à ce moment pathétique, des causeries d'après Buffon, ou Michelet, ou quelque autre poète naturaliste, par lesquelles mon père attisait nos curiosités, notre respect et notre gratitude à l'égard des oiseaux, mais moi, j'y pensais. Je me rappelais confusément que le rossignol était bien autre chose que « l'enchanteur des nuits d'été », mais encore un oiseau lourd d'années, de soucis, de persévérance, un oiseau qui devait manger coûte que coûte pour alimenter dignement son chant, le tenir dans cet état de plénitude et de chaleur qui exprime plus de souffrance que de bonheur, qui n'est ni un épanchement, ni une exaltation, ni une délivrance, mais une morne nécessité. J'aimais déjà la poésie qui ne ment pas trop haut. À l'âge où il est commode, et peut-être bon d'admirer le rossignol, il m'arrivait de le prendre en pitié, et Mathieu, qui n'avait pas un sou de cruauté ni de malice, se laissait attendrir à son tour.

Les nids de tourterelles nous donnaient plus de mal encore. On les découvrait dans les chênes verts de Casteillas et de Puig-Singlar. Le père et la mère désertaient le nid au moindre craquement insolite ; nous les voyions raser, d'un vol embarrassé et lourd, les branches du sous-bois, et nous nous accordions difficilement sur le lieu d'où nous les avions vus prendre leur essor. Nous en étions réduits à inspecter les arbres un à un. C'étaient des chênes jeunets, aux formes sèches et harmonieuses, au feuillage maigre, des arbres sans secret, semblait-il. On passait vingt fois près d'un nid sans le voir. C'était parfois le hochement de tête mécanique d'un tourtereau qui le révélait. Pauvres oiseaux mal lotis ! Ils étaient posés sur la couche la plus rudimentaire qui se puisse voir, quatre bâtons croisés, ainsi qu'une paire de petits sabots jaunes sur une claie. Ceux-là, Mathieu ne les épargnait pas parce qu'ils étaient comestibles et qu'une demi-douzaine valait un pigeon.

Pourtant, c'étaient encore les nids de pies qui nous imposaient les épreuves les plus périlleuses. Elles étaient exécrées de tout le monde, du maître d'école y compris, les malheureuses agasses ! Elles nichaient dans les hauts platanes et les peupliers, au faîte des ramures, comme les miséreux dans les mansardes. Leurs nids s'apercevaient à des lieues à la ronde, mais il était très difficile de les atteindre. À Sainte-Marie, il n'y avait guère que trois ou quatre casse-cou capables de tenter l'ascension des platanes du Mas Palau, où, l'hiver venu, les branchages dépouillés en montraient d'énormes. Mathieu était un de ceux-là. Lorsque je le voyais se perdre dans les branches, ne rester en liaison avec la terre que par les cris d'espoir et de triomphe qu'il lançait pour m'aider à patienter, je tremblais qu'il ne tombât à mes pieds, et cette crainte gâtait toute ma joie. Il redescendait souvent les mains vides, les yeux pleins de ciel et de vertige. Mais, lorsqu'il était parvenu à arracher aux cimes bruissantes un nid tout entier, un de ces nids faits de sarments et de paille, semblable à un affreux grabat, j'accourais près de lui, je l'aidais à démasquer la nichée chauve, et domptant tant bien que mal ma honte et mon dégoût, je feignais de partager son orgueil.

Ainsi, tout au long du printemps, une sourde émulation travaillait les enfants de Sainte-Marie. C'était à celui qui « saurait » le plus grand nombre de nids. Les taciturnes, comme le Brouchot, n'entraient pas en compétition. Ils collectionnaient les œufs pour leur plaisir, mangeaient les oiseaux pris au nid, parfois les tuaient simplement. La majorité formait des équipes qui tenaient liste des nids découverts, surveillaient la ponte (la mère y est ! la mère y est !), l'éclosion, la mue et l'envol des petits.

Mathieu et moi formions une équipe pitoyable aux oiseaux ; nous attendions que le nid fût vide pour le montrer aux concurrents et le porter à notre crédit. Parfois, on employait le nid à divers usages. On le portait à l'école pour épater les petits, ou pour garnir le musée. Certains en faisaient une attrape, ce que, dans ses Mémoires, Mistral appelle « un nid de *frappetalon* », et que, dans mon pays, on désigne d'une expression à peu près semblable : « un nid de *repique-talons* »... Ils plaçaient le nid dans une fourche d'arbre, ni trop haut, ni trop bas, et invitaient quelque niais du village à faire la courte-échelle pour s'en saisir. Aussitôt qu'on était juché sur son dos, on le frappait durement des pieds en criant : « C'est un nid de *repique-talons !* » Cela finissait par des huées et des rires. Il y avait une variante, à vrai dire, d'un goût douteux, mais qui prêtait à infiniment plus de gaieté.

Elle consistait à emplir le nid d'excrément. On suppliait le naïf, chargé cette fois de s'emparer de la nichée, de ne point alarmer par du bruit la mère en train de réchauffer sa progéniture ; on lui conseillait de la capturer en rabattant vivement la main sur le nid. On imagine la mine du garçon, qu'on désarçonnait d'un coup de reins après qu'il s'était souillé, et autour duquel s'organisait une ronde.

Notre goût du péril nous conduisait tout droit aux maraudes dans les vergers les mieux gardés, mais aussi à des jeux aussi risqués que celui « du déraillement ».

Lorsque Mathieu Ventajou me proposait d'aller faire dérailler un nouveau train, je me sentais engagé dans une aventure faite pour des hommes ; je tremblais un peu. On faisait dérailler le train dans une courbe, au lieu dit : *les Ambulances,* un vallon où l'armée de Dugommier soignait ses blessés durant les guerres de la Révolution, et où je ne venais jamais sans frissonner. Le train du soir arrivait dans cette courbe aux trois quarts essoufflé par la montée. Il traversait un boqueteau. C'était un peu après le crépuscule. Là, il faisait presque nuit. Je claquais des dents. Cependant, Mathieu plaçait sur les rails des pierres parfois assez grosses, et lorsque nous entendions le cri déchirant de l'omnibus dédié à je ne sais quelle signalisation de la voie, à moins qu'il ne prétendît aviser le chef de gare de Sainte-Marie que tout allait bien à bord et qu'il pouvait compter pour de bon sur son arrivée, nous nous cachions dans les fourrés. La locomotive arrivait sur nous, ses gros yeux allumés et tout larmoyants de la brume du soir. Son passage nous submergeait. Il me semblait qu'elle roulait sur mon cœur. Les pierres pulvérisées giclaient de chaque côté du rail et Mathieu tournait vers moi son visage pâle d'émotion et de félicité.

Parmi les mendiants qui visitaient notre village, deux étaient considérés comme dangereux : « Jean des Fourches » et « l'Homme aux chiens ». Lorsque l'un d'eux quittait le village où son passage avait créé une atmosphère de méfiance et de terreur, Mathieu me proposait de lui faire un bout de conduite. Cela aussi faisait partie de notre vie périlleuse, et lorsque nous avions poussé notre poursuite jusqu'au Chêne du Chibitt dont le feuillage nous masquait en entier le village, que nous abordions cette partie des champs qui était pour nous ce que la haute mer est pour le marin, nous ressentions une émotion aussi intense qu'au cours du « déraillement ».

« Jean des Fourches » se retournait tous les cent pas, nous menaçait du bâton tout en nous prodiguant les plus basses insultes ; parfois, il esquissait une charge. Encore qu'on n'eût rien à lui reprocher qu'une intempérance de langage, il nous impressionnait fort. Pourtant, ses cris et ses menaces nous épouvantaient bien moins que les silences de « l'Homme aux chiens ». À cause de son traîneau, nous le croyions russe. Ses chiens étaient de fortes bêtes, osseuses et maigres, bâillant tristement sous le harnais. On lui avait interdit de les dételer dans les lieux habités, cela fait qu'il allait camper loin du village, au Pas-du-Bœuf ou au bois Joule ; là, il désharnachait ses chiens et leur laissait une certaine liberté. Nous ne nous approchions qu'à de grandes distances ; d'autres gamins se mêlaient à nous ; les plus hardis emportaient des gourdins qu'ils abandonnaient pour mieux courir dès que le mendiant faisait mine de s'élancer de notre côté ou qu'il lançait un chien à nos trousses. L'homme était trapu. Il se traînait sur une béquille et une canne. Je revois son front bombé, son œil jaune, le pli mauvais de sa bouche, ses lèvres bleuies et sifflantes. Jamais une parole n'en sortait. Mais la moindre de ses velléités nous glaçait le sang dans les veines.

C'était toujours au goût du danger et de l'aventure que ressortissaient certaines de nos fréquentations, avec des marchands forains, des valets de cirque ou de ménagerie de passage, des chanteurs de rues, des diseurs de psaumes ou de bonne aventure, des rempailleurs de chaises, des savoyards, des romanichels même, toutes gens venues de dehors, par les quatre points de l'horizon, de l'inconnu, leurs visages marqués de lutte et de mystère. Nos parents nous mettaient en garde contre ces étrangers, mais les histoires de vols, de rapts et d'assassinats qu'on mettait au compte des camps-volants ne faisaient qu'attiser nos curiosités.

C'était encore dans la vie quotidienne et dans le choix de nos camarades que nous manifestions le plus couramment notre prédilection pour la vie dangereuse. C'était dans cet esprit que nous consentions à fraterniser avec Pierre Nègre, le fils du général Talayrac, le fils du prévôt d'armes, et Drien Nidolère, l'innocent du village.

9

Drien Nidolère, l'épileptique, avait plusieurs années de plus que nous. Il était bâti en force, osseux et puissant, lourd comme un homme.

Il habitait une maison en face de l'école et je pouvais le voir, tout au long du jour, assis devant sa porte, ou déambulant mélancoliquement sous les grilles de l'école. Tortu, déjeté, enlisé jusqu'à l'âme dans l'hébétude, il était pourtant doué d'une force de gorille, et ses colères le rendaient redoutable. Traité avec douceur, c'était le garçon le plus conciliant et le plus doux du monde. Le cœur sur la main, hélas vacillante comme une main d'ivrogne. Il adorait ses grands-parents chez lesquels il vivait depuis son plus jeune âge ; il adorait son mulet, son chat, ses poules ; il adorait ses copains de rencontre, ses voisins, les passants. Il adressait une parole d'amitié à tout ce qui animait la rue. C'était une considération souvent saugrenue sur le temps : « Madame Grégoire, n'est-ce pas que si ce soleil se voile, nous pourrions avoir des giboulées ? » C'était un souhait douloureux et naïf : « Quand je serai soldat, monsieur Alari, je voudrais passer devant... » C'étaient des paroles banales, puisées dans le langage de convenance et d'hypocrisie que les villageois emploient lorsqu'ils se rencontrent, et dont il était le seul à user avec sincérité. Tout le monde le plaignait, parfois à haute voix, sa grand-mère plus fort que les autres, et cette compassion ostentatoire et brutale, loin de le consterner, le mettait aux anges.

Mathieu Ventajou, mon frère Robert et moi, étions ses copains les plus fidèles ; mais comme nous ne pouvions guère l'associer à nos jeux, nous restions des heures entières à nous divertir devant lui, nous contentant de le prendre à témoin de notre adresse ou de notre chance. Il prenait à ces spectacles un plaisir sans mélange. Il sautillait autour de nous, frottait l'une contre l'autre ses mains d'infirme, nous frappait sur l'épaule pour marquer son admiration ou pour nous consoler d'un échec, bref, il avait la contenance d'un véritable homme regardant jouer des enfants. Hélas ! nous restions pour notre part enfants jusqu'au bout des ongles, je veux dire peu compréhensifs et peu charitables, et nous nous amusions à le contredire ou à décourager ses avances parfois assez rudement. Alors, l'ombre envahissait son visage, la colère animait ses yeux, et il se retirait dans sa maison comme s'il eût voulu nous abandonner à notre sort. Peu après, il apparaissait à la fenêtre et nous lançait des regards hostiles, nous englobant tous les trois dans sa réprobation et sa colère montantes. Nous ne le craignions pas. Nous savions que ses colères étaient longues à mûrir, que nous devions leur donner un prétexte nouveau pour les faire éclater, et qu'enfin elles ne se retournaient pas nécessairement contre nous. Nous continuions de jouer en feignant de ne pas le voir, mais il nous rappelait sa présence en toussant et en grognant. Parfois, las de remuer ses rancœurs, il se décidait à parlementer. « Robert... Robert... disait-il d'une voix mourante, si tu reviens ami je te descendrai une pomme ! » Et pour l'amour des pommes, Robert l'accueillait sur son cœur. D'autres fois, un démon nous poussait à le contrarier, à le provoquer, jusqu'à ce qu'il sortît de ses gonds. Il y avait un procédé qui l'irritait infailliblement. Nous tapions dans nos mains en prononçant ces mots dont je n'ai jamais su l'origine ni la signification : *Fru - toss ! Dor - gatt !* Nous les répétions sur un ton monotone et obsédant, jusqu'à ce qu'ils eussent produit leur effet. Bientôt, sous les traits de cette incantation baroque, Drien Nidolère se nouait, nous fusillait de regards féroces. Enfin, il disparaissait de la fenêtre dans un grand remue-ménage de plancher et de marches foulées. Nous nous sauvions aussitôt comme des rats et allions nous réfugier dans la classe, d'où nous assistions au spectacle de sa colère. C'était un cataclysme, un ouragan, un typhon. Il fonçait sur la grille en poussant des rugissements, la secouait à la desceller, puis il s'attaquait aux arbres qui déliraient de toutes leurs feuilles ; enfin, il s'acharnait sur le portail de fer, hurlant de toutes ses charnières et de toutes ses rouilles, et finissait par clouer les battants dans un tel coup de tonnerre qu'il s'en trouvait subitement dégrisé. Des têtes sortaient aux fenêtres ; des passants levaient les bras ; mon père paraissait au balcon. Drien s'en retournait alors, tête basse, vers sa maison ; il s'asseyait devant sa porte, et durant de longues minutes il regardait l'école d'yeux mornes où s'épuisait un reste de fureur.

Pauvre Drien Nidolère ! Il était meilleur que nous... Il pardonnait tout de suite. C'est à peine si, parfois, d'une voix douloureuse, il exigeait l'assurance que nous ne recommencerions pas. Nous recommencions toujours. C'est un souvenir dont je ne suis pas fier.

Certains jours, c'était à la Lie, sa grand-mère, qu'il en avait. C'était une petite vieille beaucoup plus contrariante que nous. Sous couleur de lui éviter des ennuis, elle le fourgonnait à longueur de journée. Il rongeait son frein. Parfois, il se dressait devant elle, tout contracté par la haine, et c'était chaque fois comme un miracle que la vieille ne pérît pas, étranglée comme une volaille. C'était l'hercule qui cédait, le monstre qui ployait l'échine. Il reculait, épouvanté, peut-être, qui sait, par la tentation qui remuait en lui. C'était encore la grille de l'école ou la porte à claire-voie de sa basse-cour, qui lui servaient d'exutoire. La grand-mère éclatait alors d'un rire où un peu d'admiration et de tendresse se mêlaient à la colère. Alors, peu satisfait de l'effet qu'il produisait, Drien s'enfuyait en clochant du côté de la rivière et annonçait au passage qu'il allait se noyer. On ne le prenait pas au sérieux ; on ne le suppliait pas de renoncer à un aussi funeste dessein ; on le laissait courir au suicide comme à une fête. Il en souffrait. Il revenait, quelques instants après, confus de ne pas avoir osé tenir parole.

Il usait quelquefois d'une vengeance qui semblait le satisfaire tout particulièrement. Au plus fort de sa colère, lorsqu'il avait fait le vide autour de lui, il courait chercher un bâton de craie, et il écrivait tout le long des murs, de sa main gauche, la seule valide, en grosse et impeccable cursive de sergent-major, une formule injurieuse, souvent obscène, avec laquelle il espérait toucher au vif celui dont il voulait se venger. Cela fait, très fier de lui, il invitait les passants à lire le graffiti. Les grands-parents étaient illettrés et on devait leur traduire la prose de leur garçon ; ils riaient de bon cœur à ses trouvailles, même s'ils s'estimaient calomniés. Un jour, pourtant, la Lie jugea bon de venir présenter des excuses à ma famille. Pour se venger de moi, Drien Nidolère avait imaginé de faire défiler une partie du village devant cette diatribe, destinée à me confondre et à me peiner plus sûrement qu'une injure directe : *Le paire de Lucien Grégoire est un salle cochon !*

Les crises d'épilepsie empoignaient Drien Nidolère dès le printemps. Comme les orages du ciel, elles gagnaient en fréquence et en violence à mesure qu'on avançait dans l'été. Il les sentait remuer en lui quelques instants avant qu'elles déchaînent leurs fureurs. S'il se trouvait à l'école, à cette place toute claire, près de la fenêtre, d'où il découvrait sa maison, il alertait mon père d'une voix affreusement altérée.

– Monsieur ! je « la » sens venir !

Aussitôt, mon père lui ouvrait la porte et le conjurait de se sauver au plus vite. Lorsqu'il avait de la chance, Drien grimpait son escalier quatre à quatre, arrivait à temps pour s'effondrer sur le plancher de la cuisine et nous frustrait du spectacle de sa frénésie. À l'époque des chaleurs, ses grands-parents s'absentaient rarement ensemble. Dès qu'il l'entendait arriver en hoquetant, celui des deux qui restait à la maison rangeait la vaisselle, les chaises, les outils, les faisceaux de roseaux sélectionnés avec lesquels le vieux Nidolère guérissait les lumbagos. Il ne lui incombait plus alors que d'empêcher Drien de faire des dégâts imprévus. Il assistait, impuissant et navré, au déchaînement des forces mauvaises, comme on regarde la grêle tomber sur les blés mûrs. En effet, il avait été recommandé aux Nidolère de laisser Drien se débattre à sa guise, de lui éviter seulement de se heurter à des obstacles, mais il arrivait que la folie du malheureux, écumant, rugissant et roulant, les débordât, les acculât contre les murs, les fauchât comme une tempête.

Avec la canicule d'août, les accès de Drien prenaient une forme terrifiante. Ils marquaient nos vacances au fer rouge. Drien n'osait pas s'écarter de sa maison. Malgré cela, il se laissait parfois surprendre par la rapidité de ces attaques. Il tombait alors en pleine course, comme un soldat frappé d'une balle au milieu d'un assaut. On n'osait pas s'approcher. On n'osait pas regarder. On épiait le drame d'un peu loin. C'était un spectacle tellement cruel et injuste qu'il imposait une sorte de pudeur aux plus vulgaires.

Après chaque crise, Drien restait frappé d'hébétude durant quelques jours. Il portait sur le visage des plaies mal lavées. Les mouches l'assaillaient. Avec son grand nez, c'étaient ses poings qui payaient le plus lourd tribut. Assis sur un billot de bois, devant sa maison, il les dorlotait comme deux poupées endolories. Il ne répondait à aucune de nos questions. Au fond de sa torpeur et de sa misère, cassé et flétri, il semblait méditer sur de vieux jours.

10

Pierre Nègre était le fils d'un authentique général et Émile Talayrac celui d'un non moins authentique maître d'armes. Ils venaient aux vacances. Le premier fréquentait les lycées de villes de garnison ; le second était enfant de troupe. C'étaient de bons copains, accommodants et pas fiers, malgré leurs titres. Ils ne cessaient de nous vanter les mérites et les exploits de leurs pères, et Mathieu Ventajou et moi, malgré l'importance que nous accordions aux nôtres, étions obligés de ravaler notre orgueil. Les confidences des deux enfants relevaient du mode héroïque. Le sabre tranchait comme une césure tous leurs propos. Ils chargeaient et se fendaient, caracolaient et pointaient, dans un vacarme d'exploits et de mots impétueux. C'était la seule ressemblance qu'ils offraient. Et d'ailleurs, on sentait chez le fils du subalterne une tendance à s'humilier si apparente, si désolante même, qu'elle nous forçait à réfléchir. Aussi, après quelques jours de jeux communs, le prestige des deux garçons allait s'estompant, et bientôt nous les traitions sans plus d'égards que les autres garnements du village.

Talayrac était le grand organisateur de la guerre et de la paix. Boutonneux comme treille au printemps, avec ses yeux bleus et froids, ses cheveux jaunes, son profil de coq secoué de tics, son aspect inlassablement irrité et superbe, il exerçait sur moi une certaine répulsion qui allait s'atténuant avec l'habitude. Dès son arrivée à Sainte-Marie, il se préoccupait de nous mettre en bisbille avec les enfants des villages voisins, et les latentes querelles qui existaient entre nous et ceux de Fontfrède et de Casteillas prenaient subitement une vigueur nouvelle. À l'occasion des premières fêtes de l'été, Talayrac adressait des ultimatums aux jeunesses des alentours. Ces invites se corsaient d'injures. Les habitants de Fontfrède étaient traités de « pendeurs de renards », ceux de Casteillas de « sac et cordes », et leurs ambassadeurs s'empressaient de nous décocher ce titre de « mangeurs de grenouilles » qui, depuis cent ans, atteignait au vif la population de Sainte-Marie. Les hostilités commençaient par des batailles à coups de pierre, nommées *aspadragades,* de longs duels d'artillerie par lesquels, semblait-il, chaque parti s'ingéniait à retarder l'heure de l'assaut. C'étaient des guerres où on ne courait somme toute pas de gros risques, pour peu que l'on fût prudent et doté d'une bonne vue.

Naturellement, Talayrac et Pierre Nègre recevaient les commandements les plus importants. Talayrac, qui nous dépassait de la tête, avait le double de l'âge de certains d'entre nous, et portait l'uniforme des enfants de troupe, était notre général. C'était un grand manœuvrier doublé d'un psychologue averti, un chef ménager du sang de ses troupes, un brillant organisateur de retraites, un de ceux enfin qui savent tirer des défaites des enseignements précieux et trouvent toujours le moyen de rester en paix avec leur conscience. À vrai dire, les plus hardis de ses hommes, à commencer par Mathieu Ventajou, le méprisaient un peu parce qu'il ne prenait pas la tête des offensives, se trouvant trop voyant sous l'uniforme, et se satisfaisait d'avantages tactiques inlassablement établis sur le principe de la défensive à outrance. Pierre Nègre le dénigrait dans les coins. C'était un garçon carrément pacifique et inapte au noble métier des armes, mais nous estimions que le sang de son général de père parlerait en lui un jour ou l'autre.

Pour l'heure, avec un sûr instinct de ses dispositions, Pierre Nègre s'était mis à la tête des services du ravitaillement et des ambulances. Il faisait approvisionner en cailloux les troupes qui étaient assiégées dans les bosquets. Il accueillait les blessés et leur donnait, à défaut des premiers soins, d'excellents conseils, car nous manquions de charpie et lavions nos blessures à l'eau des mares.

Ces guerres ne duraient pas ; elles éclataient à la faveur d'une réjouissance et s'éteignaient dans les deux jours. Parfois, hélas, la bande des grands prenait la suite. Le Grand Farrail montrait sa silhouette de félin dans l'oseraie. De tragiques empoignades au gourdin, au coup-de-poing américain et à l'os de mouton commençaient. Le pays semblait à feu et à sang. Les journaux s'en mêlaient. On exigeait de « qui de droit » réparations et enquêtes. Au fin bout de ce branle-bas apparaissait le nez d'un gendarme.

Nous, les petits, attendions en tremblant que cette guerre cessât parce qu'un des nôtres s'y trouvait mêlé. Lorsque le calme était revenu, Émile Talayrac nous réunissait et nous organisait une bonne petite bataille de famille dont le clou était « l'attaque du fortin ».

À l'heure dite, Mathieu Ventajou et moi, nous nous trouvions au rendez-vous, avec nos sabres au côté, de grands sabres à pommeau de fil de fer, chipés tout aiguisés et flambants aux balustrades de la gare. Mathieu arrivait affublé d'une vieille vareuse de son père et d'un képi de facteur dont la cocarde était comme un défi aux patries ; il avait un grade. Nous trouvions Talayrac sanglé dans sa tenue de campagne, la rapière au poing – il empruntait à la panoplie de son père un fleuret moucheté – l'œil en feu dans son visage en éruption. Pierre Nègre, sa casquette de lycéen tournée, la visière sur la nuque, se tenait en retrait, un peu assombri par l'éclat du chef. Bientôt, les troupes chargées de donner l'assaut à la redoute se trouvaient au complet. Talayrac nous traçait un plan d'attaque. Nous l'écoutions avec une attention farouche. Il se répétait. Mais la stratégie était née avant lui. Aucun de nous ne songeait à lui en tenir rigueur. Je dois dire aussi que, dans son for intérieur, chacun de nous se promettait d'en faire à sa tête.

Le « fortin » était une vieille tour aux trois quarts rasée dont l'unique meurtrière regardait de notre côté. Il était placé sur un petit plateau envahi d'herbes et de pierrailles où le village venait aux feux de la Saint-Jean et aux passages de comètes. Il était défendu par une poignée de braves, chargés de succomber après une résistance honorable et réglée d'avance par Talayrac lui-même. Les jets de pierre étaient interdits. On procédait à l'investissement par mouvements enveloppants et tactiques, mais l'assaut pouvait toujours réserver des surprises. À ce moment solennel, il était permis d'user du sabre et des armes à feu ; un coup d'estoc ou de crosse neutralisait celui qui le recevait ; il se couchait et faisait le mort ; un mort qui se relevait risquait de se déshonorer pour le restant de la journée. Les défenseurs du fortin faisaient des sorties extrêmement vigoureuses et, de la sorte, nous décimaient. Mais nous étions le nombre. Nous finissions toujours par les submerger et par clouer les derniers survivants sur leurs pièces. Mathieu Ventajou était partout à la fois. Il faisait un bruit d'escadron, nasillait des ordres dans le vent, nous galvanisait de son adresse et de son audace, et c'était lui qui, le képi de traviole, enjambant mourants et blessés, savait le mieux nous ouvrir le chemin des victoires. Une fois là-haut, il s'asseyait, en attendant les diplomates. Sur ces vieilles pierres, on signait des traités historiques. La guerre russo-japonaise était toute proche dans le passé, mais elle ne représentait pas grand-chose pour nous. C'étaient des traités napoléoniens que les plus avertis imposaient aux vaincus. C'était aussi l'heure des récompenses. Cependant que nous négociions et distribuions des honneurs, les yeux de Mathieu restaient fixés sur les miens. Sa confiance était de celles qui flattent. Il avait l'air de me dire : « Ça, c'est ta partie ! Montre-leur ce que tu vaux ! » Je faisais effort pour ne pas être indigne de lui. Dans sa candeur de combattant héroïque, il s'en remettait à moi pour le discours et les paraphes sans lesquels la prise du fortin eût été incomplète. C'est que, tout au long de nos combats sous les ordres de Talayrac et de Pierre Nègre, il souffrait vraiment de notre modestie, le brave Mathieu ! Il les toisait parfois avec un tel dédain que je sentais en lui l'étoffe d'un vrai chef. Un jour, lui, le fils du facteur, le dernier de la classe, le misérable doublé d'un cancre, il s'était mis en état de rébellion devant les troupes rassemblées. Pierre Nègre avait perdu contenance ; en bon intendant qu'il était, il avait consenti à s'incliner devant le véritable héroïsme. À cet instant pathétique, la figure de Mathieu Ventajou s'était dépouillée de ce qu'elle avait ordinairement de bête et de nasillard ; elle rayonnait positivement de cette certitude, de cette exaltation, de cette intelligence que le courage donne à certains hommes, à certaines heures. Et Talayrac lui-même avait tellement eu peur de perdre son prestige, qu'il s'était empressé de lui conférer la plus haute distinction de la journée.

11

Et voilà. C'est tout, vieux copains ! Vous n'étiez pas grand-chose ; vous n'étiez pas plus qu'un grain de poussière sur terre ; et pourtant, un seul d'entre vous me bouchait l'horizon ; un seul d'entre vous me le rendait ; vous étiez ensemble le ciel et l'enfer ; vous étiez la vie. Je n'eusse pu me priver davantage de vous que de soleil ou que de pain. Je vous ai charriés dans le sang ; vous avez fait mes humeurs et ma tonicité, ma faiblesse et ma force. Vous m'avez battu comme le fer chaud ; vous avez arraché les plus éclatantes étincelles de ma jeunesse... Je ne pense pas souvent à vous. Je vous oublie des années de suite. Mais quand je vous ressuscite, c'est intensément, comme on évoque le premier maître, la première lecture, le premier émoi, la source tarie, le père mort, la genèse. Il m'arrive de vous retrouver autrement que comme des ombres, en vraie chair et en vrai os ; il en est parmi vous qui voyagent, qui s'égarent à quelques pas de leur piquet, si loin qu'on ne voit plus la longe ; il en est qui sont loin dans le monde et viennent me surprendre sur un quai ; il en est qui habitent la même ville que moi, et foulent le même pavé. Certains d'entre vous ont réussi ; et ils le savent. Certains d'entre vous sont riches ; et ils le cachent. Pourquoi nous reconnaissons-nous à peine assez pour nous saluer, un sourire contraint sur la face ? Quelques-uns sont dans l'armée ; ils ont un grade. D'autres sont devenus de petits fonctionnaires ; ils ont engraissé ; quelque chose de racé et de vif se débat encore dans leur corps nourri de viandes. Il en est, enfin, qui sont restés pauvres ; ils sont ouvriers quelque part, loin de leur village ; en hiver, ils sortent sans pardessus ; leurs visages s'éclairent lorsque je leur tends la main. Peu de chose nous sépare, que l'épaisseur d'une étoffe un peu mieux coupée. Les plus fins d'entre eux peuvent retrouver dans mes yeux cette lumière enfantine, cette humilité des sentiments, cette admiration, et peut-être même cette envie de rudesse et de force que la vue des gens robustes éveille inlassablement en moi. Nous nous retrouvons par-dessus trente années flottantes de notre vie, comme on retrouve la terre natale au fin fond des vagues et des brouillards. Pourtant, nous ne savons trop que nous dire. Nous avons des excuses. Nous nous sommes perdus de vue. Un tel a entendu dire que j'étais marié, que j'avais des enfants. Un autre a un haut-le-corps. Il me croyait mort. Avec le temps, il a confondu la mort de mon frère et la mienne. Il tremble. Il me demande pardon. Et c'est moi qui voudrais être pardonné d'être en vie. Moi non plus, je ne sais plus rien d'eux ; je n'ose les questionner de peur d'être maladroit, ou de paraître indiscret. À quoi bon plonger dans leur vie ! On en voit assez du rivage... Chacun garde pour soi l'image de sa femme, de ses enfants, de son bonheur et de son malheur. Chacun se concentre, durant quelques secondes interminables, sur l'image arriérée de l'enfance, la seule qui compte.

Je vous aime bien, mes vieux copains, lorsque je vous retrouve tels que vous fûtes... Il paraît que maintenant tu portes un œil de verre, Vidalou ? Comme il me désarmait, ton œil opaque, si par hasard je te rencontrais ! Je n'oserais plus te fixer comme au temps où ton orbite vide et rouge, aux cils poissés, nous contait toute seule l'histoire de ton malheur... Il paraît que tu as trouvé une femme, mon vieux Barraquer, dit « la mule a fait un œuf », que tu es conseiller municipal, que tu as monté une affaire de bois de chauffage ? Je parie que tu ne passes plus pour ridicule ou pour naïf. Pourtant, je supplie qu'elle reste vraie, l'histoire qui te valut ton sobriquet. Tu juras bien, n'est-ce pas, à ta mère incrédule, que l'œuf de poule que tu trouvas dans la litière était bien tombé, tout chaud, du derrière de ta mule, mêlé au crottin noir ?... Tu es douanier quelque part, le Grand Farrail. Tu as grossi. Tu es débonnaire. Tu es prudent. Tu évites les histoires. Tu te méfies du contrebandier ; tu te méfies de ton mousqueton ; tu te méfies des rhumes. Pourvu que tu aies ton tabac, que ta femme ne rechigne pas trop à l'amour, les soirs de lessive, pourvu que tes enfants aillent leur droit chemin, tu es content, me dit-on. Mais est-ce bien toi qui terrorisas une contrée des années durant et attisas jusqu'à la mort le désespoir de ton père ?... Étienne Garrouste, avec quelle suffocation d'orgueil tu dois penser maintenant au chemin parcouru depuis le temps où ton épicière de mère te reprenait les figues de Mallorque au fond de la gorge ? Tu as accompli de grandes choses, je le sais. Tu t'engageas en pleine guerre. Tu sortis de l'enfer de ta boutique pour entrer dans l'enfer de Verdun. Tu en revins sergent. Tu eusses pu t'en tenir là. Mais tu étais prédestiné. Tu ajoutas de nouveaux enfers à ton palmarès. Tu fus de toutes les batailles, et si une balle à la nuque n'eût arrêté je ne sais quel élan, qui sait où tu serais parvenu ? Tu es capitaine maintenant. Ta gloire s'est figée sur trois galons. Je pense aux étoiles sous lesquelles certains sont nés... Mais tu parais très heureux ainsi. Tu te portes comme un charme. Ton cou est resté raidi, et cela donne quelque chose de hautain à ton moindre propos. Tu vas rarement à Sainte-Marie, paraît-il. Tu ne l'aimes plus. Tu ne t'y sens plus aimé. Tu méprises la parenté qui te reste, elle qui rêvait de te montrer. Je t'ai rencontré, il n'y a pas longtemps, après la défaite. Tu étais en fureur. Tu étais beau de fureur. Tu as recompté devant moi les crimes du socialisme et d'une certaine intelligence française. Tu étais sûr que j'allais m'indigner avec toi, que j'allais compatir à la douleur de la patrie... Je n'ai pas su. Je n'ai pas pu. Tout le temps que tu parlais, je pensais à ta mère derrière ses bocaux, à ton père exténué, et *soufrant.* Il me semblait que tu commettais un vrai sacrilège à tempêter contre la pauvreté laborieuse d'où tu étais sorti. Cette mère que tu t'ingéniais à parer de vertus de son vivant, ce père que tu admirais comme un dieu dans les nuées artificielles de ses poudres cupriques, il me semblait que tu les reniais. J'aurais voulu t'apaiser et te dire : « La patrie, sais-tu qu'elle est en toi, qu'elle est ton village, ton enfance, tes souvenirs, qu'elle est ton père et ta mère, et tes amis, qu'elle est ta pauvre vie, qu'elle est ton pauvre sang, qu'elle est ta gloire d'homme humble et vivant ? La patrie, sais-tu qu'elle est dans la gratitude envers ceux qui t'ont mis au monde, qui t'ont élevé – et qu'importe que ce soit mal – qui t'ont nourri, qui t'ont aimé, envers ceux qui t'ont éclairé, instruit, sondé le cœur et élargi l'âme ; sais-tu qu'elle est l'amitié envers ceux qui ont peuplé tes jours de leurs bons et mauvais exemples, ceux qui t'ont fait cortège et ceux qui t'ont abandonné, ceux qui t'ont exalté et ceux qui t'ont trahi, tous ceux oui, qui ont marqué ta vie d'une empreinte, t'ont fait réagir, réfléchir ? Sais-tu que la patrie, c'est la joie et la douleur qui t'ont pétri jusqu'à faire de toi un homme ? De cette Passion d'où tu devrais surgir nu et pur, voilà que tu décides de ne plus parler, Étienne Garrouste... N'y penserais-tu vraiment pas, ou n'aurais-tu par hasard rien compris au sens de l'existence ? Ce doit être cela, mon pauvre ami... Lorsque tu maudis la paresse, l'indiscipline, la mauvaise volonté du peuple, prends garde que tu maudis des vertus. Car les vertus changent de nom avec les circonstances. Tu maudis sans le savoir l'esprit de conservation, l'esprit de révolte, l'esprit de liberté qui, à travers les siècles, ont desserré l'étau de la misère, de l'esclavage et de la mort... Il y a beaucoup à faire, Étienne Garrouste, pour délivrer définitivement toutes les petites boutiquières, hargneuses d'être mal nées, tous les petits vignerons, mourants d'avoir trop souffert, tout ce menu peuple de pères et de mères d'où tu es sorti... »

J'aurais voulu te dire cela, et cent autres choses aussi cruelles et aussi douces. Mais je place trop haut la charité.

12

J'aurais volontiers partagé le dédain qu'à certaines heures Mathieu Ventajou marquait à Émile Talayrac, et je me serais plus volontiers encore dérobé à son autorité de chef, si je n'avais eu une raison capitale de l'épargner. C'est que j'étais amoureux de sa sœur.

Angèle Talayrac arrivait chaque année à Sainte-Marie en même temps que son père et son frère. Sa mère était morte toute jeune. Elle habitait chez un oncle, tout près de l'école. Je la voyais plusieurs fois par jour, lorsqu'elle venait chercher de l'eau à la fontaine communale, ou allait faire une commission pour sa tante. Elle manquait rarement de me sourire, ou de me faire un geste affectueux de sa main blanche. Cependant que sa cruche s'emplissait et parfois débordait sous le robinet, elle s'attardait complaisamment à contempler nos fenêtres. Je passais moi-même souvent devant sa maison. C'était l'époque des chaleurs. La porte d'entrée était ouverte sur la fraîcheur de la rue. Elle se tenait dans le couloir, un peu en retrait, et se penchait vivement en avant dès qu'elle entendait un pas. Sa cousine lui tenait compagnie. Elles cousaient interminablement. Lorsque je me montrais, elles me faisaient signe de venir les rejoindre, de gestes de tête doux et confidentiels, car elles semblaient tenues à mon égard à une certaine réserve.

Angèle était grande ; sa peau était douce et blanche comme le lait ; une veine bleue tressaillait finement à son cou et allait mourir en tendres convulsions dans l'échancrure de son corsage, largement ouvert sur la gorge. Elle pouvait avoir dix-huit ans. Avec sa cousine Cécile, moins jolie sans doute, en tout cas dépourvue pour moi de véritable attrait, elles me traitaient avec ménagement et mystère, comme si elles eussent craint de m'effaroucher par des paroles trop vives. J'avais huit ou neuf ans. C'est l'âge où l'on est plus sensible à la gravité qu'à l'ironie. J'étais fier d'être considéré par quiconque comme un homme, à plus forte raison par Angèle que j'aimais. Pour rien au monde, je n'eusse risqué vers mon amie un élan affectueux ; j'étais beaucoup trop intimidé par sa voix, son regard, sa présence. Elle semblait s'en rendre compte et attendre douloureusement que je veuille sortir de ma réserve.

Parfois, son père ou son oncle survenaient. Comme j'encombrais le seuil – car je m'asseyais sur le carreau –, le père Talayrac m'enjambait en riant. C'était un brave homme, à la moustache blanche, au dos raide d'escrimeur. Je le trouvais moins beau en civil qu'en uniforme, mais il m'intimidait moins. L'oncle Talayrac, par contre, attendait que je me lève, que je m'efface contre le mur, et me jetait, en passant, un regard sans complaisance. C'était un paysan. Engoncé dans une veste de velours, rougeaud, replet et rude, il ressemblait à son frère comme une cruche de terre ressemble à une cruche vernie. Il n'aimait pas mon père qu'il considérait comme un adversaire politique. Un instant, ma confusion semblait partagée par les deux jeunes filles, mais, si je manifestais l'intention de les quitter, elles me retenaient en murmurant.

Elles me posaient des mille questions, me parlaient de mes sœurs – je ne sais quoi m'avertissait qu'elles ne les aimaient pas beaucoup – de mes parents, de mon frère aîné. Lorsqu'elle prononçait le nom de Clément, il me semblait que la voix d'Angèle s'altérait, et certaines de mes confidences faisaient s'entre-regarder les deux cousines de coups d'œil pleins d'échos. La tante Talayrac aimait se mêler à nos conversations. C'était une femme grande et maigre, au visage mélancolique. La vue de son mari l'apeurait, mais j'avais vu cette expression à beaucoup de femmes du village, en présence de leur mari, et je n'étais pas loin de croire que c'était la règle normale des rapports conjugaux.

– Eh bien, ninettes ! disait-elle, pour entrer en matière.

Elle était pleine d'indulgence pour les jeunes filles, qu'elle mettait en garde, devant moi, contre telle prétention du père ou de l'oncle ; attentive aux bruits de la maison et de la rue, elle s'esquivait dès qu'un pas connu se précisait. Une telle complicité me paraissait providentielle et j'accueillais la tante comme une alliée.

Dans l'ombre fraîche du couloir aux briques rouges, je regardais se balancer la jambe nue d'Angèle, une jambe aussi émouvante et blanche que sa gorge ; elle passait et repassait tout près de mon visage, à frôler ma joue, et il m'eût suffi d'avancer la main pour la toucher. De temps à autre, par-dessus la coulée d'étoffe qu'elle froissait, Angèle plongeait vers moi son regard vert et calme, où le passage de la main tirant le fil mettait un envol blanc comme un passage d'oiseau. Mes yeux, tout de suite effarouchés par cette confrontation, se dérobaient ; mais ils avaient parfois le temps de voir Angèle esquisser un sourire. Tout était lumineux et doux en elle : sa peau, ses dents, sa voix, son sourire.

J'étais à ses pieds comme devant une fleur éblouissante et délicate. Elle sentait bon. Le parfum qui émanait d'elle flottait dans le couloir. Je me sentais à la fois étrangement comblé et malheureux.

– Alors, Clément ne viendra pas cette année ? me demandait-elle.

Et comme je lui assurais que mon grand frère n'arriverait qu'à l'automne, elle poussait un soupir et restait longuement pensive.

Mon amour pour Angèle dura deux ou trois ans. Il y eut un grand froid entre nous vers ma douzième année, à l'époque où Clément se maria. C'est moi qui lui annonçai l'événement. Elle ne parut pas y attacher d'importance. Mais je m'avisai que l'intérêt qu'elle me portait déclinait de jour en jour et qu'elle s'attardait de moins en moins à la fontaine.

L'année suivante, elle arriva aux vacances, comme d'habitude. Au temps heureux, elle était sans cesse à rôder dans la grand-rue, reprenait contact avec les amis, les voisins, les maisons, l'air du pays, parlait et riait haut. C'était l'époque où j'étais jaloux, inquiet aussi, où je l'épiais derrière les vitres, où ma blouse, mes espadrilles trouées, mes cheveux raides et secs me donnaient subitement du souci. Cette année-là, elle se montra à peine, me sourit sans tendresse, et le geste de sa main blanche me parut moins amical et moins gracieux qu'avant. Je compris que quelque chose d'infiniment pur se brisait entre nous et en éprouvai un vrai désespoir.

Une année s'écoula encore et, aux vacances suivantes, Angèle ne parut pas à Sainte-Marie. Par son frère, j'appris qu'elle était mariée. J'étais quelque peu préparé à cette surprise par l'attitude d'Angèle, l'année d'avant, mais, dans mon for intérieur, je ne pus m'empêcher de la considérer comme une trahison. Une nouvelle fois, le soir, dans mon lit, je pleurai.

C'est la nuit, quand j'étais couché, le visage tourné vers le mur blanc de ma chambre, que je pleurais avec le plus d'abandon. Tous mes chagrins, tous mes désespoirs, ceux de mon jeune âge comme ceux de mon adolescence, se sont épanchés là, devant ce mur nu. C'étaient des sanglots doux, retenus, ravalés, et qui m'inondaient le fond de la gorge. Robert, qui reposait contre moi, ou ma mère, venue sans bruit s'assurer que je dormais en paix, n'en ont jamais eu l'éveil. C'était un déchirement profond de l'être, lové autour de son cœur, un brisement prodigieux qui me laissait détendu, amolli, et me faisait entrer dans le sommeil comme dans une mort bienfaisante.

Si ce fut celle qui marqua le plus vivement mon enfance, ma passion pour Angèle ne fut pas la seule. Je tombais plus ou moins amoureux des amies de mes sœurs, pour peu qu'elles me parussent jolies, dotées d'un certain éclat, et ne me marquassent pas trop de dédain. Je puis même assurer que je ressentais en leur présence moins de timidité que devant les fillettes de mon âge, avec lesquelles il était arrangé que je me marierais plus tard, et même qui, au gré de certains jeux, devenaient pour quelques heures mes épouses légitimes, le plus souvent chargées d'enfants.

Ces amusettes ne m'ont laissé que de falots souvenirs. Je me souviens pourtant que certaines scènes de ménage me mettaient dans une extrême confusion. La cousine de Frédéric Bise, un petit laideron de neuf ans, me secouait comme un toton. On jouait « aux ménages », dans sa basse-cour, en compagnie d'autres couples assortis au petit bonheur. Nous, les hommes, n'avions que des rôles humiliants, cependant que nos femmes, occupées de frivolités et de cuisine, se divertissaient suprêmement. On nous chargeait des commissions à domicile ; on nous imposait de trimbaler et de raisonner toute une progéniture insupportable et affreusement lourde – car ce rôle ingrat était dévolu aux plus niais qui sont en même temps les plus gros. Aimant dominer, ou du moins jouer un rôle important, je ne tardais pas à secouer la tutelle de ma femme. La cousine de Frédéric essayait d'abord de me ramener à elle par la douceur, mais ses minauderies la faisaient plus laide encore ; elle en devenait si désagréable à regarder que, pour un peu, je l'eusse étranglée. Devant mes refus, elle se fâchait tout rouge et me traînait en conciliation devant sa mère. La tante Bise, une femme revêche et prude, me conseillait d'aller jouer ailleurs. La plus navrée du divorce était sa fille. C'était comme si on lui eût enlevé son plus beau jouet. Moi, je retournais à Mathieu Ventajou et aux jeux virils.

Un peu plus tard, vers huit ou neuf ans, mes rapports avec les fillettes se nuancèrent d'une curiosité qui n'était pas sans connexion avec les découvertes que je faisais au bord de l'eau, auprès des autres garçons, avec aussi les vantardises et les confidences de plus grands et de plus précoces que moi. Je traitais mes amies avec plus d'autorité, avec un peu de perversion. La chair exerçait sur moi un indéniable attrait. Je l'aimais un peu grasse. Les gros mollets prévalaient sur les jolis yeux. Il y avait, comme cela, tout un clan de rondeurs classé dans ma mémoire. La plupart de mes copains éprouvaient sans le dire des sentiments analogues. On faisait dégénérer les jeux des « ménages » en divertissements plus brutaux, appropriés aux saisons. L'été devenait pour nous une saison bénie, celle des cabrioles et des poursuites sur la paille des aires. On excluait les grands de ces gambades. On s'écartait des parents. On avait un goût de violence aux lèvres. Cela n'allait pas très loin. Mes premiers baisers ne furent pas accueillis comme je l'espérais. Ils me coûtèrent de l'audace et de la ruse. Ils me valurent quelquefois une gifle ou une égratignure. Ils indignaient à peu près toutes les fillettes que j'entendais séduire par ce moyen, et leurs résistances me poussaient à des violences de vrai mâle. Guidette, la fille d'un granger du mas Palau, acceptait pourtant que je l'embrasse dans le cou. Elle était potelée, un tantinet matrone même, et je trouvais à sa peau un goût de lait. Malheureusement pour moi, elle refusait de se passionner ; elle avait le cœur bovin. Un soir que je la pressais trop fort, elle se crut en péril, fondit en larmes et alla me trahir auprès de nos familles réunies sous les arbres. Je me sentis tellement coupable que je n'osai affronter la justice de mes parents. Je m'enfuis vers notre maison, seul, en pleine nuit, et, transi de peur et de froid, attendis sur le seuil de la porte le retour des miens. Je ne fus ni battu ni grondé. Je crois même que mon cas provoqua une scission dans la famille.

Dès l'âge de six ans, ma crédulité s'était émoussée à l'endroit de certaines croyances et mystifications par lesquelles les parents prétendent maintenir leurs enfants dans l'innocence. Je ne tardai pas, comme d'ailleurs tous les enfants devant lesquels on ne se surveille pas étroitement et qu'on laisse libres de fréquenter qui bon leur semble, à ne pas croire davantage au père Noël qu'à la naissance des nouveau-nés dans les choux. Mais, comme il advient lorsque certaines questions prêtent à rire, ou ne reçoivent pas l'accueil qu'on espérait, je me gardais de les renouveler. Ma curiosité une fois excitée par un silence ou une vexation, j'essayais de la satisfaire en écoutant et observant. Qui n'a vu un jeune enfant attacher un long regard sur le pis d'une vache, le manège d'un coq, et ne soufflant mot de ce qu'il sent renfermer un mystère, un secret de grande personne ? Ce même enfant, surprenant son père ou sa mère à leur toilette, a la même réaction et la même réserve. Un cri d'étonnement et de candeur libérerait tout le monde, tel celui que poussait un jour ma fillette retour des champs : « Oh ! papa ! Nous avons vu des vaches. Il y en avait une qui était tellement fatiguée qu'elle montait tout le temps sur les autres pour se reposer ! » L'enfant qui a de ces cris innocents et délicieux est précisément celui dont on n'a pas déçu les curiosités, celui que la nudité de sa mère ne surprend pas davantage que celle des statues, celui qu'on n'a pas prédisposé à l'observation sournoise. Encore que mes parents ne fussent pas de ceux qui découragent les questions de leurs enfants, ou les satisfont par un mensonge, ils manifestaient devant nous une pudeur excessive. Ma mère – et c'est vers elle que j'accourais quand j'étais avide d'explications –, était plus particulièrement timorée à cet égard. Elle éludait mes questions ou m'envoyait promener ; ou bien elle me faisait honte de certains propos, m'assurait qu'un enfant convenable ne se préoccupe pas de certaines choses... Mais le spectacle de la rue, avec ses chiens et ses chats en mal d'amour, celui de la basse-cour inlassablement enfiévrée, celui du jardin enivré de roucoulades et de poursuites d'oiseaux, celui des mas où, à toutes les époques de l'année, il n'était question que d'accouplements, de couvées, de portées, de vêlements, celui du village avec ses amoureux dans l'herbe, ses pelotages de plein air, ses femmes grosses, ses nourrices épanouies sur des chaises basses (l'une d'elles que j'approchais un jour de trop près cependant qu'elle allaitait son nourrisson, m'avait arrosé le bout du nez d'un jet de lait sucré !), ses hommes qui pètent au sortir de table, ses ivrognes qui pissent à l'abri d'une main incertaine, ses femmes qui dévoilent à haute voix leurs misères intimes ou content le dernier accouchement de leur fille, ses garçons impudiques et ses filles perverses, tout cela m'avait ouvert les yeux et façonné l'esprit, à l'âge où l'enfant des villes balbutie des « mots » qui font l'orgueil des familles, en attendant qu'une révélation tardive d'un camarade de lycée lui déchire l'âme... Mais je dois dire aussi que, certaines curiosités élémentaires assouvies, je me sentais moins troublé qu'on pourrait le croire, et que cette pudeur vraie que j'avais reçue en héritage dominait la plupart de mes actes. Je n'en prendrai pour preuve que les remords qui m'étreignirent après chaque aventure où je fus mêlé.

Si je me montrai de bonne heure amoureux de femmes inaccessibles, comme l'étaient Angèle Talayrac ou certaines amies de mes sœurs, ce fut, je crois, parce que ma passion n'était pas avouable et que je pouvais concilier dans le silence et la souffrance de réels sentiments d'admiration, d'attachement et de timidité. Je ne saurais qualifier le plaisir que j'éprouvais à embrasser les fillettes ; je sais seulement qu'il me laissait un trouble dans l'esprit, non ce trouble exalté qui suit les conquêtes, mais de l'inquiétude, du regret, le sentiment d'avoir commis une faute, ce que l'enfant appelle, avec un tremblement dénué de toute ironie, de toute désinvolture et de toute volupté : un péché.

L'amie de mes sœurs qui me troubla au moins autant qu'Angèle Talayrac s'appelait Marinette. Elle habitait un village voisin du nôtre et venait, elle aussi, tous les ans, passer ses vacances chez une tante de Sainte-Marie. C'était une magnifique brune à la bouche rouge, aux yeux tout bleus, immenses, et rayonnants de longs cils. Avec Alice, qui était menue, ferme, et débordante de vie, elles emplissaient notre maison de leurs rires. Marinette ne me traitait pas avec la douceur d'Angèle. Elle me taquinait, me poursuivait, m'embrassait, refaisait ma raie vingt fois par jour, se moquait tendrement de moi, me faisait sauter sur ses genoux où je me tenais, ravi et coi au contact de sa chaleur musculeuse et rebondie, cahoté sur ses moelleuses splendeurs. L'attachement que je ressentais pour elle avait quelque chose de moins innocent que celui que j'avais voué à Angèle ; il ressemblait étrangement à celui que je marquais aux fillettes de mon âge, lorsque je les bousculais et les violentais, tout au plaisir pervers de les sentir troublées et rebelles. Alors que la jambe d'Angèle, lisse et pure, et balancée d'un doux mouvement, me touchait à la façon d'un lys agité par la brise, la jambe de Marinette, brune et ronde, haut levée, impertinente, moins chaste en un mot, me donnait envie de griffer et de mordre. Les batailles que Marinette me livrait, lorsqu'elle me tenait serré dans son giron, que toutes les pesanteurs émouvantes de ses bras, de ses joues et de sa poitrine m'enveloppaient de douceur et de rudesse, que mon œil furtif découvrait, dans l'entrebâillement de l'étoffe brutalisée, un coin d'épaule nue, un peu de son sein comprimé, renflé, doux et pur, m'envahissaient d'un émoi sombre, d'un besoin cruel que les exigences de la lutte favorisaient ; souvent, un vertige s'emparait de tout mon être ; Marinette poussait un petit cri indigné, me posait précipitamment à terre, se dégrafait un peu devant ma sœur et lui montrait le coin de chair où mes dents, ou mes ongles, avaient laissé leur marque bleue.

Un soir de fête, je ne sais au juste pourquoi, Marinette vint coucher chez nous. Mes sœurs retenaient quelquefois des amies de la sorte ; ces événements ne me bouleversaient que dans mes habitudes. Hormis le lit de mes parents, toutes les couches de la maison étaient dédoublées, et, Robert et moi passions la nuit sur un matelas, dans un coin du « salon ». Nous acceptions cette nouveauté de bon cœur ; notre sommeil s'en trouvait à peine gêné, car nous étions à l'âge où l'on envie plus que l'on admire le général qui s'endort sur l'affût du canon. Le passage de Marinette dans notre maison eût donc pu ne pas marquer dans mes souvenirs, car il fut peut-être précédé ou suivi d'autres que je n'ai pas retenus, s'il ne s'était produit, au matin, au tardif réveil de la maisonnée, une chose que je n'ai jamais oubliée.

Je me trouvais seul dans la cuisine. À côté, dans la chambre de mes sœurs, j'entendais Marinette et Alice parler et rire follement ; elles avaient beaucoup dansé la veille ; sans doute quelque soupirant ridicule faisait-il les frais de leur gaieté. Soudain, il y eut une accalmie, la porte de la chambre s'ouvrit toute grande, et Marinette m'apparut, en chemise fine et courte, pirouettante, comme nue, sur le carreau ensoleillé. J'eus à peine le temps de voir qu'elle tenait un broc à la main. À ma vue, elle poussa un cri auquel ma sœur fit écho par un éclat de rire, referma précipitamment la porte, non sans que l'impitoyable, l'admirable soleil de septembre, n'eût, un instant que dans ma confusion je trouvai interminable, magnifié sa nudité.... Quelle terrible matinée je passai dans l'attente d'une confrontation avec la Marinette vêtue, la Marinette familière !

J'étais honteux, déçu aussi de l'avoir surprise dans cette métamorphose inattendue, extrêmement intimidante, et dont la beauté m'échappait. Je me sentais aussi coupable, aussi misérable que ce prince Actéon, mué en cerf, pour avoir eu la malchance de surprendre Diane au bain, et dont Clément avait trouvé moyen d'agrandir vingt fois, sur une toile, la douloureuse mésaventure... J'attendis dans les transes l'heure du repas qui devait tous nous réunir. La véritable Marinette y parut en haut et lourd chignon, rehaussé de peignes scintillants de perles ; une mantille de dentelle tombait de la cime de cet édifice en bruissant, et encadrait la figure la plus impertinente, la plus passionnée qui se puisse voir. Autour d'elle, tous les yeux brillaient de ravissement et d'amour. On eût dit un soleil levant ! Moi, je tremblais de tous mes membres. Je n'osai pas la regarder. Durant le repas, je m'ingéniai à passer inaperçu. Pourtant, au dessert, lorsqu'il fallut trinquer, et que vint mon tour de heurter mon verre au verre de Marinette, j'eus la force de soutenir son regard sans défaillir. Elle me sourit, comme d'habitude.

Souvenir mélancolique et poignant que celui-là, maintenant... Souvenir estompé et fané par tous les malheurs qui devaient, plus tard, s'abattre sur cette tête radieuse...

Souvenir que je n'ai évoqué qu'en manière d'hommage à une femme faite pour la félicité et l'amour, et qui ne devait pourtant, sa vie durant, n'en pourchasser que les illusions et les ombres.

Il vint un jour, hélas, où Marinette perdit sa gaieté, son insouciance, et jusqu'à cet éclat que rien ne semblait pouvoir profaner. Ce fut lorsqu'on parla de la marier à un haut fonctionnaire de Paris. Je l'avais entrevu une fois. C'était un homme carré et lourd, un peu chauve, un provincial arrivé à la force du poignet, et qui devait détonner dans tous les milieux, dans les salons de Paris comme au milieu des gens de la terre, un brave homme qui semblait n'avoir sa place nulle part au monde. Il avait le double de l'âge de Marinette. On ressentait, en le voyant, beaucoup de respect, et un peu de peine. Je ne sais quel sentiment l'emporta d'abord en Marinette. En dehors d'Émilienne et d'Alice, qui la plaignaient secrètement, tout le monde lui faisait valoir les avantages inespérés d'une telle union. Elle-même, je m'en souviens, essayait de s'en convaincre. Il n'y avait que la flamme, comme assoupie, comme ternie, de son regard et de son sourire, il n'y avait que sa voix, devenue hésitante et triste, il n'y avait que ses silences subits qui trahissaient sa désillusion et son désarroi.

Elle se maria sans joie, sans bruit, dans la plus stricte intimité. Nous la perdîmes longuement de vue. Elle eut trois enfants de ce mari convenable et touchant.

Soudain, vers la trentaine, comme s'allume un incendie au creux d'une nuit paisible, elle s'enfuit du foyer avec un amant. Il y avait dix années, plus peut-être, que couvait cette flamme désespérée. On la rejoignit, loin, à l'étranger ; on la raisonna ; on la brisa ; on lui fit réintégrer sa place auprès de son mari et de ses enfants.

Je devais la revoir, un peu après cette fugue, au cours de vacances qu'elle passait au pays. J'étais devenu un homme. Je l'accostai comme un homme. Mais ce fut avec mes yeux d'enfant que je la contemplai. Elle portait le deuil d'une de ses filles. Dans sa robe noire, amincie et brûlante, elle me parut plus belle et plus passionnée encore qu'au temps de sa jeunesse. Nous échangeâmes quelques paroles banales, presque gênées, mais je rentrai bouleversé. Plusieurs jours durant, je fus poursuivi par l'expression exaltée de ses yeux, le désespoir ardent qui l'embrasait tout entière.

Moins d'une année après, elle entra dans une maison de santé, pour retourner enfin, guérie de sa folie et de ses passions confondues, dans son village natal, où le verbiage des sources et des oiseaux, et l'éclat des œillets aux fenêtres lui répétaient inlassablement qu'elle avait gâché sa vie.

Elle vécut là, quelques années encore. Ses enfants lui ressemblaient. Ils lui répétaient sa jeunesse avec plus de certitude et plus de fidélité encore que les sources et les fleurs.

Que se passa-t-il alors dans cette tête et ce cœur qu'on avait crus guéris ? On pourrait l'expliquer de cent manières, dont aucune ne serait sans doute satisfaisante, dont aucune ne serait sûrement consolante.

Un soir, elle décida de mourir.

Et elle se tua.

13

Dès sa quatorzième année, Émilienne prit des attitudes de femme, cependant qu'à cet âge Alice s'attardait dans des divertissements puérils. Jusqu'à cette limite incertaine qui marque l'adolescence, elles m'acceptèrent dans leurs jeux dont je constituais souvent la pièce essentielle. Elles s'isolaient souvent dans la basse-cour pour jouer « aux marchandes », sous le micocoulier géant, ou sous le petit figuier dont les figues ne mûrissaient jamais. Émilienne vendait des gigots qui étaient des figues, et Alice, des crottes de lapin qui figuraient, à s'y méprendre, certains berlingots de la Jane Candi. Elles me comblaient de cornets prestement troussés dans des pages de vieux cahiers. J'avais cinq ou six ans. En cachette, je goûtais aux berlingots, et ils avaient beau me laisser une désillusion, je m'y laissais reprendre. Lorsqu'elles étaient lasses de commercer, elles jouaient à « l'esclavage ». Elles me vendaient et me rachetaient. C'était une forme de commerce qui me plaisait parce qu'on me portait tout le temps.

La mère Bise d'Avail nous autorisait à grimper dans le grenier de sa maison d'où on découvrait un grand morceau du village. Sa fille, Marcelle, possédait une impressionnante poupée aux cheveux bouclés, aux robes de soie, et qui dormait et s'éveillait au commandement. La mère nous la laissait admirer à satiété, mais il était interdit d'y toucher. On l'asseyait sur un tas de grains et elle nous fixait d'yeux si brillants et si pressants qu'ils devenaient vite insupportables ; on la rapportait à la mère pour jouer en paix.

Depuis des années, les rhumatismes clouaient au lit le vieux grand-père Bise d'Avail. Il se soulageait en jurant. Entre deux sommes, il égrenait des chapelets d'énormes injures dont Dieu et sa Sainte Mère faisaient à peu près tous les frais. J'aurais bien voulu le connaître, mais on le cachait farouchement aux étrangers à la famille ; on se montrait assez navré de ne pouvoir leur boucher les oreilles ; la réputation de la maison y eût sûrement gagné. Je l'entrevis pourtant, un soir qu'on le descendait de son lit, comme pour une mise en bière. Il avait un nez de rapace, l'œil blanc, une lèvre râpeuse de vieux curé de campagne. Il s'arrêta de crier pour me regarder, et demanda : « Qui est ce petit ? » À ce moment, j'eus l'impression qu'un terrible verdict allait tomber de sa bouche. Mais il se contenta de me faire un geste de la main. Et je n'ai jamais su s'il m'appelait auprès de lui ou s'il me chassait.

L'oncle de Marcelle était régisseur d'un mas proche de Sainte-Marie. On y allait le jeudi. On traversait le Tech sur une passerelle aux jambes plantées de guingois et qui faisait penser à une longue monture trottant à l'amble. Le domaine était situé sur l'autre rive, au flanc d'un coteau vert et doux comme du velours. On l'abordait prudemment à cause du chien ; c'était un labri sommeilleux qui daignait à peine ouvrir l'œil à notre passage. L'oncle était un grand gaillard, jovial et taquin. Il nous accueillait avec des formules de ce genre : « Je vous préviens que si je vous retrouve au maïs, je vous jette tous quatre au gouffre ! » On riait. Lui aussi riait, mais juste assez pour donner le change. Nous nous écartions du champ de maïs. Nous nous rendions aux « courtines ». C'étaient des loges à porcs sans porcs. Elles occupaient tout un côté de l'aire. Avec leurs murs blancs, leurs toitons rouges, leurs fenestrons festonnés, elles me faisaient l'effet de magnifiques palais. Il n'y manquait que des lits à baldaquin. Je ne m'expliquais pas pourquoi les cochons de l'oncle y avaient renoncé pour s'installer un peu plus loin, dans une courette puante.

On jouait « aux ménages ». Je faisais le papa. Ça m'allait mieux que de faire le bébé. Je couchais avec Marcelle. Alice était le mari d'Émilienne. Ma femme me donnait du fil à retordre. Si l'envie de faire pipi me prenait, je désertais le lit conjugal et j'avais recours aux bons offices d'une de mes sœurs pour me déboutonner. On goûtait d'une tranche de pain noir et d'un fromage frais. L'oncle venait nous rendre visite.

– Vous avez été sages au moins ? demandait-il.

Sa femme n'était pas très aimable avec lui. Elle lui tournait le dos et grommelait. Cela me chagrinait et m'étonnait, car elle était très douce avec nous. J'aurais voulu les réconcilier, les faire danser ensemble de force, comme j'avais vu une fois Clément le faire à papa et maman qui se chicanaient. Mais quelque chose de plus fort que la timidité me retenait.

On rentrait à la nuit tombante. L'oncle venait parfois nous accompagner jusqu'à la passerelle ; d'autres fois, c'était mon père qui venait nous attendre. L'oncle lui serrait la main et l'entretenait de ses cultures. Mon père hochait la tête à certains chiffres et faisait : « Foutre ! » À la maison, il contait tout cela à maman qui écoutait sans complaisance et finissait par dire :

– N'empêche qu'avec ses mille, il fait le malheur de sa femme !

– Le malheur... le malheur... répliquait mon père. Et si elle s'arrangeait pour être moins laide !

Alice recueillait les confidences des grandes filles et demandait des éclaircissements à ma mère qui l'envoyait promener. Elle m'a conté que, vers sa dixième année, elle fut troublée par la révélation d'une compagne. « Tu sais, lui avait-elle dit, les enfants, c'est le vent qui les fait ! Il passe sous la robe et ça gonfle le ventre ! » Elle s'en était tenue à cette explication des années durant et refusait d'aller se promener les jours de tramontane.

Mes sœurs revenaient du catéchisme comme on retourne du cinéma. Mossen Soubirane était, en effet, à lui seul, une attraction. Il leur faisait réciter quelques lignes, leur posait quelques questions, puis leur apprenait à chanter. Entre deux cantiques, il faisait une distribution de bonbons. Il battait la mesure en frappant de son gourdin l'accoudoir de la Gounar, et cela réjouissait les fillettes, exactement comme si c'eût été l'institutrice qui eût reçu les coups. Il invitait les plus dissipées à se mettre à genoux. « Viens chauffer la brique ! » disait-il. Il appelait Alice : Grain de Mil, ou encore : Moustique.

À la veille de la communion, il emmena Alice au presbytère. Je connaissais bien le salon où il avait fait entrer ma sœur, son harmonium, ses objets d'art religieux, sa piété en conserves, et, sur la cheminée de marbre noir, ce chien de porcelaine dont on enlevait la tête pour puiser des anis dans son ventre. La vieille mère du curé avait bougonné une fois de plus ; elle avait pris Alice à part et lui avait demandé : « Qu'est-ce qu'il te veut le curé ? » Puis, elle avait ajouté : « S'il te donne quelque chose, ne le dis pas aux autres... Ou bien on te coupera la langue ! » Mossen Soubirane avait offert un étui de cuir qu'Alice ouvrit devant nous. Il contenait un chapelet aux grains nacrés, lové autour d'une croix d'argent. Le lendemain, Alice fit sa communion dans une robe qui avait servi à la communion d'Émilienne, qui, elle-même, ne l'avait pas étrennée. Elle portait sur la tête une couronne de roses que le poids du voile de tulle déséquilibrait à tout moment. Serrée à la taille comme une infante, empesée, épinglée jusqu'à l'âme, perdue dans ses gazes, ses souliers blancs surgissant de temps à autre du vaporeux fatras comme des souris, une aumônière pendue à la ceinture, une main encombrée du missel, l'autre du chapelet enroulé autour du poignet, elle avait l'air affreusement gênée et triste. Tout émue et pâle, elle semblait entrer en convalescence, et, en effet, elle essayait ses premiers pas dans l'adolescence. Tout le jour, elle resta séparée de moi. Émilienne et des amies la chaperonnaient. L'après-midi, après les vêpres, elles allèrent s'asseoir sur le parapet du canal. Elles regardèrent l'eau longtemps en parlant à voix basse. C'était comme une terrible conspiration. Je leur fis un signe d'amitié, de loin, comme en font ceux qui se séparent, à la pointe d'une jetée.

Mes sœurs continuaient à fréquenter le cours complémentaire de Moret. On avait allongé les robes d'Émilienne dont le dos se voûtait et les traits se creusaient sous l'effet de je ne savais quels soucis. Alice restait garçonnière, sous ses tabliers noirs, éclairés par un col Claudine et des nœuds de ruban. Elles étaient chaussées toutes deux de souliers jaunes et montants dont elles croisaient rapidement les lacets dans des œillets volants. Elles prenaient grand soin de leurs cheveux ; Émilienne les avait crépus et épais, Alice longs et rudes ; chacune les matait à sa façon, mais Alice avait beau les tresser avec acharnement, ils lui pesaient comme une couronne et lui donnaient mal à la tête.

Les villageois les chargeaient à peu près chaque jour de commissions à la ville. C'étaient de gros souliers de travail qu'il fallait faire clouter et rapporter le soir, des bonnets à confier au repassage et à ramener intacts, des ordonnances dont l'exécution se traduisait par une avalanche de fioles, de boîtes et de pots. Elles revenaient de l'école leurs filets pleins à craquer, livraient à domicile. On oubliait quelquefois de les remercier.

Parfois, le matin, bien avant le lever du jour, je les entendais se lever. Elles s'habillaient à tâtons, faisant le moins de bruit possible, perdant le moins de temps qu'elles pouvaient. (J'avais été longtemps intrigué par le fait qu'elles faisaient une partie de leur toilette avant de se coucher). Dans la cuisine, elles allumaient la lampe. On les entendait chuchoter. Même dans leurs disputes, elles n'élevaient pas le ton. Dans sa chambre, mon père toussait ; c'était une toux d'homme en belle santé ; pour tous, c'était un indice de présence, une manière de réconfort. De son lit, ma mère donnait des indications sur la place de tel objet que mes sœurs ne parvenaient pas à trouver, parlait de se lever ; dans sa voix perçait du remords. Mes sœurs faisaient réchauffer le café et ajoutaient du lait bouilli de la veille qu'on tenait au frais derrière un volet. Dans la tiédeur de mon lit, j'éprouvais un immense bien-être, et en même temps je ressentais un peu de peine, comme lorsque souffle le vent d'hiver et qu'on pense aux mendiants. Enfin, elles s'en allaient. Je les suivais par la pensée jusqu'à la Crouette, un peu plus loin parfois, puis je me rendormais.

Elles nous peignaient le milieu scolaire de Moret, Émilienne avec gravité, avec amertume même, Alice avec plus d'esprit et de piquant. Malgré leur dissemblance de tempérament, elles se chérissaient et partageaient joies et chagrins. Émilienne n'était pas aimée par ses maîtresses. Elle n'était pas très jolie, ni peut-être très bien faite, mais, toute fine et élancée, elle montrait des yeux débordants d'une douce lumière, une bouche charnue largement ouverte sur des dents éclatantes. Les garçons la regardaient, mais Alice se mettait en travers et les décourageait d'un quolibet. Elle restait menue, rondelette, effrontée. Les femmes l'aimaient comme on aime un garçon. Avec Léonie Tastu, elles jouaient à qui saisirait le mieux le ridicule des gens ; elles n'étaient pas charitables, mais leur communion dans la moquerie et le sarcasme faisait penser à la hautaine et mystérieuse entente des initiés.

À travers leurs propos, les sous-préfets me paraissaient se résumer à deux types : ceux qui gardaient leur visage officiel jusque dans les latrines ; ceux qui n'étaient que fantaisie. Moret connaissait des spécimens des deux sortes. Les sous-préfets fantaisistes n'y faisaient pas long feu. Les francs-maçons de l'endroit ne badinaient pas avec la vertu. Ils se débarrassaient des sous-préfets comme on déchire une vieille affiche pour en coller une neuve. Dans certains milieux de Moret, on se lamentait. C'était un boute-en-train perdu pour le Cercle du Commerce, une coqueluche de moins dans les salons. On attendait le successeur dans les transes. Ainsi, il y avait eu Lamblin, Plombières, Mossieu de Rouennat.

Le sous-préfet dont mes sœurs avaient gardé le plus aimable souvenir s'appelait M. Chevallet. C'était un magnifique escogriffe que son flair et ses longues jambes portaient irrésistiblement là où il y avait des femmes. Il faisait rêver les filles à marier des fonctionnaires et des industriels, et aussi les femmes du procureur, du notaire, du capitaine de gendarmerie, toutes celles que la carence de leurs maris, ou le sentiment de leur ennui, ou l'éveil d'une passion à leur taille, prédisposaient à l'aventure.

M. Chevallet se démenait car ses prédécesseurs lui avaient légué une succession fort lourde. Il avait, disait-on, bien des cœurs meurtris à panser. Il parait à tout, le bougre, grâce au ressort jamais las de ses longues jambes, un peu sèches, mais jamais flageolantes comme celles de son prédécesseur qui combinait l'amour et l'alcool. Non content de satisfaire aux exigences des femmes mariées, dont il hantait assidûment les canapés et les ruelles, il ne dédaignait pas d'aller chasser dans la rue, à la sortie des ateliers et des écoles, et jusqu'au fin fond des campagnes. Il avait sur le gibier l'avantage de la vitesse. Quelquefois, il se dépassait. Car il avait aussi l'avantage de l'éloquence. Il n'avait pas son pareil pour tourner un compliment. Il paraît que c'était toujours le même, qu'il n'avait qu'un madrigal en poche. À moins qu'il n'en fût sorti, il était digne d'entrer dans un répertoire... Qu'importe ! M. Chevallet l'avait récité cent fois et il avait séduit cent victimes. Maintenant, il l'essayait sur un auditoire de plus en plus ingrat, sur les toutes jeunes filles. Il ne dédaignait pas d'attendre la sortie des élèves du Cours complémentaire, fendait comme une proue leur flot échevelé et rieur, et souriait de toutes ses dents. Mimi Clavel exerçait sur lui une véritable fascination. C'était la fille d'un douanier. Elle était grande, blonde et jolie. Il allongeait le compas dans son sillage, la rattrapait, lui débitait son compliment. La première fois, elle avait rougi, et rien ne prête plus à l'illusion qu'une émotion de blonde. La deuxième fois, elle s'était durcie sur ses petits souliers à bon marché et elle avait menacé M. le sous-préfet d'une gifle. M. Chevallet avait ressenti la première mortification de sa vie. On en riait dans toutes les classes de l'école. Une institutrice, qui aimait M. Chevallet en secret, ne riait pas moins haut que les autres ; on admirait son esprit, car tout le monde savait qu'elle était jalouse de la beauté de Mimi Clavel. Enfin, de tous côtés, on espérait que la leçon aurait porté.

Pourtant, un jour de printemps, M. Chevallet décida d'aller voir à domicile toute cette jeunesse insaisissable et moqueuse. Il entra dans la classe des grandes au moment où Mlle Marcet, une brune plantureuse, au visage lumineux, impassible et frais d'aquarium, allait commencer sa leçon d'histoire. Il s'était présenté, son chapeau melon à la main, exquisément poli, puis, désignant à la ronde l'assemblée des jeunes filles aux blouses fleuries, il avait dit : « J'admire toutes ces belles poitrines ornées de roses ! » Aussitôt, Mlle Marcet s'était dressée à son pupitre, et, tremblante d'une indignation dont on ne l'eût pas crue capable, elle avait ordonné à M. le Sous-Préfet de sortir.

Mes sœurs nous peignaient encore leurs maîtresses d'école : celle qui boitait, mais savait en faire un charme supplémentaire ; celle que la visite de l'inspecteur primaire mettait sens dessus dessous ; celle qui rougissait pour un rien... À chacune étaient liées des histoires miraculeusement appropriées à leur caractère. J'aimais, sans l'avoir jamais vue, celle qui avait recueilli sa famille dans le besoin et n'avait nullement honte de sa pauvreté ; je pressentais bien que j'étais devant une exception. Je détestais non moins instinctivement celle qui se refusait à trouver des mérites à

Émilienne et le lui faisait sentir avec une obstination qui me bouleversait. Aussi, considérai-je comme une revanche cette aventure qu'on lui prêtait : elle avait reçu un appel téléphonique ; on l'avait introduite dans la cabine et elle s'y était hermétiquement fermée, comme si elle avait eu l'intention d'y passer la nuit ; l'employée s'escrimait à lui donner la communication ; tout le monde, aux écoutes, attendait qu'elle voulût bien répondre ; enfin, alarmé par son mutisme, le receveur avait forcé la porte de la cabine, et trouvé la vieille demoiselle, debout, les bras ballants, interrogeant de tous ses sens le ripolin aveuglant des cloisons ; d'un geste circulaire de la tête et des mains, elle avait désigné l'intérieur de la cabine et dit simplement : « J'ai beau écouter, monsieur, je n'entends rien ! »

Nous connaissions de la même manière de nombreuses amies, et lorsque mes sœurs nous en amenaient une, à Sainte-Marie, nous jugions combien leurs portraits étaient fidèles au fait qu'elles n'avaient pas à prononcer leur nom.

Mes sœurs mangeaient leur repas de midi au réfectoire de l'école. C'était un réduit obscur et si malodorant que, sauf par les grands froids, elles lui préféraient le préau. Émilienne partageait le pain et l'omelette froide, et elles mangeaient très vite, parce qu'elles avaient fini par détester l'omelette. Les échos de leurs mécontentements et de leurs disputes nous venaient le soir. Ma mère s'en montrait particulièrement malheureuse ; elle ne savait que leur préparer ; dans son for intérieur, elle les trouvait difficiles. De temps à autre, pour couper la monotonie des repas, elle leur donnait de l'argent : sept ou huit sous, le montant d'une boîte de pâté ou de sardines à l'huile. Alice préférait acheter des olives salées ou des dattes ; elle aimait aussi gonfler son pain sous le robinet. Cela ne devait être connu qu'à la longue, lorsque son estomac devint intolérant et qu'elle fut prise de défaillances... Ce réfectoire ! Je devais en connaître un semblable, plus tard ! J'en parlerai. Cela en vaut la peine. C'est là, sans aucun doute, dans ce bouge à estomacs, qu'avec la mienne, se sont ruinées quelques santés et fanées quelques jeunesses !

À Sainte-Marie, mes sœurs étaient souvent invitées à des parties de plaisir ou à des noces. Elles y paraissaient en toilette et en chapeaux emplumés qui décoraient les cortèges ; de plus, elles savaient égayer le dessert par des chansons. Aux baptêmes, on jetait à la volée des pralines et des espèces de gaufres à goût d'hostie et de pain à cacheter dont je raffolais. Les mariages se passaient en repas, coupés de promenades digestives à travers champs. Le cortège se rendait parfois à la gare pour regarder passer le train, ou bien il se dispersait au bord de la rivière. Les mariés étaient les plus tristes de la bande et ce n'était pas sans m'intriguer. Lorsque mes sœurs savaient s'y prendre, j'étais invité en même temps qu'elles. Je me souviens bien du repas de baptême chez Falipou, le charron. On avait mis des tables bout à bout ; la dernière de la file présentait un plan légèrement incliné, un peu comme un pupitre. On m'avait placé là, avec quelques enfants de mon âge. Jacques Tolère, le fils du maire, s'y trouvait aussi. C'était déjà un jeune homme. Vêtu de noir, cérémonieux, nous regardant de haut, il semblait chargé de nous surveiller. On apporta un magnifique canard, à moitié naufragé dans une sauce d'olives et de champignons dont l'odeur embaumait le quartier. On regardait la pièce comme s'il se fût agi d'un phénomène ; et c'en était un, en effet. Personne n'acceptait d'y toucher.

Après s'être fait un peu prier, Jacques Tolère accepta de la découper. On prétendait qu'il avait l'habitude, et il s'en défendait mollement, avec un rougissement d'orgueil. Il saisit le plat des deux mains, le posa devant lui, étala largement sa serviette sur ses genoux, et il aiguisa contre le mien un terrible couteau de cuisine qu'on venait de lui apporter. Le canard se révéla tout de suite moins commode qu'on ne s'y attendait. Il fut bientôt visible que Jacques Tolère serait obligé d'engager une lutte à mort. Il se soulevait à demi ; de la sueur perlait à ses tempes ; il était rouge. Au moment où il attaquait le croupion, les bras arqués à les luxer, une grimace de haine aux lèvres, le canard tout entier se rebella ; on le vit réagir comme un taureau sous la pique, bondir hors du plat, cabossé de champignons et reluisant de sauce verte, pour aller finir sa charge dans le giron de Jacques Tolère. Aujourd'hui encore, je me demande si ce canard n'était vraiment pas vivant ! La consternation dut bientôt céder la place aux rires. Jacques Tolère alla refaire toilette, mais il eut beau se rincer, il ne parvint pas à se laver du ridicule.

Je me souviens plus encore des noces de la fille à Sautès, l'ancien maire. Le vieux Sautès était un fermier, ami de mon père. Il passait pour avoir fait son beurre. Il se paralysait par degrés et savait que ses jours étaient comptés. Aussi, se hâtait-il de marier ses filles. C'est aux trois quarts mort qu'il assista aux noces de la dernière. J'étais de la fête, ainsi que mon père et mes sœurs. Mlle Paillarès de Montclar, la propriétaire du domaine des Sautès, présidait. C'était une vieille fille au visage parcheminé, aux fanons agités comme les grelots d'une mule. D'habitude, elle se vêtait de robes humbles et fripées et on eût pu la prendre pour une pauvresse. Ce jour-là, elle s'était mise sur son trente et un. Elle portait une robe de soie plissée, était coiffée d'une toque scintillante de perles retenue par deux larges mentonnières ; à la cime de cet édifice tremblotait un bouquet de violettes artificielles. Une bonbonnière suspendue à son bras par deux cordelières, pendulait sans arrêt, de même que s'ouvrait et se refermait, dans une perpétuelle agitation de nacre et de plumes, un éventail qu'elle tenait dans une de ses mains. Tout en elle froufroutait et trémulait. Je ne la perdais pas de vue. Elle m'intimidait extrêmement. Elle allait à travers les groupes, toute capricante, s'arrêtait pour bégayer une amabilité. « Voui... voui... voui... » faisait-elle, en guise de réponse à tout ce qu'on lui disait. Elle était sourde comme un pot. Elle m'aperçut par miracle, car je m'ingéniais à l'éviter, posa son doigt décharné et froid sous mon menton, et me fit : voui... voui... voui... exactement comme aux membres les plus honorables de la société. Je ne pus m'empêcher de penser que c'était peu. D'ordinaire c'était avec un gros sou qu'on m'en imposait.

Au repas, Mlle de Montclar et mon père furent choisis pour encadrer M. Sautès. Le pauvre homme semblait très bas. Il faisait des efforts pour paraître en vie. Je remarquai qu'on se préoccupait peu de lui. Auprès de M. Sautès et de la vieille demoiselle, mon père détonnait de santé et d'esprit. Il était content. Une lueur moqueuse aiguisait son regard. De temps à autre, il me souriait. Il parlait beaucoup. Ses propos étaient l'objet de l'attention générale. On eût dit que la fête était organisée en son honneur.

Au dessert, on apporta une pièce montée sur laquelle on avait juché une minuscule mariée de porcelaine. À la suite d'un hasard que tout le monde acclama, elle échut à Mlle de Montclar. La vieille fille accueillit le bibelot avec une grimace qui devait exprimer le plaisir ; elle le plaça devant son assiette et sembla l'oublier. Cependant qu'on faisait honneur au gâteau et aux vins blancs, je ne cessai de regarder la petite mariée de porcelaine ; elle était très jolie ; un point rouge lui servait de bouche. En même temps, une haine sourde me travaillait ; j'étais convaincu qu'une injustice venait d'être commise, et peut-être même à mon détriment. Émilienne chanta une berceuse de Grétry, et M. Sautès pleura. Puis, une jeune femme, fardée à vif, se leva de l'autre côté de la table, prit du champ sur le carreau et dansa plutôt qu'elle ne chanta :

Je viens de Chatou tou tou
Pour voir Bijou jou jou
Et gambader, folichonner...
Je viens de Chatou tou tou...

C'était une étrangère. Il est possible qu'elle vînt de Chatou comme elle le prétendait. On se passait son nom de bouche à oreille. Le fils Sautès la buvait des yeux. Et Mlle de Montclar daigna l'applaudir.

À la fin du repas, tout le monde se leva, sauf M. Sautès qui n'en eut pas la force. Mlle de Montclar rafla la poupée de porcelaine et l'enfouit dans une poche profonde comme un tombeau. Puis, à ma grande surprise, à ma honte aussi, elle ouvrit le bal avec papa.

Cette journée me laissa un souvenir pénible, comme beaucoup de réjouissances auxquelles j'ai été mêlé. On retourna à Sainte-Marie dans des voitures à chevaux. J'avais pris place dans le break du fils Sautès. Il négligeait les rênes pour embrasser à pleine bouche la femme venue de Chatou. Le cheval faisait des écarts.

De temps en temps, on m'embrassait, à moi aussi, mais toutes ces tendresses m'endolorissaient étrangement.

Quelques jours après la noce, le vieux Sautès mourut. La nouvelle de sa ruine arriva en même temps. Il avait donné l'essor à la dernière de ses filles, puis il s'était éteint, comme on joue un bon tour.

14

Marié à dix-neuf ans, père à vingt, Clément venait d'être incorporé dans un régiment d'infanterie de Paris, cantonné au fort de Stains. Depuis une année déjà, son foyer le distrayait du nôtre, le détachait peu à peu de nous, semblait-il. Une lutte encore subtile, dorée de taquineries, de coquetteries, de sourires, s'engageait entre sa jeune femme et nous.

– Elle est jalouse ! disait mon père.

Je ne comprenais pas cette forme de jalousie ; je croyais qu'on ne se jalousait qu'à l'école. Cet aspect douloureux et nouveau de la vie ne laissait pas de me surprendre et de m'inquiéter. J'étais sans doute le plus touché, le plus ébranlé, par ce que je considérais comme une injustice.

Pourtant, dès qu'il fut soldat, Clément sembla retrouver des loisirs et il nous écrivit aussi souvent et aussi longuement qu'avant. Certes, nous le sentions préoccupé de sa nouvelle famille, et nous trouvions cela tout naturel, mais nous avions le sentiment qu'il se libérait vraiment lorsqu'il s'adressait à nous. Ou peut-être, la situation, ou quelque doléance de mon père restée secrète, lui commandait de la générosité, et il ne s'en privait pas.

Au régiment plus encore qu'à la poste, Clément devait éprouver la vanité de la révolte ; il semble aussi que la pensée de sa femme et de son enfant le rendait prudent. Il était robuste et aimait les exercices violents ; il s'écarta des bureaux qui lui rappelaient sa profession et il suivit le peloton ; bientôt, il fut nommé caporal. Aussitôt, ses déboires commencèrent. Il ne savait pas commander, faisait les corvées à la place de ses hommes. Des malentendus inévitables surgirent entre eux ; la plupart le croyaient intimidé ou faible ; certains se montraient grossiers. Alors, il régla quelques différends d'une manière originale ; de temps à autre, il s'empoignait avec un rustaud qui s'était par trop fourvoyé dans ses jugements. Cela le fit regarder d'un autre œil. Mais son crédit de chef était tout de même atteint ; on n'arrivait pas à comprendre qu'ayant l'autorité en main, il n'en usât pas. C'était avant tout l'opinion de son sergent, de son adjudant, de son capitaine. L'immortelle logique se levait contre lui, il ne pouvait se le dissimuler. Lorsqu'on accepte d'être caporal, on entre dans un jeu, on s'incorpore dans un rouage. Il n'y a pas deux manières de tourner pour un ressort. Il n'y a pas deux manières d'être caporal. Clément s'en rendait compte. Il était capable d'autorité ; il la portait dans le sang, cette autorité du père jugulant cinquante élèves d'un mot, d'un simple coup d'œil ; mais ce privilège l'épouvantait... Il répugnait moins à s'incliner devant un ordre stupide qu'à y incliner les autres. Il s'était enfin lassé de raisonner et de plaider pour le compte d'autrui. C'était pourtant lui, qu'à chaque événement qui semblait menacer la collectivité, on venait consulter, ou qu'on suppliait de prendre la tête d'une délégation, ou de présenter une requête. Mais il savait qu'au régiment, comme au bureau, comme à l'école, comme partout dans la vie, chacun déclarait, au moment pathétique, que la soupe était bonne.

Il avait cru trouver un refuge dans la misanthropie. De plus grands l'avaient espéré avant lui. Elle ne lui donnait qu'un semblant de repos. Et puis, une force impérieuse le poussait de temps en temps à montrer ce qu'il avait dans le ventre. Dès qu'on s'insurge, dès qu'on dispute, on n'est plus misanthrope. La misanthropie, c'est la haine sans complément ni échappatoire, c'est le mépris intégral qui exclut jusqu'aux injures et aux explications ; et c'est une position héroïque. Clément n'était pas héroïque. Il n'était pas un employé héroïque. Il n'était pas un caporal héroïque. De temps à autre, il faisait le mur, désertait la garde ; une fois, envie de retrouver sa femme, une autre fois, histoire de secouer le joug, souvent, plaisir d'étonner. On le punissait de prison. On le menaçait de la cassation. Un grand mot pour une petite chose. Ce mot l'attirait comme une flamme. Il papillonnait autour. Il n'eût de cesse qu'il ne s'y brûlât.

Il y avait, dans sa vie de caserne, un adjudant qu'il détestait fort et qui le lui rendait bien. Entre eux, le drame mûrissait comme dans un scénario bien réglé. Au-dessus d'eux, pourtant, il y avait un capitaine comme on n'en voit pas beaucoup, ni au théâtre, ni dans les casernes, car il mettait un point d'honneur à couvrir ses subordonnés et s'était institué la providence des fortes têtes de la compagnie. C'était un vieux colonial, tout cabossé et recuit, un peu abruti et un peu vaincu, un chef au bout de son rouleau, mais qui savait parfois surgir de sa vieille défroque avec l'accent de la jeunesse et de la grandeur. Il avait chargé Clément de constituer une mutualité régimentaire, à la mode alors, et il l'avait fait avec tant de confiance et de bonté que, piqué d'amour-propre, Clément avait réussi le miracle de doter la compagnie de la section mutualiste la plus florissante du corps d'armée. Après cet exploit, une véritable sympathie, et presque une complicité, s'était établie entre le capitaine et lui. Elle devait bien servir Clément à deux reprises au moins.

Un dimanche, il se trouvait de garde, en qualité de caporal, à l'entrée du fort de Stains. Il avait deux prisonniers à faire sortir dans la journée : un maçon de Gonesse et un serrurier de Chantilly, deux rudes caboches un peu fêlées, aux accents traînants et canailles de vieilles savates. Aux heures de liberté, les deux hommes construisaient une baraque dans les environs pour le compte d'un particulier ; ils gagnaient dix francs chacun à chaque coup ; ils vinrent confier leur ennui à Clément qu'ils connaissaient bien, le supplièrent de les laisser sortir, lui jurant de ne pas le compromettre s'ils étaient pincés et quoi qu'il arrivât.

– C'est entendu ! leur dit à peu près Clément. Vous pouvez sortir. Mais je l'ignore devant Dieu lui-même. Toi, maçon, tu t'y connais à faire les murs. Toi, serrurier, tu sais crocheter les portes. Et je suis blanc dans tout ça, hein ?

Les deux lascars vont aussitôt troquer leur treillis contre une tenue de sortie, s'envolent vers Paris, et, à une heure du matin, gare du Nord, cassent la gueule à un cocher sous les yeux de Rauze des Ordons, leur propre lieutenant. Puis, sans commenter leur virée, vers les deux heures du matin, ils réintègrent la prison.

Le lendemain, Clément est appelé au rapport du lieutenant. Trois jours durant, l'officier le cuisine, l'exhorte à l'aveu, le menace, le confronte avec les punis de prison. Il les avait vus frapper le cocher mais le maçon de Gonesse et le serrurier de Chantilly nient, jouent l'innocence avec placidité. En désespoir de cause, Rauze des Ordons en appelle au carnet des rentrées.

Ce carnet des rentrées, il lui devait deux nuits blanches ! Il avait pris la peine de relever l'ordre des rentrées à l'aide d'heures fournies par des hommes de confiance, sous-officiers ou caporaux qui s'étaient fatalement rencontrés au cours de la nuit, soit en gare du Nord, soit en gare de Stains, soit sur le chemin du fort, long de plusieurs kilomètres. Mais plus il s'était aventuré dans son enquête, et plus le carnet des rentrées lui avait paru renfermer de mystère. Sachant Clément de garde, les permissionnaires de dix heures étaient rentrés à minuit, ceux de minuit, de deux à quatre heures du matin, ceux de la nuit, à toutes les heures. De sorte que deux hommes qu'on avait vus rentrer ensemble étaient portés rentrants à plusieurs heures d'intervalle... Tel quel, l'ordre des rentrées était réglementaire ; il ne permettait pas de punir qui que ce fût. Rauze des Ordons dut s'avouer momentanément vaincu. Il n'était question que de cela à la caserne. Il y allait du prestige de l'armée. Tous les officiers de la compagnie, que l'adjudant secondait avec un âpre zèle, vinrent à tour de rôle fatiguer cette salade. Ils se piquaient au jeu. Certains avouaient n'en pas dormir. Clément resta inébranlable. Le maçon de Gonesse et le serrurier de Chantilly refusèrent d'expliquer comment ils étaient sortis et rentrés, tout en affirmant que le caporal de garde n'avait pu les voir. Ils auraient innocenté Clément la tête sous le couperet.

L'enquête sommeilla quelque temps, mais Clément sentait toute une meute haleter autour de lui.

Un jour qu'il avait repris son tour de garde, le lieutenant Rauze des Ordons l'amena devant l'ogive de la porte d'entrée et lui demanda s'il estimait que les deux coupables eussent pu s'enfuir par escalade à cet endroit.

– Assurément ! dit Clément.

– Cela me surprendrait beaucoup, reprit Rauze des Ordons. Mais je serais décidé à vous laver de tout si vous me montriez comment ils ont pu faire !

Aussitôt, Clément enleva son équipement et sa capote, et escalada les six mètres de l'ogive par les saillies d'angle. Là-haut, il posa ses deux mains pour se hisser ; il avait plu dans la matinée ; la pierre était moussue et gluante. À ce moment, il entendit la voix de son capitaine l'interpellant rudement. Dans le mouvement qu'il fit pour se retourner, ses mains glissèrent et il tomba. À cet endroit, il y avait une main courante sur le pont-levis, un rocher bordant le fossé du fort, et, dans l'encoignure, un tas de crottin. C'est là qu'il vint providentiellement s'enfoncer jusqu'au ventre, sans un cri. Ce fut le capitaine en personne qui vint l'aider à se dépêtrer de sa gangue. Rauze des Ordons était couleur paille. Le capitaine le traita de fou et lui ordonna de cesser des tracasseries qui avaient assez duré.

Clément ne fut plus interrogé. Le maçon de Gonesse changea de corps avec trente jours de tôle dont quinze de cellule ; le serrurier de Chantilly, dont le dossier était chargé, fut déféré au conseil de guerre. Mais ils ne desserrèrent les dents, ni l'un, ni l'autre.

L'adjudant de Clément était alsacien. C'était tout le contraire d'un brave homme ; et il ne craignait pas le ridicule. Il avait tout de suite compris que Clément lui procurerait de la joie, car c'est une erreur de prétendre, comme tel personnage de *Zadig*, que les méchants sont toujours malheureux. Naturellement, il trouva maintes occasions d'ennuyer Clément, et même de le punir.

Mon frère lui rendait les coups avec esprit, quand ce n'était pas avec impertinence. L'adjudant élevait plusieurs couples de chardonnerets dans une cage ; sa marotte de la prison s'étendait aux oiseaux, mais ceux-là, il les chérissait et leur parlait un langage choisi. Il avait accroché sa cage sur la façade de la caserne qui donnait sur les fossés, de telle sorte que Clément, le soir où il décida de les libérer, dut se livrer à une gymnastique infiniment périlleuse. Il ouvrit la porte de la cage, sauva les chardonnerets malgré eux, car la plupart s'entêtaient à rester, et laissa, dans la prison vide, un petit billet ainsi conçu : « Jusqu'au plus petit, ils ont reconquis leur liberté ! » La stupeur et la fureur du sous-officier firent la joie du quartier huit jours durant. Ses soupçons se portèrent tout de suite sur Clément qu'il sonda vingt fois au plus profond des yeux, mais il ne put en tirer que des dénégations goguenardes.

Il y avait dans l'escouade de Clément un bat' d'af' qui terminait une peine de plusieurs années de prison et qui répondait au nom de Truie. Truie était un excellent garçon, mais il buvait plus qu'incongrûment. Il s'était tellement attaché à la vie régulière et paisible à laquelle on prétendait donner un sens de punition, que, chaque fois qu'il arrivait au bout de son temps, il commettait une frasque qui lui valait une prolongation de peine. C'était un compagnon assez compromettant, comme on peut en juger, et Clément ne se fut sans doute pas senti attiré par le bonhomme si l'adjudant n'eût prétendu l'imposer dans son escouade et lui gâter, de la sorte, sa quiétude.

À cette époque, un règlement venait d'être mis en vigueur, suivant lequel les punitions étaient exécutables au moment même où les sous-officiers les portaient, l'avis du capitaine n'intervenant que plus tard. Un dimanche, Clément relevait de garde, lorsque l'adjudant imagina de le punir parce que ledit Truie, de garde lui aussi (mais ce n'est pas sûr, car il aimait les nuits blanches du corps de garde et venait souvent se proposer clandestinement en renfort) « avait insolemment pris devant un supérieur la guérite pour les latrines ». Clément, dont l'intention était d'aller passer la journée à Paris, auprès de sa femme et de sa fillette, ne cilla pas. Il gagna sa chambrée et se mit en tenue de sortie.

– Que faites-vous là ? lui demanda l'adjudant, qui l'avait suivi.

– Vous le voyez, mon adjudant, je m'habille !

– Vous vous habillez pourquoi ?

– Pour aller à Paris, mon adjudant !

– À Paris ? À Paris ? Mais je viens de vous punir !

– Je serai puni par le capitaine demain, mon adjudant !

– Ah non ! Vous ne pouvez ignorer le règlement que voici !

– Je n'ai pas le temps de lire, mon adjudant. J'apprendrai le règlement demain !

– Caporal Grégoire, je vous ordonne de vous mettre en treillis ! Caporal Grégoire, je vous ordonne de descendre à la salle de police ! Ah ah ! vous refusez ! Très bien ! Refus d'obéissance alors ?

Et le voilà lisant le code à haute voix.

Pendant ce temps, Clément enfilait sa capote, bouclait son ceinturon, et s'en allait...

L'adjudant le suivit dans l'escalier, dans la cour, et jusqu'à la porte du fort. Là, il commanda au caporal de garde :

– Empêchez le caporal Grégoire de sortir !

Le caporal de garde saisit Clément aux épaules, et tout pleurnichant et mou, le supplia de ne pas passer outre. Clément lui échappa et arriva devant le portail où la sentinelle se tenait, baïonnette au canon. C'était un nommé Deflanche, un gars du Nord aux yeux malicieux et rieurs, et qui venait de temps à autre lire un de ses poèmes à Clément.

– Sentinelle ! lui cria l'adjudant, croisez la baïonnette.

Deflanche eut un haut-le-corps. Il croisa la baïonnette, mais pas en travers du chemin, en long... L'arme tremblait dans ses mains.

Clément continua son chemin sans encombre. Derrière lui, l'adjudant gesticulait et hurlait de plus belle :

– Caporal Grégoire ! Une dernière fois... Je vous somme d'obéir !

Alors, les oreilles échauffées par les cris véhéments de cette bourrique, Clément eut un sursaut. Il se retourna, avança de quelques pas vers le gradé qui commençait à ricaner diaboliquement, et, les mains en entonnoir afin que rien ne s'égare, il lui lança le mot des vaincus, le mot usé mais toujours héroïque : merde ! Et s'en fut tranquillement...

Ce fut par le secrétaire du major que Clément connut, le lendemain, la scène véritablement pathétique qui s'était déroulée entre le capitaine et l'adjudant. Après avoir parcouru le rapport de son subordonné, l'officier l'avait appelé et lui avait dit :

– Vous êtes donc fou ! Désobéissance, rébellion, insultes à un supérieur... Mais ça va chercher dans les cinq ans de travaux publics, ces trucs-là !

– Je le sais ! avait répliqué l'Alsacien.

Le capitaine était devenu livide. Il avait tenté de raisonner l'adjudant, fait valoir que Clément était fonctionnaire, père de famille, sergent dans les quinze jours, sujet turbulent mais bon soldat, gymnaste de qualité, organisateur éprouvé (il pensait toujours à sa mutualité régimentaire), que sais-je encore... Rien n'avait pu fléchir l'adjudant. Alors, au terme de la patience, le capitaine était sorti de ses gonds. Son sang d'Afrique s'était cabré. Il avait jeté son sabre sur la table des secrétaires, arraché son képi cabossé sur son vieux crâne blanc, déchiré le rapport, jeté le poids de ses galons et de son honneur dans la balance... Puis, tournant le dos à l'adjudant, il avait dicté séance tenante un rapport concluant simplement à la cassation. Ah ! le brave homme !

Rarement gradé sacrifia ses galons avec plus de soulagement que Clément. Cela se fit le lendemain même. Et, deux jours après, il était envoyé au 128ᵉ, à Abbeville, en attendant sa libération, son retour à Paris, et, après quelques années d'un bonheur incertain, la guerre.

15

J'ai parlé de l'émotion qui m'étreignait, chaque fois que, en compagnie de Mathieu Ventajou, je m'avisais de faire un bout de conduite aux mendiants qui traversaient Sainte-Marie. C'est qu'ils représentaient l'aventure et le mystère. Qu'ils fussent pitoyables comme « Matounes-quoi-mon-fils », sataniques comme la « Gobe-œufs », incohérents comme « Jean des Fourches », ridicules comme « la Crinoline », terrifiants comme « l'Homme aux chiens », ils venaient de loin, portaient sur leurs visages des traces de combats ; leurs haillons étaient pleins d'histoires, leurs voix et leurs silences même chargés d'étranges significations ; leur vie, dont on s'ingéniait à me montrer l'indignité, m'apparaissait méritoire car elle s'inscrivait en dehors des préoccupations étroites et casanières des villageois, qu'elle bravait le mauvais temps, la nuit, les dangers de la grand-route et de la forêt, les chiens de ferme, les valets, les patrons, les arrêtés, les préjugés, la coalition éternelle des forces mauvaises. Je ne les considérais pas du tout du même œil. Il y en avait que je plaignais, et donc que j'aimais, d'autres qui me répugnaient, d'autres enfin qui me faisaient peur, mais tous m'attiraient par cet aspect mystérieux, insondable, que revêtent les êtres misérables, ce drame exagéré par les uns, travesti par les autres, nié parfois avec grandeur par certains, et qui est comme la poésie de la misère exprimée par des tempéraments divers.

Mes parents étaient charitables, encore que d'une manière différente. Ma mère ne pouvait s'empêcher de corser ses aumônes de conseils qu'elle estimait judicieux, mais qui en atténuaient grandement la portée ; aux jeunes mendiants qui s'égaraient chez nous, elle recommandait de chercher de la besogne ; elle exhortait les intempérants à moins boire et suppliait les gueulards de mettre une sourdine à leurs cris. Certains, comme « Jean des Fourches », lui inspiraient plus de peur qu'à moi-même, et lorsqu'elle était avertie de leur passage, elle fermait la porte à clé ou m'envoyait leur tendre un morceau de pain ou un petit sou dans la rue. Elle contait souvent l'histoire d'un jeune homme bien vêtu, et très fort, qui s'était introduit dans la maison, un jour qu'elle était seule, qui avait refusé du pain, s'était ancré sur le carreau de la cuisine dans une attitude si résolue qu'elle avait cru sa dernière heure venue, jusqu'au moment où elle lui avait donné le peu d'argent qu'il exigeait.

Ces alarmes faisaient sourire mon père. Lui, il aimait les mendiants sans infirmités, sans plaies, les mendiants à qui on peut tendre du billon sans avoir l'appétit coupé, sans ressentir aussi un trop vif remords. Cette femme qui traînait sur des béquilles un buste et des jambes mortes, qui offrait une horrible main déformée et retournée, qui marmottait des remerciements d'une bouche perdue dans le pus et l'acné, je suis sûr qu'elle lui gâtait les jours de fête dont elle ne manquait pas un, car il en parlait avec plus de dégoût que d'apitoiement. Il préférait, certes, faire rencontre du « Fou » qui cachait son malheur sous des excentricités de pantomime, voire de « Jean des Fourches », qui pratiquait la mendicité avec arrogance, le mendiant ingrat qui vous remerciait avec des insultes. Car ceux-là étaient vivants ; ils jonglaient avec les sentiments d'autrui ; ils payaient d'une trouvaille ; ils faisaient leur métier avec une verve et une ingéniosité qu'on n'appréciait pas toujours à leur juste prix !

« La Crinoline » avait un sobriquet transparent. Elle revêtait par-dessus les autres le dernier vêtement qu'on lui donnait, recouvrait le tout d'une ample crinoline. Elle comptait parfois complaisamment ses jupes et ses jupons comme on feuillette un album. Les dessous vieillissaient avec elle. Cela composait un tas sordide et malodorant qui n'intriguait guère que les amateurs de statistique. Cela ne laissait pourtant pas de m'impressionner autant que le numéro de « l'homme aux quarante gilets ». Celui-là, je l'avais vu dans un cirque de passage. Il débouchait à cheval sur la piste ; cependant que la monture tournait d'un trot placide, il se campait debout sur la large et confortable croupe de la bête, et il commençait à se dépouiller de ses gilets. Le public comptait à haute voix les loques bariolées qu'il jetait à mesure à un valet. Il y avait le compte. Les acclamations crépitaient. Il me semble que l'on était surtout frappé par l'opulence d'un monsieur qui pouvait se payer une telle garde-robe. « La Crinoline » avait moins de prétention et, partant, moins de succès. Elle affirmait que « ce qui garde du froid, garde du chaud », et cela passe pour vrai. Heureusement pour son commerce, son originalité ne s'arrêtait pas là. Elle traînait après elle trois petits chiens savants, habillés de boléros éclatants, de culottes bouffantes, et coiffés de chapeaux à plumes, trop grands pour leurs spirituelles petites frimousses. Elle les faisait danser au son du tambourin. Ils connaissaient la musique. Dressés sur leurs pattes de derrière, celles de devant repliées et molles, ils inclinaient tristement la tête sur le côté, un petit bout de langue pris entre leurs quenottes blanches, et ils tournaient gauchement, dans l'ombre de leurs chapeaux à brides, jusqu'à ce que « la Crinoline » jugeât le public conquis. Elle les récompensait d'un morceau de sucre, puis elle faisait la quête.

« Le Fou » avait un surnom plus transparent encore et qu'il n'avait certes pas volé. On s'obstinait pourtant à le prendre pour un simulateur. Il entrait dans les maisons en courant, parcourait toutes les pièces, renversait des objets, mais avec un certain discernement semble-t-il, ressortait au milieu des cris d'indignation et de terreur ; parfois, un objet qu'il avait négligé de jeter à terre le suivait dans sa fuite et venait siffler à ses oreilles. Mais les représailles n'allaient pas outre. Après quelques exploits de cette espèce, convaincu d'avoir secoué l'apathie du village, il passait de porte en porte tendre la main. Je n'en avais pas peur. Il y avait quelque chose de malicieux et de rassurant dans son regard. Une fois, mon père l'avait arrêté dans l'escalier de notre maison et lui avait offert une cigarette roulée. Il s'en était saisi, avait demandé du feu, et une fois dehors, l'avait troquée contre un crottin de cheval, peut-être bien fumant lui aussi. Une autre fois, avisant mes parents au balcon, il les avait désignés du doigt et s'était mis à chanter :

Voilà, voilà Pimpin !
Voyez comme il est bien !
Sa femme, elle est joli ie...
Il ne lui manque rien !

ce qui avait eu pour effet de faire rentrer précipitamment ma mère. Mon père n'aimait guère désarmer les rieurs en se dérobant ; aussi, écouta-t-il en souriant les couplets suivants que la postérité n'a pas retenus.

Mes sœurs chantaient toutes sortes de romances et de couplets, vêtues de vieilles fripes, un foulard noué sous le menton, et délirant à la manière des chanteurs de passage sur cette aimable définition de la Patrie :

Car por vô,
Car por vô,
La Patrie...
Sera tojors, tojors,
Où la rose est fleuri ie,
Où naissent les beaux jors...

Elles n'avaient pas peur du « Fou », mais « Jean des Fourches » les terrorisait. Pourtant, « Jean des Fourches » ne s'attaquait pas aux enfants.

16

« Jean des Fourches » était bien de Fourches. Fourches est un sombre petit village des Corbières, oublié à jamais dans ses marnes, où quatre pieds de vigne s'essoufflent à rivaliser avec les plants de Maury et des Côtes d'Agly. N'eût été « Jean des Fourches », dont la renommée est restée vivace dans les mémoires, personne ne s'aviserait de parler encore de lui. Du vivant de « Jean des Fourches », ses compatriotes ne se montraient guère fiers de leur ambassadeur, et ils le faisaient savoir au département entier, par toutes les voies, celle de la presse y compris. Renié par les siens, « Jean des Fourches » s'appliquait à les compromettre avec plus de vigueur que jamais. C'était le fils du maire. Sa famille vivait dans une relative aisance ; on en jugera par le fait que c'était la seule du village à rentrer ses récoltes à dos de mulet. Mais « Jean des Fourches » avait de bonne heure rompu avec un siècle de traditions honorables. Il trouva tout de suite la terre trop basse, le rapport trop mesquin, le vin trop léger, l'horizon trop étroit : un tas de raisons de poète. Destiné dès sa naissance à ceindre l'écharpe de maire, comme un des rares du village à savoir signer de son nom, voué aux allocutions funéraires, aux délégations sénatoriales, aux présidences d'assemblées politiques, mutualistes et viticoles, un peu après son retour du service militaire qu'il avait prudemment situé comme le terme du conformisme, il plaqua là la famille, les espérances et les honneurs, pour mener une vie d'homme libre... Lorsque je le connus, il y avait quarante années qu'il parcourait les routes. Ses parents s'étaient éteints l'un après l'autre, de désespoir aimait-on à conter, mais il faut croire qu'à Fourches on supporte admirablement les douleurs, car, au dire de « Jean des Fourches », le moins heureux de ses ascendants était mort à quatre-vingts ans passés. Les vieux de Sainte-Marie se souvenaient des jours glorieux de « Jean des Fourches », après son héritage. Il avait acheté une trotteuse, une jument aussi rapide et souple qu'une gazelle, et il avait décidé une femme, une écuyère disait-on, à partager sa vie. La grande vie de plein air, d'hôtellerie en auberge. Il avait écrit au fronton de son tilbury : « Ça ne durera pas ! » Et, en effet, ça n'avait pas duré. Il avait successivement vendu la voiture, la jument, puis je pense la femme, et il avait continué son chemin à pied.

À soixante ans, après plusieurs lustres de trimard, « Jean des Fourches » avait gardé toute sa coquetterie. Il portait une barbe soignée, des vêtements décents, et il n'entrait jamais dans un village sans avoir fait un brin de toilette. Moins gâté que « la Crinoline », il n'avait que deux chemises, mais il en changeait tous les jours. Il lavait au lavoir public, et attendait que ça sèche. Cette singularité faisait hocher la tête des gens ; sa réputation de folie s'était fondée, je crois bien, sur cette obstination à vouloir rester propre. Il n'avait rien d'un mendiant ordinaire. N'eussent été sa démarche folle, ses gestes exaltés, ses mouvements de tribun, les diatribes qu'il lançait au vent, on l'eût pris pour un courtier un tantinet jovial rentrant d'une tournée de taste-vin. Il connaissait les villages de la contrée aussi intimement que le fond de ses poches, quartier par quartier, maison par maison, famille par famille, tare par tare ; cela en faisait un homme infiniment redoutable, et qu'on se gardait de contrarier. Mais, lorsque « Jean des Fourches » avait du vent dans les voiles, le plus authentique saint n'eût pas trouvé grâce à ses yeux. Curés et instituteurs, notaires et receveurs d'enregistrement, avocats et banquiers devenaient alors ses victimes de prédilection, son luxe imprécatoire. Il dénonçait au carrefour leur ignorance, leur tartuferie, leur satanisme, quand ce n'était pas leurs usures et leurs prévarications, et lorsqu'un passant, désireux de s'assurer son indulgence, s'avisait de l'approuver ou même de sourire d'un air complaisant, il se retournait contre lui et l'injuriait à son tour, de telle sorte que ses plus cruelles vérités passaient pour des calomnies, et que jamais personne, les avocats moins que les autres, ne s'avisa de le traîner devant les tribunaux pour diffamation... Cependant, bien des petites gens, dont il connaissait les affaires les plus secrètes, tâchaient de l'apaiser en le flattant, l'invitant à boire, ou lui faisant en cachette quelque libéralité. Il se laissait fêter, puis les quittait sur telle apostrophe restée célèbre : « Madame, vous mériteriez de passer pour une brave et honnête femme, si tout le monde ne savait que vous êtes une fieffée putain ! » C'était le mendiant ingrat. Il fallait en prendre son parti.

À Sainte-Marie, comme ailleurs, il avait ses têtes de Turc. C'étaient des gens providentiellement détestés du village pour leur suffisance ou leur sécheresse de cœur. « Jean des Fourches » arrivait en justicier, rassemblait en un terrible faisceau tous les griefs du village et le leur jetait en paquet à la face.

Nofre était longtemps resté sa bête noire. C'était un petit vigneron, rond et crépitant comme une bille lâchée sur le carreau, et qui affectait une écrasante supériorité sur ses concitoyens. On l'avait élu adjoint au maire. C'était la forte tête du conseil. Il mettait des bâtons dans les roues du char communal, je veux dire qu'il gérait les affaires de la commune comme ses propres affaires, avec une acrimonie et une avarice maladives. Il refusait un lavoir aux administrés du même ton et avec les mêmes arguments dont il refusait un peignoir à sa femme ; il était contre la nouvelle route, l'amélioration du presbytère ou de l'école laïque, le cimentage, l'alignement, le pavage, la démolition, l'érection ; il prenait feu contre le curé, le maître d'école, l'agent-voyer, l'architecte ; c'était l'infatigable avocat du taudis, le mainteneur de l'immondice. Et, comme tel, malgré les plis coquets de sa blouse des dimanches, il prêchait d'exemple en n'usant pas de savon.

« Jean des Fourches » avait beau jeu contre lui. C'est à son faux col de celluloïd, luxe des quatorze juillet, qu'il commençait à s'en prendre lorsqu'il voulait mettre les rieurs de son côté. Il le comparait à un ciel étoilé, à un pansement à furoncles, pour finir par assurer qu'il avait été volé dans un déménagement. Nofre haussait ses petites épaules ; à ces moments, il économisait même les paroles. Mais « Jean des Fourches » criait de plus en plus fort. Toute la vie de Nofre, toute la généalogie de la famille Nofre y passaient. Il les connaissait, de père en fils, jusqu'à la cinquième génération. C'était comme une histoire de la lèpre à travers les âges, le plus prodigieux lavage de linge sale qui se puisse imaginer. Nofre s'enfermait dans sa maison, verrouillait portes et volets, comme on fait au fort d'un orage. Mais « Jean des Fourches » ne s'arrêtait qu'aphone et rendu.

La Tia Roufaque, « la tante Giboulée », était, elle aussi, particulièrement malmenée. C'était la tante authentique de « Jean des Fourches ». Celle-là, il la connaissait dans les coins. C'était le propre procès de sa famille que « Jean des Fourches » entreprenait sur la place publique. Cela commençait par une série de génuflexions devant l'église du village, dont le logis de la Tia Roufaque était proche, une sorte de contrition dont une part était dédiée à Dieu le père, le reste à de vieux parents de la branche maternelle que « Jean des Fourches » n'avait pas connus. Cette concession faite, « Jean des Fourches » se redressait, et il allait égrener un chapelet d'un nouveau genre devant la maison de la Tia Roufaque, une veuve sans âge, bandée comme un piège à loups, dont on se gardait comme de la peste. C'était le rappel circonstancié et irréfutable d'une jeunesse déflorée, d'une maturité obscène et crochue, de deux veuvages plus que suspects, d'un présent plus édifiant encore, puisque « Jean des Fourches » n'hésitait pas à accuser la Tia de coucher successivement avec le curé, un frère cadet, et deux ou trois septuagénaires rentés du voisinage... Cependant, la Tia Roufaque n'avait pas la philosophie de Nofre. Elle jetait le contenu du pot de chambre à la tête de son neveu, et, d'autres fois, le vase lui-même ; ou bien, elle effectuait une sortie avec le balai ou le chauffe-lit, et force était à « Jean des Fourches » de battre en retraite. Ces duels homériques ameutaient les gamins du village. Les chiens s'en mêlaient, car la canne et le bissac de « Jean des Fourches » le désignaient à leur colère. C'était un prodigieux déploiement de cris, de gestes et de bassesse. On en avait pour une semaine d'impressions.

Je ne m'aventurais sur les traces de « Jean des Fourches » que dans les grandes occasions, lorsqu'il y avait foule autour de lui, et qu'il était trop empêtré dans ses polémiques pour s'aviser de ma présence. Je le suivais quelquefois, de loin, en compagnie de Mathieu Ventajou, lorsqu'il était trop harassé pour avoir la tentation de nous poursuivre. Mais je préférais en jouir sans risque. Je guettais son passage derrière la grille de l'école. S'il se dirigeait du côté de ma maison, mon cœur battait à se rompre et je me sauvais dans le poulailler. Il ne mendiait pas comme ses confrères. Il venait chez les gens en invité. Si, d'aventure, mon père paraissait sur le seuil de la porte ou au balcon, il le saluait cérémonieusement, en l'appelant, tantôt « Monsieur le Président », tantôt « Monsieur le Procureur ». Mon père lui rendait sa révérence, mais discrètement, et sans piper mot. Il maniait cet homme comme une bombe. En retour, « Jean des Fourches » ne se serait pas permis de tendre la main. Il existait, entre les deux hommes, une sorte de complicité latente, comme l'accord des notables du bourg, qui se saluent sur les chemins, connaissent mutuellement et à fond leurs affaires, se méprisent, et chassent tous ces miasmes dans le coup de vent de leurs chapeaux.

« Jean des Fourches » n'aimait pas beaucoup la rue des Écoles qui était en même temps celle de la Mairie et de la Poste, une rue officielle en somme, et j'imagine qu'il ne devait pas moisir dans les chefs-lieux de canton ou les sous-préfectures, vrais guêpiers à gendarmes et à geôliers. C'est pourtant là qu'il possédait des connaissances qu'il n'eût négligées pour rien au monde.

Garrigue, l'ancien cafetier, et sa femme, passaient pour ses amis. Garrigue avait gardé un stock d'absinthe. Il faisait entrer le mendiant, lui versait une rasade, cependant que sa femme, qui était native de Fourches, lui demandait des nouvelles du pays. « Jean des Fourches » passait là une heure attendrie, jusqu'à ce que Garrigue, que cette amitié flattait et inquiétait comme peut le faire la familiarité d'un tigre, trouvait un prétexte pour le reconduire dans la rue.

La Magnague ne se décidait pas à quitter son devant de porte ensoleillé, parce que « Jean des Fourches » était signalé dans ses parages. Elle savait pourtant, par expérience, qu'elle aurait fort à endurer. Mais, sous des dehors câlins, elle cachait un cœur fort. « Jean des Fourches » lui demandait des nouvelles de la légume. La Magnague était maraîchère. Elle geignait sur son sort. Entre le mendiant et elle, il y avait un échange de jérémiades, d'amabilités feutrées sous lesquelles perçait une immense ironie. « Jean des Fourches », cependant, haussait un peu le ton, procédait par allusions perfides, peu compréhensibles pour l'enfant que j'étais. Alors la Magnague se levait et disait à voix basse :

– Allons, homme... je vois que tu vas encore déraisonner... Entre !

Ce qui se passait à l'intérieur de la maison n'était pas trop mystérieux. La Magnague criait, d'en bas, à son mari, de descendre un pichet de vin. Le Magnague jetait un coup d'œil dans la cage de l'escalier, hochait la tête, tirait de la vieille piquette, la baptisait à l'évier, et l'apportait à « Jean des Fourches » avec un compliment. Le mendiant buvait avec une grimace. Puis, la Magnague le raccompagnait dehors avec des paroles destinées davantage aux voisins aux écoutes qu'à « Jean des Fourches » lui-même.

– Allez, va, homme... Tu me fais de la peine... Un homme comme tu étais... Va, et sois raisonnable !

Alors, après avoir jeté un coup d'œil vers la Mairie, « Jean des Fourches » se retournait brusquement. Il brandissait son bâton, faisait mine d'assommer la vieille. Mais elle n'avait pas un tressaillement, et répétait sur le même ton bonasse :

– Va homme... Va homme...

« Jean des Fourches », qui avait bien des piquettes sur le cœur, lui reprochait sa cupidité, son aisance mal acquise. Rien n'ébranlait la vieille qui avait repris sa place au soleil. C'était « Jean des Fourches » qui renonçait. Il était déjà loin, que la Magnague déplorait encore, à voix douce et intelligible, l'ingratitude des misérables, et s'efforçait en vain de se réhabiliter.

À l'inverse de la Magnague, la Lie Nidolère, la grand-mère de mon malheureux copain Drien Nidolère, se barricadait dans sa maison dès que « Jean des Fourches » apparaissait au tournant de la rue. Il se montrait, en effet, impitoyable pour sa bigoterie et sa crasse. La Lie ne redoutait rien tant que d'être traitée de souillon. Elle récurait ses casseroles dans la rue en signe de protestation, mais son visage, son cou, ses mains, les seules parties de sa peau que quiconque en dehors du mari – et encore pas sûr ! – eût jamais vues, évoquait le granit d'un évier mal brossé. « Jean des Fourches » la tançait d'une voix tremblante de dégoût. Parfois, Chicou Nidolère, le mari, se montrait à la fenêtre, mais il avait beau se renfrogner, on le sentait là par ordre, et infiniment ennuyé. « Jean des Fourches » le traitait de vieux chat-huant, de couenne rance, de singe châtré. C'était ordinairement Drien, l'innocent, qui arrangeait les choses. Il arrivait en courant sur ses jambes tortes et, balayant d'un revers de main la bave qui coulait sur son menton, il venait offrir au mendiant l'aumône d'un sourire et d'une poignée de main si pitoyables, que « Jean des Fourches » s'arrêtait de crier. Les deux misérables se considéraient un moment, et cependant que la colère s'éteignait dans les yeux de l'un, la gratitude et l'amitié envahissaient les yeux de l'autre. À la fin le mendiant acceptait l'hommage de l'innocent, haussait douloureusement les épaules, et s'en allait, accablé d'un nouveau poids.

Je ne parvenais pas à redouter tout à fait « Jean des Fourches », ni même à le désapprouver entièrement, parce qu'il épargnait ma famille, qu'il faisait sonner haut les vérités, qu'il était à peine injuste, et qu'enfin, dans ses bons jours, il nous faisait rire.

Parfois, au fond de la rue, j'entrevoyais la silhouette d'Angèle Talayrac entrer précipitamment dans sa maison. Sa jambe blanche s'évanouissait la dernière. Mais « Jean des Fourches » n'y prenait pas garde. Il adressait rarement la parole aux jeunes filles. Sa misogynie se cantonnait aux femmes d'un certain âge, celles en qui il sentait perdurer le vice et s'endurcir le cœur. Je me demande maintenant s'il n'était pas poursuivi par le souvenir de cette écuyère, qu'un jour de désarroi, il avait vendue, pour s'acheter un peu de vin et de liberté, un peu d'illusion.

17

« Matounes-quoi mon fils » avait le vin tendre. Son menton était toujours bleu d'une traînée de boisson, comme une nappe éclaboussée. Il traînait une jambe, bavait et bégayait comme Drien Nidolère. C'était l'idiot de cent villages. Il refusait le pain. Il vivait de vin. Sa femme était une sorte de fantôme étiré et mou, une algue dans le courant. Elle buvait aussi.

« Matounes-quoi mon fils » et sa femme eussent pu être les jouets des villages où ils passaient, mais quelque chose d'infiniment doux dans leur misère désarmait les plus cruels. Ils ne laissaient jamais échapper un mot vif ni un mouvement d'impatience, bénissaient ceux-là mêmes qui leur refusaient l'aumône ; ils semblaient ne plus avoir la force de se récrier devant les injustices du sort et des hommes, et ne vivre que parce qu'il est difficile de mourir. Cela donnait à penser aux plus égoïstes comme aux plus sots.

« Matounes-quoi mon fils » adorait les enfants. Il ne leur racontait pas d'histoires – et comment l'eût-il pu avec sa langue entravée ? Nous le suivions dans ses démarches de porte en porte et l'aidions à fléchir les cœurs trop durs. En retour, il nous intéressait par son extrême difficulté à marcher, à parler, et même à boire. Sa main tremblait ; il coulait plus de vin hors de son gosier que dedans, et cela ne laissait pas de le surprendre et de l'indigner contre lui-même. Comment un être aussi misérable et aussi rebutant parvenait-il à nous attirer ? Je pense que c'était au prix d'une immense douceur, d'une admirable patience, d'une véritable sainteté. Nous avions pris l'habitude de l'appeler, à tout instant, rien que pour l'entendre nous répondre : « Quoi, mon fils ! », cent fois, mille fois, sur un ton jamais excédé et si infiniment affectueux qu'il semblait, en effet, qu'il fût notre père à tous, un père veule et un peu dégoûtant, mais un père enfin.

Il avait une prédilection pour Sainte-Marie. Il y restait des semaines entières. Je n'ose affirmer que l'hospitalité y était meilleure qu'ailleurs, mais « Matounes-quoi mon fils » s'y sentait vraiment chez lui. En hiver, il dormait dans l'écurie des Cardon ; en été, il allait s'allonger sur le mur des Bise d'Avail, à quatre pas du cimetière. C'est là, sur une pierre large comme une dalle, qu'on devait le trouver mort, un matin. Il y resta une partie de la journée, jusqu'à la fin de l'enquête. Tout le village vint le voir. C'était un jour de juillet. Des nuées de mouches bruissaient autour du cadavre. Je n'osai pas m'approcher. Je n'aperçus « Matounes-quoi mon fils » que de loin, sous une bâche au bout de laquelle ses pieds dépassaient. Et ce fut la première fois qu'à sa vue, ma pitié se mitigea d'horreur.

Ouatée, les yeux mi-clos, confidentielle jusqu'au fin bout de ses ongles pointus, la « Gobe-œufs » s'amenait, été comme hiver, drapée dans un châle noir. C'était la bigote des poulaillers. Elle vivait de rapine. Elle faisait main basse sur les œufs des fermes, des maisons mal gardées, les gobait sur place ; certains disaient qu'elle les perçait du bout de son nez crochu ; elle laissait la coque en souvenir. On n'osait se plaindre trop haut, car elle jetait des sorts. Elle avait un regard noir, chargé de maléfice, et si on se préoccupait trop de sa personne, elle vous le décochait comme un venin. Elle habitait une hutte faite de branchages, de tôles et de vieux oripeaux, sur le chemin de la Roure. Mais elle ne rentrait pas toutes les nuits dans sa demeure ; elle dormait à la belle étoile, au pied d'un buisson, au coin d'une porte cochère, sur la dalle d'un puits. Les pans de son châle ramenés sur son inquiétant petit nez d'oiseau de nuit, elle restait là, sans que rien d'elle bougeât, jusqu'au matin.

Dans les maisons voisines, on ne dormait que d'un œil. On craignait moins le larcin que le maléfice. Elle mendiait rarement ; dans ce cas, elle tendait la main sans proférer une parole, ne remerciait point. Il y avait quelque chose d'austère et de stoïque dans sa manière d'accepter la vie. Elle refusait de dormir sous un toit lorsque, par calcul, on l'en priait. Une nuit d'hiver qu'elle s'était blottie dans une encoignure, une de nos voisines lui apporta une chaise et une couverture. Elle la dévisagea d'un regard si sombre que la pauvre femme en garda un tremblement.

Vincent de la Marende était un malheureux orphelin, plus qu'aux trois quarts idiot, promenant sa tuberculose et son incurable imbécillité dans les neuf cantons de l'arrondissement. Il se croyait une vocation d'orateur. Une borne, un charreton, l'abreuvoir, tout lui était bon comme tribune. Son numéro préféré, c'était « son conseil de réforme ».

– Comment vous n'appelez-vous ? mé dit le major.

– Vincent !

– Tra bien ! Toussez un coup !

– Heu hum !

– Aï ! mon garçon, vous avez l'alvéole du poumon qui achève de se poudrir ! Réformé !

– Tant millon ! Je me le préfère ! Ma mère sera contente !

On riait ! On riait aux larmes ! C'est qu'il y mettait de la verve. On sentait que tout cela était vrai, sauf peut-être la joie de sa mère, qui était morte depuis longtemps, et qui ne pouvait guère se réjouir que dans sa tombe. Les rires de son public l'exaltaient. Il répétait la scène autant de fois qu'on le lui demandait.

Je n'eusse peut-être pas senti le côté douloureux et odieux de ces spectacles si, un jour, mon père ne se fût pas décidé à venir m'en arracher et ne m'avait pas fait honte de mon incompréhension.

18

Caramel de Paris était natif d'une obscure bourgade de la Salanque. Il s'était anobli, semble-t-il, un peu au hasard. Mais ce n'est pas sûr. Il connaissait l'attrait des mots et le rayonnement des titres sur les gens de la campagne. C'était un petit bonhomme aux jambes de coq, au visage tanné et buriné par l'alcool et la vie de grand air, à qui des guêtres et une casquette étriquée donnaient l'apparence d'un jockey dans la dèche. Il ne paraissait qu'aux fêtes. Il arrivait sur son vélo, une sacoche, un clairon, un entonnoir et deux ou trois autres accessoires burlesques en bandoulière, et s'écriait à la ronde : « Caramel de Paris est arrivé ! » Il se défendait d'être un mendiant. Il se défendait d'être un artiste. Il ne se définissait pas, se contentait de se défendre de toute appellation hasardeuse, tout au long des exordes par lesquels il avait coutume de présenter ses numéros.

Il montait sur une chaise, à la terrasse d'un café, attirait les curieux sans un cri, sans un appel, par le seul effet de ses mains prédicantes et l'invite sarcastique de son sourire, mi-rusé, mi-cruel. Il faisait aussitôt le vide aux terrasses des cafés voisins, car il avait le sens de l'opportunité et ne se produisait que lorsque chômaient les gros divertissements de la fête.

– Mesdames et Messius ! commençait-il, ainsi que vous vous en êtes sans doute aperçus, Caramel de Paris est arrivé. Je viens de loin. J'arrive de Villalate (c'était un village de l'autre côté de la rivière, à deux pas de Sainte-Marie). Là-bas, ils ne sont pas larges. Mais vous devez les connaître... Pour m'écouter faire l'âne, il n'en manque pas un ; ils sortent tous leurs paralytiques, et jusqu'à leur centenaire, qui est sourd comme un pot. Mais dès qu'ils sentent venir la quête, ils s'envolent comme des moineaux ; on ne les rattraperait pas avec un fusil. Des fois, ils me laissent le centenaire en otage... Pauvre homme... Que voudriez-vous que j'en fasse ? Tout cela, c'est pour vous dire que je suis un peu découragé... Mais je ne suis pas venu au milieu de vous pour me plaindre. Et puis, il y a peut-être des gens de Villalate ici, et je ne voudrais pas me faire casser ce qui me sert de figure...

Les rires commençaient à fuser. Caramel de Paris restait impassible. Son œil goguenard suivait le progrès du propos sur les visages. Il avait des trucs de conférencier. Il dévisageait quelque figure particulièrement ingrate et s'efforçait de l'éclairer d'un semblant d'intelligence et de chaleur. Lorsqu'il y était parvenu, qu'il l'avait mise pour ainsi dire dans son jeu, il était assuré de l'unanimité des suffrages.

– Toi qui as l'air dégourdi ! lançait-il à tel villageois réputé pour sa lourdeur et son avarice, je suis sûr que tu ne te sauveras pas, comme ceux de Villalate, au moment de la quête... C'est que tu sais apprécier le mérite. Et je te remercie d'avance...

Lorsqu'il avait ainsi retenu la masse des badauds, il se présentait plus amplement. Enfant, je ne trouvais pas une grande saveur à ces préliminaires, de toute évidence destinés à masquer ou justifier l'indigence du répertoire. Il me tardait que Caramel de Paris embouchât sa trompette et sonnât plusieurs charges, ou avalât une bonne douzaine d'allumettes bougies enflammées, ou déchaînât à l'aide de son cuivre, de sa trompe de bicyclette et de deux ou trois couvercles de fer-blanc, une effarante cacophonie baptisée polynésienne. Plus tard, il m'apparut que c'étaient ses propos, ses trouvailles, son art à manier les foules qui valaient le mieux.

– Je ne veux pas vous tromper ! criait-il. Je ne suis pas un artiste. Il n'y a qu'à me regarder pour s'en rendre compte. Si je vous disais que je suis un artiste, le plus bête d'entre vous aurait le droit de protester. Si j'étais un artiste comme Bila (c'était le chef d'une troupe de comédiens ambulants dont j'aurai l'occasion de parler), je m'amènerais avec des malles, un col d'astrakan, une maîtresse et un petit chien. Et je ne ferais pas un sou de recette... Pourtant, je ne voudrais pas, sous prétexte que je ne suis pas Bila, que vous me preniez pour un oiseau de pauvre plumage. Tout le monde sait que je sors du conservatoire de Prunet-et-Belpuig (c'était un hameau perdu dans les bois), avec un premier prix d'entonnoir... Que voulez-vous ! mes parents étaient pauvres, et ils n'ont même pas pu me payer une clarinette ! Et maintenant que je pourrais, si je le voulais, m'en payer une douzaine – car vous avez entendu dire que je suis devenu millionnaire ! –, je ne saurais pas m'en servir... Enfin, il paraît qu'avec mon clairon, ma trompe, mes couvre-plats et mon entonnoir, je fais encore de bonnes soupes ! Voyons, toi qui ne rates pas une de mes représentations, mon vieux Barraquer, est-ce que tu ne préfères pas un moment avec moi qu'une soirée au cirque Barnum ?

Barraquer, dit « la mule a fait un œuf », approuvait d'un large rire. C'était lui que Caramel de Paris chargeait de faire « le baron ». Il avait, comme cela, un ou deux « barons » par village, de grands types dominant les foules d'une tête, et il poussait son industrie si loin, qu'après le spectacle, il lui arrivait de se faire arroser par les « barons » eux-mêmes.

– Voyez-vous... continuait-il, je ne le lui ai pas fait dire ! C'est un connaisseur. Il n'y a que cela pour apprécier : être connaisseur ! En matière d'entonnoirs et de chauffe-lits, vous êtes tous des connaisseurs ! Ça se sent rien qu'à vous regarder... Ne rigole pas comme ça, Mélanie, tu vas te faire mal au ventre... Tiens ! puisque tu es bonne fille, je vais te jouer quelque chose de sentimental. Je vais te jouer un morceau de *La Tosca*.

Aussitôt, il faisait pirouetter sa trompette, l'embouchait d'un air de défi, lançait au ciel la plus étourdissante volée qui se puisse entendre, et où certains se plaisaient à reconnaître d'authentiques airs d'opéra.

Lorsqu'il s'arrêtait, on lui faisait un grand succès. On le bissait. Tout essoufflé par l'effort, il souriait et jetait des clins d'œil à la ronde. Il ne cessait de se préoccuper des allées et venues de passants, hélait ceux de ses auditeurs qui tentaient de s'éloigner, retenait son monde par de nouvelles promesses. D'ordinaire, c'était avec l'entonnoir qu'il portait l'enthousiasme à son comble. Sur cet instrument prosaïque, il exécutait tous les refrains à la mode. Cela se terminait par des imitations. Il imitait le cri du bébé qui pleure, du goret qu'on achète, du coq avant et après l'amour, les cris de l'omnibus qui quitte la gare, les trois cris discordants du chef de gare, du chef de train et de la locomotive. Il imitait l'orphéon de Villemolaque, les cloches de Mantet, le tramway de Perpignan au tournant de la Barre, le comédien Bila dans un lamento, la nuit de noces de Marie Salope... Et je n'aurai garde d'oublier, parce qu'elle me plongeait dans la confusion cependant qu'elle portait les rires à l'hystérie, son imitation de pets, comprimés ou sonores, selon qu'il s'agissait de pets de couturière ou de pets de notaire, et dont le chef-d'œuvre de plénitude et d'authenticité paraissait être, de l'avis général, « le pet d'une femme de trente ans » !

19

Boitillant, blanc de poussière, Méca dit Mèque, qui avait, à une lettre près, un nom de pèlerinage, semblait toujours arriver du désert. Il venait à Sainte-Marie aux fêtes, discret, timide, marmottant des prières, chantant des psaumes, et quêtant comme à regret. Malgré cela, on ne l'aimait pas. Comme la « Gobe-œufs », il avait plusieurs légendes : celle du « millionnaire », du jeteur de sorts et du mécréant. Le père Cardon résumait les avis en décrétant « qu'il était plus coquin que joli ». C'était vrai. Le visage perdu dans un poil rêche et noir, les yeux masqués par des verres fumés et épais comme des tessons de bouteille, menu, bancal, grommelant, taciturne, il savait malgré cela vaincre la répulsion et l'égoïsme des villageois. À la Noël, il allait de métairie en métairie et récitait, sans une erreur ni une défaillance, l'interminable «*goig dels ous*», insistant semble-t-il plus particulièrement sur la menace qu'un des couplets de la litanie suspend sur les cœurs malveillants :

Si vous me donnez un œuf couvi,
Que Dieu vous ôte les yeux de la tête !

Il accompagnait le monotone chant de tambourinements sur le panneau des portes. Les habitants apportaient précipitamment leur offrande afin qu'il se dépêchât de porter son cantique ailleurs, mais il feignait de ne point comprendre, ou peut-être était-ce probité, car il allait au bout de sa psalmodie. À ceux qui avaient l'oreille dure, il la répétait autant de fois qu'il le fallait. Si le cadeau était dérisoire, il se contentait de jeter un sort au cochon ou à la mule ; si on le chassait, il destinait le maléfice à l'enfant de la maison. La mère voyait avec désespoir sa mamelle se tarir, le nourrisson dépérir à mesure ou se couvrir de croûtes. Pour une offense plus grave, il vouait un membre de la famille à la mort, et il fallait l'attendre dans l'année. Tout cela se murmurait, pénétrait les cervelles les mieux organisées, et Mèque y trouvait son compte.

J'avais eu l'occasion de l'approcher quelquefois. Il n'était guère plus grand que moi. Cela m'inspirait confiance. Il paraissait effroyablement triste. Ses doigts, ses mains, ses épaules, ses genoux et ses pieds étaient tournés en dedans ; toutes les maigres forces de son être semblaient recroquevillées et bandées autour d'un songe intérieur ; il luttait visiblement contre l'ambiance, l'intrusion ; il était aux hommes ordinaires ce que le cyprès est aux autres arbres, je veux dire qu'il n'égarait ni un geste ni un élan, et que sous des dehors opaques et funèbres, il vivait intensément. Dès qu'on s'approchait de lui, il avait un réflexe de chien méchant ; il grognait ; il semblait même que son poil se hérissait. Cela ne parvenait pas à m'émouvoir. Je lui tendais un sou. Il me fallait le déposer dans sa main d'estropié qu'il ne prenait pas la peine de détacher de sa poitrine. J'étais tout contre lui. Il dégageait une odeur âcre, qui n'était point l'odeur de l'indigence, mais celle d'une race. Je pouvais voir, sous ses lunettes ténébreuses, ses yeux éraillés aux paupières ravagées de conjonctivite ; ses cheveux formaient une toison grasse et drue ; ses épaisses lèvres grises me faisaient penser à ces pneus usagés où se révèlent la trame et les gerçures. Alors, je me sentais envahi d'une certitude. Mèque n'était rien d'autre que le « Juif errant » !

Par qui l'avais-je entendu nommer de la sorte ? Par mon père, sans doute. Un Juif, cela ne signifiait pas grand-chose pour moi, et pour mon père guère davantage. Ou cela impliquait de notre part, à tous deux, une manière d'éloge.

Voici pourquoi j'incline à le croire...

Lorsque Mme et M. Ulysse Boucoton, tissus en tout genre, qui nous vendaient le linge à tempérament, arrivaient dans leur break articulé, mon père les accueillait avec toutes les apparences du ravissement et de l'amitié. Sur la quarantaine, Mme Boucoton était encore fraîche et jolie, de tournure agréable, et me faisait une vive impression. Avec mes parents, elle se montrait tour à tour familière et respectueuse ; l'audace et la malice de ses propos étaient destinées à mon père, qui s'en montrait ravi, cependant que ses politesses et ses scrupules étaient dédiés à ma mère, toute en réserve, pour ne point dire en méfiance. Elle s'installait dans notre « salon » comme en pays conquis, s'éventant, s'exclamant, complimentant ma mère et mes sœurs, s'enquérant de nos progrès, de nos succès, de nos déboires, passant un rapide baume sur nos plaies, enviant à voix haute notre bonheur, pétillante d'optimisme, pratiquant sans effort, avec un charme et un plaisir évidents, une préparation psychologique que, maintenant, je suis tenté de comparer à ce *travail de muleta* pratiqué par les matadors, d'une efficacité d'autant plus sûre qu'il est empreint d'élégance, de naturel et de grâce.

M. Ulysse Boucoton, lui, ne pipait mot. Il avait colporté, à travers escalier et couloir, de gros paquets enveloppés dans une toile cirée noire, et il se contentait pour le moment de masquer son essoufflement et son ennui sous des sourires et des courbettes. Il était coquet, portait son meilleur linge, ses plus belles cravates. Il avait des lèvres humides et rouges de gourmand, et un sourire subtil agitait de temps en temps sa moustache. C'était pourtant lui qui rompait le charme des effusions en tirant son oignon et en montrant, d'un air de bouderie affectueuse, l'heure à sa femme ; ou bien, il s'immisçait tout à coup dans le brouhaha pour demander des nouvelles d'un service de table livré au précédent passage, du ton dont il se fût enquis de la santé d'un proche. Aussitôt Mme Boucoton protestait, se refusait à passer de but en blanc aux affaires ; et son mari se résignait à attendre qu'elle eût liquidé tout un lot de souvenirs et de rappels familiaux qui la liaient à nous aussi sûrement, aussi fidèlement, que si elle eût envisagé de faire de nous ses légataires.

Durant ces effusions, ma mère ne pouvait se défendre d'un certain énervement, cependant que mon père, positivement en extase, ne se montrait nullement pressé, lui non plus, de passer aux choses sérieuses. Aussi, cependant que Mme Boucoton et mon père confrontaient leurs exaltations, M. Boucoton et ma mère échangeaient des regards et des sourires un peu contraints par lesquels ils s'avouaient qu'ils n'étaient pas dupes... Pour ma part, j'étais aussi naïvement heureux qu'à la comédie. Mme Boucoton me faisait l'effet d'une vraie parente ; je l'aurais volontiers embrassée. M. Boucoton m'intimidait davantage, mais je me sentais près de l'aimer pour peu qu'il me sourît. Ma déception commençait lorsque Mme Boucoton, avec un grand effort et quelques soupirs où fusaient des regrets de ne pouvoir s'attarder plus longtemps à des considérations aussi désintéressées, se décidait à dévoiler le véritable objet de sa visite et faisait signe à son mari d'ouvrir les paquets.

Ces paquets m'en avaient-ils donné des désillusions ! Je les connaissais des années précédentes, mais chaque fois il me semblait qu'ils devaient renfermer quelque surprise, des friandises, des jouets, une nouveauté même à laquelle un enfant pût trouver de l'intérêt ! Hélas ! il n'en surgissait que du linge, pour moi, le plus décevant des linges : du linge blanc... C'étaient des toiles de fil en pièces qui faisaient béer ma mère de convoitise – mais elle n'en témoignait pas ouvertement et refusait de palper comme s'il se fût agi d'une glu traîtresse –, des draps coupés et ourlés avec des jours échelle, des taies d'oreiller, des mouchoirs en batiste, en linon, en pur fil de Cambrai, à ourlets, à vignettes, et miraculeusement brodés à l'initiale de la famille... Ma mère se défendait de pouvoir acheter quoi que ce soit, aussi était-ce contre elle que les Boucoton tournaient leurs batteries : Madame, un intarissable pilonnage ; Monsieur, des arguments espacés, mais précis et puissants, comme un tir de grosse pièce. Je crois que ma mère ne se serait jamais décidée à succomber, autant parce qu'elle savait notre budget menacé que parce qu'elle était entêtée et se jugeait par trop circonvenue, mais il fallait compter avec mon père. Il se liguait aux Boucoton avec une telle bonne volonté qu'il en était à gifler. Lui aussi, se moquait du linge blanc, mais il aimait être complaisant et fidèle. C'était lui qui faisait valoir les avantages d'un achat, l'excellence de la marchandise, attirait l'attention de ma mère sur les facilités du paiement. Non sans avoir décoché à mon père maints regards de colère, de guerre lasse, ma mère capitulait ; c'était maintenant une victime toute pantelante, et il n'y avait plus dans ses yeux que douceur.

M. Boucoton exhibait un beau carnet à tranche rouge, inscrivait la commande en épelant chaque mot, soulignait les chiffres du crayon et de la voix. Il était beau de calme et de minutie. Cette formalité accomplie, Mme Boucoton cessait soudain d'avoir le temps de bavarder, et M. Boucoton le lui faisait remarquer d'un air taquin. C'était sa revanche. Il y avait, en effet, entre les Grégoire et les Boucoton, des choses dont il fallait bien parler, telle traite en suspens à laquelle on espérait qu'on pourrait maintenant faire bon accueil. Mme Boucoton se levait ; elle se désintéressait absolument de ces règlements de comptes. On eût même dit qu'elle désapprouvait son mari de descendre à d'aussi misérables préoccupations. C'était elle qui refaisait les paquets cependant que le mari parlementait. Elle était adroite ; je regardais ses mains blanches et grassouillettes se jouer d'un entrelacs de courroies et d'ardillons semblable à un nœud de vipères. Un prestidigitateur n'eût pas plus sûrement gagné mon admiration.

Lorsque les Boucoton étaient partis, nous restions longuement pensifs. Mon père résumait parfois ses impressions en disant : « Ils sont épatants ! » D'autres fois, pour excuser sa légèreté, il ajoutait : « Ils savent faire leur métier, foutre ! Ce sont des Juifs ! » Il ne commentait pas davantage. Des Juifs ! Ce mot avait pour moi un sens mystérieux. Je devinais pourtant que les Juifs n'avaient pas leurs pareils pour commercer, convaincre et empocher les sous des pauvres gens. Que mon père, qui n'eût pas su vendre une peau de lapin et que le moindre marchandage de ma mère hérissait comme une faiblesse ou une bassesse, se prît d'une telle indulgence, d'une telle admiration aussi, pour les Juifs, voilà qui me fait encore rêver.

C'est avec une curiosité et une sympathie au moins égales que mon père accueillit, plusieurs années durant, M. Weill, propriétaire du « Fashionable », un des plus fracassants magasins d'habillement du chef-lieu.

M. Weill, qui prétendait cultiver le « chic anglais », habillait en réalité la campagne : gros drap pour proprios, coutil pour maîtres de chais et contremaîtres, draperie fantaisie pour instituteurs et sous-officiers en retraite, alpagas et flanelles. C'était un petit homme tassé et mou, au nez de corbin, aux yeux jaunes, globuleux et instables comme la bulle d'un niveau d'eau ; il se disait travaillé par la jaunisse et se présentait avec tant de douceur et d'humilité, qu'on en était remué. Celui-là ne cherchait pas à en imposer comme Mme Boucoton, et c'était d'abord à lui qu'on demandait des nouvelles de sa santé, au su de tout le monde, gravement compromise depuis un demi-siècle. Il gémissait un peu, s'asseyait, s'épongeait, son lot d'échantillons caché entre les jambes, et il commençait à deviser de toutes choses, sauf de l'objet de sa visite. Mal vêtu – à en croire qu'il se faisait habiller chez son plus mauvais concurrent –, mal cravaté, mal lavé, il commençait par encaisser avec tristesse tous les reproches que sa maison méritait. Il hochait la tête, approuvait de toutes les forces qui lui restaient, aggravait d'un mot, d'un superlatif, les griefs du client, s'irritait à son tour contre la maison qui l'employait. Car c'était son truc : il se faisait passer pour le frère du patron, pour un Weill pauvre, un malheureux représentant des Weill riches.

– Oui, je sais... disait-il à mon père, dès qu'il le sentait essoufflé par l'indignation, que me direz-vous... Je suis fatigué de le leur dire... Mais ils ne m'écoutent pas... On me traite encore plus mal que vous ! Mais j'aviserai... Je vous le promets... Il faut se défendre... Nous nous défendrons ensemble... Je vous estime beaucoup, vous le savez, monsieur Grégoire. Vous aussi, je crois, vous m'estimez... Ce qui nous arrive me fait beaucoup de peine...

On achevait par le prendre en pitié. Il laissait entrevoir tant de scrupule, de désarroi, de souci, qu'on acceptait de faire cause commune et de l'aider à se relever.

Mon père aimait les vêtements qui tombaient bien, mais qui ne gênaient pas aux entournures. Je ne l'ai jamais vu étrenner un costume avec plaisir. Il se plaignait plus particulièrement de l'étroitesse du vêtement aux aisselles et dans l'entrejambe. Au surplus, il ne pouvait supporter d'être serré à la ceinture, et il tenait toujours déboutonné le dernier bouton du gilet et la boucle du pantalon. Lorsque « Le Fashionable » lui livrait un costume, il ne consentait pas à l'essayer tout de suite ; il ajournait en même temps sa désillusion. Lorsqu'il se résignait à le revêtir, nous nous tenions aux écoutes de son premier éclat. Cela ne manquait jamais. Il sortait de sa chambre, tendu des pieds à la tête, tout neuf, inespérément magnifique, mais il se souciait peu de nos compliments.

– Vous trouvez que ça me va ? criait-il. Ça ne m'étonne pas ! Vous êtes des paysans ! d'indécrottables paysans ! Mais regardez donc cette saloperie qu'ils m'ont foutue !

Et il faisait voler un revers, enfonçait une épaule, pliait sur les jarrets, tendait et suppliciait l'étoffe, au milieu des rires des uns et de la consternation des autres, de ma mère en particulier. Cependant qu'il se dévêtait – et même si c'était un jour de fête, il ne revenait pas sur sa prévention –, nous l'entendions maudire la tribu des Weill qu'il traitait de fripouilles, de porcs et de savetiers, cette dernière injure étant le superlatif de ses sévérités, de même que « pistolet » était le terme le plus définitif du mépris. Heureusement pour lui, M. Weill ne se montrait que quelques mois après, à l'ouverture de la nouvelle saison.

Lorsque le petit homme apparaissait, mon père avait eu tout le temps de s'apaiser, et il arrivait souvent qu'il se fût pleinement réconcilié avec son costume. Mais la vue de M. Weill ravivait sa rancune, et il lui montrait, à même la bête, où le bât le blessait. M. Weill l'écoutait protester, suivait sa démonstration avec une pénétration douloureuse.

– Oui, vous avez raison, monsieur Grégoire, disait-il. Ils auraient dû lâcher un peu là, voyez-vous... Pas grand-chose, il est vrai... Mais un peu tout de même... Ce n'est pas un grand malheur, mais je vous comprends... À votre place, je serais peut-être moins indulgent... La prochaine fois, il ne faut pas hésiter... Vous n'avez qu'à renvoyer. Il faut se défendre !

Et il notait qu'à l'avenir, il faudrait relâcher de deux centimètres une ceinture qui bâillait déjà outrageusement.

D'autres fois, une traite qui n'avait pu nous joindre parce que nous étions en vacances à Cassignan revenait majorée de frais inattendus, et des mois après, au passage de M. Weill, mon père n'était pas parvenu à digérer l'augmentation qui attestait la mesquinerie et la rapacité de la maison. M. Weill refusait de croire à une telle fable. On était obligé de lui montrer des preuves. Alors, il devenait sarcastique.

– Pour cinquante centimes ! Voyez à quoi ces imbéciles s'exposent pour cinquante centimes ! À perdre un client comme vous... C'est misérable ! Que dis-je, c'est criminel ! Je me tue à le leur dire... Mais il ne faut pas trop leur en vouloir, monsieur Grégoire... C'est souvent la faute aux employés de la maison... J'arrangerai cela ! Mais vous avez raison de protester ! Il ne faut pas se laisser faire... Il faut se défendre !

M. Weill oubliait parfois de tenir parole. Alors, mon père s'épuisait en lettres vengeresses que, là-bas, au « Fashionable », M. Weill lisait posément et auxquelles il faisait répondre par un fondé de pouvoirs.

Un jour, cependant, poussé à bout par je ne sais quelle argutie de la maison, mon père s'était décidé à rompre. Il avait attendu le passage de M. Weill comme il se fût tenu à l'affût d'un gibier dangereux. M. Weill, pelotonné autour de son ventre rond, ses gros yeux batraciens emplis de détresse, l'avait laissé fulminer, puis avait commencé à égrener son couplet :

– Vous avez raison... Ce sont des imbéciles ! Je me tue à le leur dire... Il faut se défendre !

Mais mon père, excédé, lui avait intimé l'ordre de ne plus poursuivre, et de sortir au plus vite s'il ne voulait pas s'exposer à être jeté dehors.

Alors, calmement, le père Weill avait joué sa dernière carte, une de ces cartes écornées et biseautées de vieux tricheur, dont j'admire, à trente ans de distance, qu'elle eût pu conserver sa vertu. Il s'était mis à pleurer, affirmant que lui aussi en avait assez d'être l'esclave d'une maison à moitié déshonorée, considérant le lâchage de mon père comme la préface d'une inévitable faillite.

– Seulement... avait-il ajouté, après une pause théâtrale où il avait paru confronter le malheur de mon père et le sien, seulement, mon cher monsieur Grégoire, il faut vivre... Je suis de cœur avec vous, mais il faut s'épauler, entre malheureux... Alors, puisque vous abandonnez la maison, comme c'est votre devoir, je vous demanderai de ne pas vous adresser ailleurs sans penser à moi...

Il avait tiré d'une de ses poches un carton tout prêt et l'avait tendu à mon père.

– Voici l'adresse de la maison de mon fils. Il s'est installé à son compte. C'est « Au Dandy »... Il fait le blanc. Il fait le costume aussi. La gabardine... C'est un garçon très sérieux. Il a un coupeur de Paris. On ne parlera bientôt que de lui sur la place. Présentez-vous de ma part. C'est rue du Poids-de-l'Huile, vous savez, en face du marché couvert... Vous serez content, vous verrez !

Et comme mon père esquissait un geste d'homme mal convaincu, M. Weill se moucha longuement, comme on le fait après avoir pleuré, mais je crois que c'était pour étouffer les paroles que mon père se décidait à prononcer. Il reparut enfin derrière son grand mouchoir de couleur et reprit :

– Tous ceux que j'ai envoyés à mon fils sont contents. Je puis vous faire une confidence, monsieur Grégoire. Mon fils sauvera l'honneur des Weill, des Weill riches comme des Weill pauvres ! Il faut être dans les familles pour comprendre...

La confidence avait duré un bon quart d'heure. Soit mansuétude, soit naïveté, mon père avait fini par s'attendrir, et il était devenu, malgré lui, le client du fils Weill, lequel, de notoriété publique, dirigeait une succursale chargée de liquider les rossignols de la maison mère !

20

Au moment d'évoquer la vie de Caste de Casprans, je me sens envahi d'un scrupule. J'ai beau le revoir tel qu'il m'apparut au temps de sa splendeur, bien vêtu, éloquent et fort, tel qu'il fut dans sa misère, haillonneux, hébété et las, je ne puis me résoudre à le classer ni parmi les politiciens, ni parmi les mendiants, ni parmi les forains, ni parmi les pitres. C'est une place à part qu'il mérite, je le sens bien, et c'est une place à part que je veux lui donner, comme à ces numéros de music-hall, ne relevant ni du théâtre ni du cirque, dont on meuble parfois un long entracte.

Je me souviens de lui lorsqu'il se présenta à la députation pour la première fois. Il s'était peint à gros traits : « géologue, homme de lettres, entrepreneur de travaux publics ». Sa profession de foi est restée dans mon esprit comme un modèle de concision, de probité et de modestie.

Il venait, alors, en vestons de bonne coupe, et, aux soirées fraîches de l'automne, en col d'astrakan. Il avait une belle tête, une tête d'homme robuste. Dans une atmosphère de vantardise et de déraison, il restait calme, précis, et chacun de ses gestes apaisait une tempête. Il ne songeait pas à cacher son idéalisme, mais savait pourtant que les réussites électorales s'édifient sur des promesses et des chiffres, sur des choses plus solides et plus tangibles que les rêves les plus généreux ; lui aussi, comme Lapoujade, le député sortant, savait promettre aux électeurs de Sainte-Marie un pont, un grand pont sur le Tech ; et le dessinant dans le vide, du haut de la tribune, il lui donnait son plein d'arches, sans regarder à la dépense... Il se montrait sous un jour si favorable, était si direct, paraissait si honnête, que les paysans de la vallée, restés fidèles à leurs partis, à ces « blocs » que cimente le qu'en-dira-t-on, enrageaient de ne pouvoir voter pour lui. Pourtant, fonçant à travers les orthodoxies comme on franchit les passes dangereuses d'un goulet, Caste de Casprans était parvenu à se tailler un beau succès, et avait failli être élu ! Mais voilà ! Sa tête de géologue et d'entrepreneur de travaux publics, à moins que ce ne fût sa tête d'homme de lettres, cette tête qui avait triomphé quarante années durant des fièvres de la recherche et de l'inspiration, cette solide tête de Catalan, de mathématicien et de poète n'avait pu résister à deux petits tours de scrutin législatif... Partout, et à Sainte-Marie en particulier, on lui avait fait un accueil chaleureux ; il paraissait assuré du succès ; c'est sa raison de logicien qui avait la première été ébranlée ; le sentiment d'une injustice n'était intervenu qu'après, trop tard. Il était incomplet. Il n'avait pas l'expérience, ni la sagesse de son concurrent Lapoujade, que trois législatures somnolentes, un tempérament fataliste et doux paraissaient désigner pour l'oubli définitif, et qui, néanmoins, sortant de certains villages sous les huées et les volées de cailloux, assurait à ses compagnons verts de peur, que, là aussi, il était assuré d'une belle majorité.

Lorsque, quatre longues années après son échec, Caste de Casprans avait reparu devant les électeurs vêtu de droguet, chaussé de savates, son visage jadis rond, allongé, ses yeux jadis droits, enlisés dans une sorte d'hébétude, j'avais entrevu son drame. J'entendais dire autour de moi qu'il n'avait pu digérer sa défaite, que la désillusion l'avait rendu fou. On le plaignait à voix haute. Mais il ne paraissait pas entendre. L'approchant de près, j'étais un des rares à deviner qu'il avait des joies très pures, que sa félicité venait de prendre une forme impérissable.

Cette campagne de 1910 restera toujours vivante dans mon souvenir. Caste de Casprans se recommandait toujours du triple titre de « géologue, homme de lettres, entrepreneur de travaux publics », mais tout le monde savait que, depuis quatre ans, il n'avait entrepris que des besognes strictement privées, que son cabinet d'affaires était ruiné, ses amitiés dissoutes, son crédit coupé. Tout le monde savait qu'il vivait de la commisération générale, de la compassion de ses anciens concurrents, de charité publique. Il n'y avait guère que lui qui ne se doutât pas de ces choses, croyait vivre avec dignité et tirait de grandioses traites sur l'avenir.

Mes sœurs, mon frère Robert et moi, l'estimions assez pour lui donner l'illusion que rien n'était perdu. Sainte-Marie était le seul village de la circonscription qui, en 1906, lui avait donné la majorité. Aussi, quatre ans plus tard, il avait décidé d'en faire son quartier général, et, en même temps, le havre où il venait, entre deux croisières, reprendre foi et espérance. C'était un choix d'homme sensé. Dans ce berceau de sa carrière politique, il trouvait des avantages qui lui eussent manqué ailleurs. Son cabinet de travail, c'était la classe des garçons que mon père mettait à sa disposition, le soir, après quatre heures. La table et le gîte, il les trouvait, tantôt chez nous, tantôt chez le père Cardon, ou

Nomdedeu le boulanger, des amis qui savaient lui épargner leur dégoût, car il n'était pas toujours propre, ou leur ironie, car il prêtait souvent à rire. Lorsque, la classe finie, il s'installait au bureau de mon père, ouvrait sa serviette bourrée de notes et de proclamations, et méditait longuement avant d'écrire sur de grandes feuilles de papier à dessin – reliquat de son ancien métier –, je l'admirais sans réserve. Mon père le fuyait comme la peste ; ma mère nous interdisait de séjourner dans la salle de classe quand il s'y trouvait. Cela aiguisait notre compassion et notre curiosité. Alice était celle d'entre nous qui l'affrontait avec le plus d'audace. Elle tournait autour de ses paperasses. Tout à son inspiration, il suivait ses démarches d'un œil absent, comme il l'eût pu faire d'un papillon. Parfois, pourtant, lorsque Alice était trop bruyante, il lui faisait signe de se taire d'un geste suppliant et doux ; si elle lui posait une question trop hardie, ou essayait de violer le secret de ses écritures, il fronçait lentement le sourcil. À ces moments-là, il était assez inquiétant.

Un soir, il oublia sur le bureau un rouleau de papier. C'était le manuscrit d'un roman, quelques pages d'une écriture fluide, aux longs jambages, et qui me donna une haute idée de son talent. Il n'y avait pas de titre. Mais j'ai retenu le début de la première phrase que, je ne sais pourquoi, Alice récitait en riant : *Le vent soufflait sur les petits toits de Casprans et ma chienne fidèle hurlait à la lune...* Je me souviens moins de l'évocation qui suivait, mais je sais qu'il y était question du mas natal, du pays, de la patrie, et que, le premier rire passé, tout le monde à la maison trouvait cela émouvant. Un autre soir, Émilienne était sortie épouvantée de la classe parce que Caste de Casprans lui avait saisi la main et dit, avec une émotion et un respect qu'elle ne pouvait s'expliquer : « Comme vous êtes jolie ! »

Avec quelle ferveur j'avais suivi, cette année-là, les étapes de la campagne de notre hôte. Il se rendait partout à pied. La considération des foules ne s'en ressentait pas trop. Certes, on se gaussait quelquefois de lui, on lui posait des colles, on exigeait qu'il fît les plus invraisemblables promesses, mais il triomphait des moqueries comme des traquenards. Il invoquait des relations prestigieuses, et lorsqu'il montrait la carte de visite du « citoyen Raymond Poincarrré », il atteignait au cœur les malveillants et les incrédules. De ses deux principaux concurrents, on ne parlait guère que pour les plaindre. Chaumeil semblait avoir fait pour rien le voyage de Paris. Quant à Lapoujade, le député sortant, on le disait fort las. C'était le candidat officiel, un malin qui se laissait porter par les maires, un radjah un peu agacé par le zèle de ses domestiques. Il avait Jules Pams dans son jeu. C'était un atout qui comptait ! Une sorte de « roi d'or » ! Mais Caste de Casprans, lui aussi, avait Jules Pams dans son jeu. C'était connu. Le bruit courait que le ministre lui faisait remettre des messages par un de ses valets, au portail de ce château de Valmy que Caste de Casprans avait rêvé d'ébranler. Lorsqu'il invoquait une intimité de quelques secondes avec le « citoyen Raymond Poincarrré », des facétieux lui reprochaient de manger à deux râteliers. Mais on ne le prenait jamais sans vert. Du regard apitoyé et douloureux avec lequel il accueillait ce reproche, il eût désarmé des hyènes. Il s'expliquait, entrait mélancoliquement dans la voie des aveux :

– Oui, disait-il, la vie, comme la politique, comme la géologie, a ses exigences. Oui, j'ai accepté des avances de M. Jules Pams parce que M. Jules Pams est riche et que cela ne compromet pas sa fortune... Oui, le « citoyen Raymond Poincarrré » a eu des entretiens avec moi sur les destinées de notre pays... Oui, je me présente à vos libres suffrages avec la double investiture d'hommes qui se combattront demain, mais je le fais mon drapeau déployé et sans tache. Mon sillage est leur sillage. Mon pays est leur pays. C'est le vôtre aussi. Personne ici n'osera le contester ! Notre pays à tous, c'est la France !

– Et la Navarre ! lui lançait Anpire, le pince-sans-rire.

– Citoyen ! répliquait-il, j'allais le dire... Je vous remercie de m'aider à garder confiance dans la grandeur de la Patrie... La Navarre, eh bien ! le jour viendra où, avec l'aide de Dieu, nous la retrouverons, si jamais elle nous a quittés !

– Bravo ! bravo ! clamait l'auditoire.

– Pourtant, reprenait-il sur un ton confidentiel, j'ai le devoir de vous faire une confession. C'est que si j'ai reçu des encouragements matériels de M. Jules Pams, je jure que je n'ai jamais rien reçu de tel du « citoyen Raymond Poincarrré » !

– C'est un grigou ! criait Anpire.

Caste de Casprans relevait la tête, et de sa voix qui tremblait :

– J'oppose le démenti le plus formel et le plus digne à toutes les insinuations, d'où qu'elles viennent...

– Bravo ! bravo ! clamait à nouveau l'auditoire, cependant qu'Anpire ne trouvait rien de mieux que de se cacher.

– ... Le Catalan est fier. Vous le savez. Je ne suis pas un Catalan pour rien... Si le « citoyen Raymond Poincarrré » m'avait offert autre chose que son estime, je le dis bien haut devant le tribunal de ma conscience, j'aurais été dans l'obligation de refuser !

L'enthousiasme tournait au délire. Caste de Casprans sentait la partie gagnée. Il était ému et essuyait le verre embué de son lorgnon. Il ponctuait alors la fin de l'exposé de coups de poing sur la table. C'était de la grande éloquence. La foule se taisait pour mieux l'entendre, se laissait envoûter par les magnifiques envolées où passaient les images de la libération humaine. Les sourires eux-mêmes s'éteignaient. Quelque chose de secret et de pathétique s'insinuait dans les cœurs les plus fermés ; les consciences les plus averties de leurs devoirs s'interrogeaient. Oui, beaucoup se demandaient si Caste de Casprans ne venait pas de recouvrer subitement la raison.

Ah certes ! il n'était pas toujours aussi bien inspiré et la noblesse ne lui était pas si familière qu'il s'y tînt comme dans un climat préféré. Il lâchait parfois des énormités, n'hésitait pas à affirmer que notre pays était miné de scléroses et de pourritures, qu'à l'intérieur, on lui tendait tous les jours la coupe de Socrate que d'aucuns lui demandaient sans malice de montrer ; qu'à l'extérieur, Bismarck, qu'on croyait mort et enterré, venait de ressusciter. Il n'entrait pas dans les détails ! Pour ceux qui le pressaient de dénoncer les traîtres, il invoquait je ne sais quel secret professionnel, le secret d'une profession dont il avait oublié jusqu'au nom, et qui risquait aussi bien d'être le secret du géologue que le secret de l'homme de lettres, lequel, je l'ai éprouvé depuis, n'a pas de secrets... Il jouait une partie capitale contre des adversaires puissants et peu scrupuleux, il luttait hélas ! aussi, contre lui-même, ses démons intérieurs, sa faim, sa soif, ses misères intimes, contre une adversité qui lui jouait le terrible tour de le laisser, le soir venu, sans gîte et sans souper, hormis ceux qu'il venait mendier, avec une humilité déconcertante, à la porte de notre logis !

Je me souviens de sa colère, un soir qu'on lui montra une coupure de journal dans laquelle il était qualifié de « candidat fantaisiste ». On n'avait pas hésité à confondre son aventure avec celle du malheureux Sébastien Donadille « propriétaire non-foncier, matérialiste indépendant (avec révision et vérité pour tous)» dont tout le monde savait que la fantaisie se nommait folie, et auquel on n'accordait, non seulement pas une chance, mais même pas une voix, certains de ses principes lui faisant une obligation de ne pas approcher d'une urne.

Ce Sébastien Donadille, pourtant, maintenant que j'ai lu et relu sa profession de foi miraculeusement gardée du dédain avec lequel on les traite[1], je crois que Caste de Casprans avait grandement tort de ne point l'accepter comme un pair. Celui qui s'adressait à ses électeurs en ces termes :

Mes chers concitoyens et la famille... ; celui qui proposait : *le bien d'autrui, c'est la terre ; il n'y a qu'un seul bien d'autrui, c'est la terre ; il n'y a qu'un seul bien d'autrui, ce qui appartient aux autres...,* et le démontrait ; celui qui suppliait : *que tout ce qui était exempt d'impôts fût néant et double-imposé,* ne méritait certes pas d'être méprisé... Je ne sais où Sébastien Donadille puisait les articles de sa conviction ; on prétendait que sa proclamation était un vulgaire puzzle de citations des Saintes Écritures, du Talmud, du Larousse en plusieurs volumes, de traités maçonniques, marxistes, scientistes et sociologiques, et jusqu'à du catéchisme de son fils ; on prétendait faire des preuves de l'incohérence et des contradictions qui y régnaient ; mais on fermait hypocritement les yeux sur tout ce qu'il y glissait d'idées personnelles et vivantes. « *Je suis mutualiste avec mutualité très propre,* proclamait-il. *Et je propose un impôt double sur le néant, le nihil...* » Et je me prends à rêver de ce qu'un ministre des Finances

1. Peut être consultée chez l'auteur.

eût pu tirer d'un tel système... Celui qui se targuait d'être *le candidat de Dieu* après l'avoir passablement défiguré... Celui qui disait : *Dieu nous écoute...* et nous conseillait de nous méfier... Celui qui déclarait Dieu moins inoffensif que l'agneau, mais affirmait qu'*on ne risquait rien de son côté, ni en bien, ni en mal...* Celui qui confrontait des équations telles que celles-ci : *Ève + Adam + Jour + Juif = Di + eu = Dieu... Candidat Donadille – soleil Sébastien – médium jaune = escargot innocent...* celui-là, oui, ne pouvait de toute évidence être pris au sérieux par une humanité avide de certitudes et de dégrèvements...

Pour moi, vois-tu, mon cher Caste de Casprans, et dussé-je te faire de la peine, je regrette d'avoir suivi la campagne de Sébastien Donadille d'un œil amusé. Les quelques lignes qu'il a laissées me fondent à croire qu'il méritait de la gratitude. Celui qui invoquait *les archanges-avions, les trompettes trompeuses, les fornications fournies, les cirques circoncis ;* celui qui, d'une plume hargneuse, *éventrait les coffres-forts des tyrans, éventait les éventaires des mauvais marchands,* et adjurait que *surtout on nourrît convenablement l'infanterie...* celui-là, je le répète, me semble avoir de loin prévenu les efforts d'un surréalisme qui devait mettre vingt ans à se forger une renommée... Je n'en veux pour preuve que cet admirable morceau dont je ne sais s'il faut le plus vanter le rythme incantatoire, l'ingéniosité verbale, ou la prophétique obscurité :

Fanfaronnade universelle de l'escargot innocent... Énigme et similitude... Mat. ô Matthieu ! Le mât qui mate Dieu, qui crucifie, et ponce, et pilonne ! et pilate, pilote, picote, tropote, ripote, complote, apote, repote, dépote, capote, circumplote, rivote, et ôte, et pète, trompette canonique, clique infantile, venimeuse cléopâtre, fictive sibylle, et dominum nostrum...

Qu'une telle strophe, mêlée à cent autres au moins égales, n'ait pas valu à Sébastien Donadille une étincelle de gloire, ni une voix, à défaut de cette postérité dont MM. Breton et Éluard se sont institués les légataires, voilà qui maintenant me plonge dans un abîme d'étonnement et de mélancolie.

Enfin, le jour du scrutin était arrivé. Caste de Casprans avait regagné Sainte-Marie sitôt après son dernier discours, prononcé devant la demi-douzaine d'électeurs d'un hameau des Aspres. Il était fourbu, inquiet comme on peut l'être à la veille d'un verdict, mais il restait digne, car il pressentait que la victoire ne pouvait lui échapper.

L'heure du dépouillement sonna partout à la fois. Cependant qu'à Moret, au Cercle de l'Industrie, entouré d'un état-major nerveux et piaffant, Chaumeil attendait dans les claquements de portes et les grelottements du téléphone les résultats des gros bourgs de la côte Vermeille... cependant qu'à Perpignan, M. le Ministre Jules Pams, le député sortant Lapoujade, candidat du gouvernement, M. le Préfet, et une impressionnante clique de bougres considérables, commentaient les premiers chiffres en attendant de les accommoder... le talon éculé, le chapeau cabossé et triste, l'œil éraillé et pourtant candide tel qu'on le voit aux vieux toutous qui ont beaucoup souffert, Caste de Casprans attendait, dans notre humble village de cent votants, que le sort parlât par la voix de ses amis de prédilection, avant que de s'affirmer plus loin, plus fort, plus haut, dans tout le pays.

La salle de la mairie était trop petite pour la foule accourue. Avec un geste d'entonneur, le maire avait renversé l'urne, cul par-dessus tête. On avait compté et recompté les bulletins, papillons blancs aux ailes douteuses, on les avait renfournés dans l'urne, ouverte sous la clarté de la lampe à pétrole comme une vilaine bouche aux secrets fétides. La presse était telle, et Caste de Casprans si timide, qu'à cette heure décisive pour lui, il n'avait pu prendre place autour du tapis vert et avait décidé d'attendre les résultats dans l'escalier où se pressaient les vieillards, les femmes et les enfants, les faibles de la communauté. Nomdedeu, le boulanger, était pourtant resté près de lui ; c'était son amphitryon et son cornac depuis une semaine. Anpire ne l'avait pas abandonné, lui non plus ; mais de celui-là, Caste de Casprans se méfiait un peu, car il avait pris l'habitude de lui poser, avec le plus grand sérieux, des questions qui faisaient pouffer l'entourage. Il y avait encore ma sœur Alice, qui le regardait de tous ses yeux et qu'il n'apercevait même pas. Il y avait moi enfin, qui le considérais avec tant de pitié, qu'un seul de mes regards, s'il l'eût croisé et compris, lui eût fait entrevoir des abîmes. Il y avait, en somme, autour de sa misère, deux ou trois fidèles derrière lesquels la foule des votants et des laudateurs allait se ranger d'un moment à l'autre, comme un premier rayon tâtonnant annonce immanquablement le soleil.

Et voilà. Les noms tombaient de la bouche du maire, dans un silence d'exécution capitale : Lapoujade... Chaumeil... Lapoujade... Lapoujade... C'était un glas dont chaque coup entrait dans le cœur du candidat malheureux, cependant que sa pauvre lippe tombait par degrés et qu'un filet de bave qu'il ne pensait pas à remonter s'étirait et filait dans l'ouverture de son gilet déboutonné. À un moment donné, Nomdedeu lui lança un coup d'œil désespéré, et j'entendis Anpire déclarer froidement dans un silence du récitant : « Patientez ! Ils vont tous sortir à la fin ! »

Hélas ! lorsque ce fut vraiment la fin, que le dernier cri du maire resta sans écho, qu'il apparut que Caste de Casprans n'avait pas obtenu une seule voix, pas même la voix de Nomdedeu dont la dernière protestation de fidélité remontait à quelques minutes, pas même une voix de protestataire, pas même une voix d'électeur spirituel, alors, le pauvre homme ferma douloureusement les yeux, et je le reverrai toute ma vie, cramponné à la rampe, le front incliné, invoquant dans sa nuit subite je ne sais quel miraculeux secours ! Nomdedeu s'était enfui, Anpire n'avait pas eu la présence d'esprit de trouver un mot qui résumât la situation, lui qui passait pour intarissable. Alice s'était réfugiée auprès de ma mère pour pleurer tout son soûl. J'étais le seul être au monde qui eût pu l'assister. Je jure que, s'il se fût avisé de ma présence, s'il eût pu sonder d'un regard lucide l'océan de douleur et de pitié où venaient de chavirer mon âme et mon cœur, je jure que Caste de Casprans se fût jugé vengé. Mais il n'abaissa pas ses regards jusqu'à moi. Il ne voyait d'ailleurs plus personne. Il tourna lentement sur ses talons, et, tout chancelant au milieu de la cohue et du vacarme, il s'enfonça dans la nuit de l'escalier.

Après cela, il lui restait peut-être une grande chose à accomplir. Et c'était d'aller se pendre à un de ces chênes-lièges dont il aimait comparer la rugueur au caractère catalan, ou encore d'aller se lancer du haut d'un de ces ponts que Lapoujade était parvenu à faire jeter sur le Tech.

On le suivit, ce soir-là, pour l'empêcher de mettre à exécution un projet qui paraissait aux plus charitables aussi inévitable que funeste. Il tint les curieux haletants, car il se dirigea du côté de la rivière, qui était grosse précisément. Mais ce fut pour rejoindre son ami Nomdedeu, le boulanger, celui-là même dont la trahison eût dû le plus l'indigner. On espéra qu'il venait lui demander des comptes, lui faire au moins une petite scène. Et ce fut pour implorer la plus prosaïque chose qui soit : à manger.

Car les émotions creusent. Et il avait vraiment été ému. Il mangea, dit-on, d'un magnifique appétit, tout au long d'un repas où la gêne et le remords étranglaient ses hôtes ; mais il finit par les mettre à l'aise en mettant son échec sur le compte de la fraude. Et Nomdedeu, agrippé à cette trouvaille comme à une épave, osa assurer qu'il avait vu, mais alors vu de ses propres yeux, la fraude en personne insinuer ses mains sales dans l'urne, dépouiller son ami de toutes ses voix... Et comme, électrisé par tant de sincérité et d'indignation, Caste de Casprans s'étonnait que Nomdedeu n'eût pas crié, ameuté la foule, le boulanger était resté un moment abattu et pensif, car il avait l'esprit lent ; mais Caste de Casprans l'avait aidé à recouvrer ses esprits, l'avait absous, car la soupe était bonne.

Rebelle à la pendaison et à la noyade, il avait paru que Caste de Casprans renoncerait au moins à la politique. Hélas ! trente années durant, chaque élection devait le ramener, de plus en plus famélique dans nos villages[1]. Il vint un moment où il ne fit plus apposer d'affiches, ni imprimer de bulletins à son nom, où il ne fit même plus de discours. La carte de visite du « citoyen Raymond Poincarrré » elle-même, ce talisman qu'Anpire appelait innocemment son « Suzanne, ouvre-toi... » ne lui ouvrait plus aucun cœur. Il la montrait, pourtant, entre deux portes, au coin des rues, dans les courants d'air et les vents coulis, dans de brefs conciliabules avec les passants auxquels il pa-

1. Ces lignes datent de 1939. Caste de Casprans est mort, en 1940, en même temps que la Troisième République *(N. de l'A.)*.

raissait proposer une photo obscène. Mais il n'éveillait plus rien.

Caste de Casprans ne renonça pas davantage à la littérature. Il continuait ce roman au début duquel « sa chienne fidèle » hurlait obstinément à la lune. Devenu grand et outrecuidant, j'essayai de pousser un peu plus loin la connaissance de cette œuvre. Mais il la défendait farouchement des curiosités.

Je lui avais demandé, un jour, si « fidèle » était le nom de sa chienne ou une épithète destinée à lui rendre hommage. Cette sotte question le fit mystérieusement sourire, et il ne me fit même point l'honneur d'un éclaircissement. J'attachais à cette signification une grande importance, car, je l'avais depuis longtemps remarqué, « fidèle » était un mot de son répertoire. Il le décernait à des électeurs qui le trahissaient, il l'appliquait à des professions de foi qui changeaient d'une semaine à l'autre, il en parait sa mémoire pleine de trous, il en honora enfin une chienne qui n'existait pas, car personne n'ignorait qu'il était seul au monde. Et j'eusse voulu savoir, comme une suprême preuve de son infortune et de son innocence, si ce vocable, qu'il chérissait au point d'en avoir fait un symbole, ne le trahissait pas à son tour.

21

Le jeudi, dès le matin, j'étais en quête de fumées. De la colline au « fortin », du Chêne du Chibitt, du Pas-du-Bœuf ou de Maillole, on pouvait les découvrir toutes ensemble, les fumées de mon village, montant des toits, des rues, des aires, des places, des champs. Certains jours d'hiver, elles montaient dans l'air glacé, droites et pures comme des cierges ; au printemps, animées par la brise, elles étaient aussi légères et blanches que des communiantes en voile ; aux jours de tramontane et de soleil, raflées au ras des toitures et au seuil des boutiques, elles entraient dans l'azur en lumineux haillons, embaumaient et spiritualisaient la campagne.

De loin, la fumée de la boulangerie me hélait. C'était une fumée épaisse et pourtant primesautière ; le vent rabattait jusqu'à moi son odeur de garrigue en flammes. Elle évoquait tout de suite Nomdedeu, ses joues blafardes, ses mimiques de pierrot, ses plaisanteries aussi lourdes que des sacs de farine, sa manie des sobriquets, ses histoires, et toute la volupté du pain.

La fumée de l'école, c'était ma mère.

Les fumées des champs, c'étaient Bise-le-riche ou Bise-d'Avail, Lladère, Aloujes, dit Flap-Flap. Elles avaient un signalement précis, un nom, tout un état-civil.

Là-bas, au fin bout du chemin de ronde, montait certains soirs une fumée démoniaque autour de laquelle dansaient les grandes ombres de Balandran, le charron, et ses fils. Celle-là, je ne la regardais jamais sans trembler. C'était une fumée âcre et dense, qui se constellait d'étincelles, chaque fois que Balandran jetait une victime dans le brasier. C'était une fumée redoutée à dix lieues à la ronde, à cause de l'homme qui l'animait.

Il y avait les fumées qui couraient comme des gamins les rues et les porches, celles qui coupaient le souffle et celles qui le rendaient, celles qui faisaient rire et celles qui faisaient pleurer, la fumée aux copeaux capricieux de la pipe de Bise-le-Pauvre, menuisier et crieur public, la fumée de bouse de Sidobre, l'apiculteur, essayant ses soufflets, la fumée des fritures et des tabagies que les bistrots soufflaient comme une haleine, la fumée des bivouacs creusée de grimaces par les courants d'air.

Il y avait d'autres fumées autour et au-dessus de celles-là, aussi personnelles et aussi troublantes, celles des seuils et des boutiques, et qui contaient l'intimité des familles. Dans chacune je savais un piège, un attrait, du danger, de l'amitié, de la vie. Mon enfance était blottie au creux de ces figures et de ces danses s'évaporant dans la brise et le soleil. Elles louvoyaient sur mes jeunes ans comme ces buées que l'on voit émaner des boissons sucrées et chaudes, et qui sont comme l'âme légère de la chaleur et du miel.

Je les guettais, les attirais, les emmenais dans mes jeux. J'attisais mes caprices de leurs caprices. Elles étaient pleines de contradictions, comme des personnes de caractère. J'étais lié à elles, amoureusement, despotiquement, comme un oiseau l'est à ses ailes.

La fumée de la forge, picotante comme une limonade, m'emplissait les yeux de larmes. C'était ainsi que m'attendrissait tout d'abord Ventajou, le forgeron.

Au milieu de la forge, Ventajou se carrait sur ses jambes écartées, dans une attitude de combat. Il frappait, fourgonnait, attisait. Bardé de cuir du ventre au genou, fumant du poitrail, l'œil éraillé, le bras velu, il avait l'air d'un chasseur traquant des fauves dans une jungle. Pour le délivrer d'un cancer des fumeurs, on lui avait charcuté la lèvre et un peu de langue ; des coutures tiraillaient si drôlement le bas de son visage qu'il avait l'air de gouailler à propos de tout.

J'hésitais un peu avant d'entrer.

Il clignait de l'œil pour me dire bonjour, car le bruit du marteau étouffait le bruit des paroles.

C'était le père de mon copain Mathieu Ventajou, à la fois maréchal-ferrant et facteur auxiliaire. La poste était son second métier. Il ne l'aimait guère. Il détestait le receveur, le tri, l'imprimé, le destinataire ; et l'envoyeur n'échappait à son courroux qu'autant qu'il était obscur et n'usait pas d'enveloppes à en-tête. Ses colères étaient essentiellement des colères postales. Il ne retrouvait sa sérénité qu'au milieu de ses outils. Cela fait qu'il avait deux visages, deux réputations, et que je ne l'affrontais jamais qu'hésitant, ne sachant pas si le facteur n'allait pas soudain surgir de l'enveloppe du forgeron.

Au fond de la boutique, sous le soufflet suspendu comme un nuage plein de foudre et de vent, le feu agonisait avec des soupirs, un fer enfoncé jusqu'à la garde dans son cœur. Ventajou y jetait un coup d'œil de temps à autre. Puis, il s'approchait, activait le soufflet d'une main, et de l'autre, à coups de pinces, il ravivait cette agonie. Soudain, il lâchait la chaîne du soufflet, tenaillait le fer rouge, le portait au bout des pinces sur l'enclume. Le fer rouge vivait ; des crépitements légers comme des frissons l'enveloppaient ; il se plaquait de taches violettes et mauves, comme un champignon vénéneux qu'on écrase ; de véritables passions le faisaient muer sous mes yeux. Sous le premier choc du marteau, il fusait en gerbes d'étincelles. C'était comme un châtiment, avec des cris de lumière.

Ventajou tenait le fer rouge par le fin bout, comme par une patte. Un pli de colère se creusait sur son front. Ses premiers coups venaient d'écraser le milieu du corps ; c'étaient des coups étouffés, hypocrites. Le fer s'aplatissait, semblable à une guimauve de couleur. Les coups pleuvaient de plus en plus clairs, se propageant d'une extrémité à l'autre. Les marques bleuissaient lentement. De temps à autre, après avoir bien assuré dans sa main les branches des pinces, Ventajou tenait le fer battu à bout de bras et clignait de l'œil pour mieux localiser les corrections. Il travaillait sur le plat de l'enclume, tournant et retournant le fer. À mesure qu'il froidissait, le métal avait des sursauts de plus en plus vifs ; le marteau rebondissait de plus en plus haut. Alors, le poignet plein de vibrations, Ventajou le domptait ; parfois, il le laissait retomber sur l'enclume où il répétait trois ou quatre notes claires ; et pendant que le marteau chantait ainsi, le forgeron se donnait quelques secondes de réflexion et de répit.

– Souffle, Lucien ! me criait-il.

De l'ombre où je me croyais oublié, je bondissais au soufflet, tirais la chaîne. Je me juchais sur la pointe des pieds pour que le contrepoids de fonte allât au bout de sa course. Ventajou avait renfoncé le fer dans la braise ardente. Maintenant, il ne le quittait plus des yeux ; d'un tisonnier preste comme une griffe il écartait des débris de charbon consumé, rapprochait des morceaux que la combustion avait épargnés. Il ne se distrayait de ce travail que pour examiner un fer à cheval, fait du matin, plein, beau, gemmé de trous comme un diadème.

– C'est pour le Morou ! tu vois... me disait-il.

Il m'intéressait à ses préoccupations. Il m'estimait. Je connaissais bien le Morou. Ce fer neuf, et l'autre, que Ventajou allait terminer devant moi, étaient pour ses pieds de derrière. Ce serait amusant de voir ferrer le Morou, car il avait du tempérament !

Je le voyais, le Morou, avec sa croupe énorme où les muscles bougeaient lourdement et animaient de reflets la peau noire, avec son air nonchalant d'homme de peine, ses sabots énormes qu'il posait à plat, de la démarche d'un qui chemine dans les hautes herbes. Il me faisait penser à Vendredi, le cheval de la Ménine, quoiqu'il fût très différent sous le rapport de l'humeur, se révoltant de temps à autre à en faire sauver les hommes comme des souris.

Ventajou retenait son souffle ; il avait porté le fer grésillant sur le cône de l'enclume, le modèle posé sur le billot, et le tordait à grands coups, le pressait vers sa forme définitive. Puis, il adoucissait la frappe, le caressait. De temps en temps, il posait le fer rouge sur le modèle, soupirait. J'observais anxieusement son visage. Si le mécontentement allait soudain y éclater ! Je ne respirais guère, moi non plus ! Je contribuais comme je pouvais à la réussite. Le village pouvait crouler, le monde crouler autour du village, il n'existait plus, pour moi, que la figure du forgeron penchée sur sa besogne et l'accent solennel des derniers coups de marteau sur le fer rouge.

Enfin, après une dernière vérification, au moment où la tension devenait insupportable, Ventajou levait vers moi son visage luisant ; la sueur coulait dans ses rides. Il riait silencieusement ; c'était clair ; il était vainqueur. Alors, je riais aussi.

Tout le reste du travail était vétille. Le forgeron parlait ; je prenais de l'aplomb, lui passais les outils. Il mettait encore à la chauffe, faisait la pince – cet onglon triangulaire du devant du fer –, de revers désinvoltes du marteau, perçait les trous sur le porte-à-faux, limait les bavures. Enfin, il jetait le fer terminé à terre, dans un coin humide et obscur où il mettait quelques instants du grésillement et de la clarté.

Ventajou allait ensuite jeter un coup d'œil dans la rue. Il bougonnait :

– Le Morou n'est pas pressé de se chausser, aujourd'hui !

J'offrais à ferrer la plante de mes pieds, pour rire. Ventajou feignait de me prendre au sérieux. Je me sauvais. Il me poursuivait autour de l'enclume. Et il était si laid dans sa joie, le pauvre homme, qu'un instant je regrettais ma facétie.

La forge était de plain-pied avec la rue, qui, avec ses charrues en attente, ses tas de mâchefer, ses flaques d'eau rouillée, semblait continuer la boutique. Ventajou travaillait tantôt dehors, tantôt dedans. Lorsque ses occupations l'appelaient dehors, il ne manquait pas de faire des recommandations à ceux qui restaient dedans. Le long d'un mur, le sol de la forge se dérobait subitement sous les pas en un raidillon humide et sombre dont j'ai parlé, et qui donnait sur le derrière de la maison, dans des jardins et des terrains vagues. À une époque, Ventajou semblait redouter plus particulièrement qu'un de ses enfants s'y engageât, et répétait sans se lasser :

– Surtout, ne descendez pas au jardin !

C'était devenu une manie. Il répétait cette phrase au moindre bruit, à la moindre velléité de l'un d'entre nous :

– Ne descendez pas...

Les premiers mots clouaient les plus audacieux sur place, tant Ventajou les prononçait avec gravité. Pour moi, qui savais les raisons de cette défense, ils étaient un peu comme ces plaques nouvellement placées sur les pylônes de la ligne à haute tension de Moret, et qui disaient : danger de mort !

Ventajou était le père de huit enfants, dont l'aîné des garçons était mon vieux copain Mathieu. Sa femme, Nanne Ventajou, était d'une désolante fécondité. Un gosse se détachait à peine de sa mamelle, semblable à ces figues prématurément cueillies qui emportent une dernière goutte de lait dans leur bouche, qu'un autre s'y attachait goulûment. Jusqu'au huitième enfant, le village plaignait les Ventajou tout haut ; après chaque accouchement de la Nanne, les voisins arboraient des figures consternées. Mais, dès qu'ils apprirent qu'un neuvième ou un dixième enfant mettrait les Ventajou en excellente posture pour le prix Cognac-Jay, leur jalousie s'éveilla. Ils étaient suspendus aux coïts des Ventajou comme au tirage d'une loterie fabuleuse.

Ventajou-facteur était infiniment moins tendre pour sa femme que Ventajou-forgeron. Il la chargeait de distribuer le courrier du soir. Elle courait à la gare, recevait le sac du courrier des mains du convoyeur, entrait au bureau de poste, aidait au tri, faisait la tournée, refoulant ses lassitudes, son amertume et ses rancœurs, pour honorer la profession. Ventajou se réservait la tournée du matin, celle des mas, la plus pénible, celle qui excitait le mieux sa haine. Il avait une fâcheuse réputation. Mais la Nanne l'adorait, lui pardonnait ses exigences et ses injures. Elle savait qu'elle ne pouvait rien objecter à Ventajou-facteur, que, même devant le monde, il lui clouait le bec de répliques cinglantes, mais qu'avec Ventajou-forgeron elle pouvait prendre ses aises, geindre, se plaindre, gifler la marmaille, retarder l'heure du repas, se négliger, s'écheveler, se décharger sur la fille aînée de besognes et d'énervements, être enfin maîtresse de son foyer.

Les gens du dehors ne connaissaient pas les Ventajou comme Alice et moi qui venions les apprécier à domicile. L'homme passait pour brutal, la femme pour martyre, et c'était bien l'image qu'on pouvait en avoir de sa fenêtre. Au-dedans, le spectacle changeait. L'homme devenait patient, presque doux ; la femme se galvaudait en jérémiades et abandonnait jusqu'à ce sentiment de coquetterie qui la poussait à ne sortir que bien peignée et proprette.

La Nanne aidait ma mère aux lessives. Ces jours-là, Alice était préposée à la garde de la progéniture. De bonne heure, le matin, elle courait chez les Ventajou, les trouvait en larmes dans un grand désordre de paillasses et de vêtements. Madeleine, la fille aînée, était impuissante à se faire obéir. Alice n'était guère plus âgée qu'elle, mais son prestige agissait tout de suite. Elle faisait honte à Mathieu de ne pas savoir se vêtir seul, débarbouillait les petits, les habillait ; enfin, elle emmaillotait le dernier-né, et quelquefois, pour apaiser ses pleurs, lui donnait son pouce à téter. Parfois, elle était obligée de consoler Madeleine qu'un chagrin subit faisait sangloter ; elle s'amusait à la peigner et à la parer, cependant que Madeleine séchait ses larmes devant un mauvais miroir. Après cela, tous les Ventajou dans ses jupes, Alice descendait à la cuisine, et le forgeron, interloqué de bonheur, les regardait passer devant son enclume, le marteau en suspens. Alice mettait de l'ordre dans la maison et préparait le café.

Bientôt le vieux Ventajou ne pouvait plus y tenir. Il quittait son travail et venait à son tour s'attendrir devant le miracle d'un foyer transfiguré.

– C'est la Nanne qui sera contente ! disait-il.

Et, en effet, à son retour de la rivière, la Nanne était si contente qu'elle embrassait tout le monde, sauf le mari qui n'en pensait pas moins.

Ainsi que je l'ai conté, je venais souvent, moi aussi, chez les Ventajou. Je m'étais quelque temps institué le précepteur de Mathieu. J'étais devenu un commensal assidu. Enfin, j'aimais seconder le père Ventajou dans son travail. De la forge, on entendait piailler la nichée. Dans le fond, au plus noir de la boutique, on rencontrait d'une main tâtonnante la poignée d'une porte toujours fermée à clé. C'était là derrière, dans la cuisine, que se tenait le tumulte.

La Nanne y traînait de chaise en chaise, la poitrine croulante et perdant des lambeaux de chignon. Elle avait à peu près perdu toutes ses dents ; il ne lui restait plus que les canines et quelque noir chichot, juste de quoi garder l'air féroce.

De la forge, je l'entendais geindre dans les accalmies. Puis, le bruit des pleurs, des meubles renversés, des cris et des galops, submergeait tout. Parfois, du dedans, la porte était secouée comme si quelqu'un eût voulu s'évader de cet enfer. On entendait des claquements de gifles suivis de hurlements. Ventajou marmonnait alors quelque chose entre ses dents.

Madeleine, l'aînée des Ventajou, avait quinze ans. Elle avait des yeux cernés de femme, la bouche mince et dure, comme épinglée en dedans. Elle s'éreintait du matin au soir en courses, en soins, en menaces. C'était la vraie mère. Elle parlait à ses frères et sœurs d'une voix cassée et aigre ; eux lui tenaient rigueur de sa sécheresse. Parfois, poussée à bout, elle les battait ; les plus gâtés allaient se plaindre à la Nanne ; ils exagéraient leur chagrin et réussissaient souvent à indigner leur mère contre Madeleine. Il y avait alors des scènes pénibles. La mauvaise humeur de la Nanne se donnait libre cours. Du plus petit au plus grand, tous écopaient, qui une gifle, qui un coup de pied. Les petits braillaient. Les plus grands se réfugiaient dans les coins. Les uns pleuraient de peur, les autres de honte.

Alors, Ventajou venait cogner à la porte. La Nanne savait par expérience qu'il était inutile de parlementer. Ventajou-forgeron avait posé son marteau et c'était Ventajou-facteur qui allait apparaître. Elle faisait tourner la clé dans la serrure. Je regardais la scène, le cœur battant. Un grand silence se faisait. Dans la cuisine, c'était comme un spectacle de bataille, lorsqu'on relève les morts. Il y avait des corps étendus ou recroquevillés un peu partout, des larmes sur tous les visages, des yeux suppliants tournés vers le jour de la porte maintenant grande ouverte.

Et pas une goutte de sang !

Ventajou se tenait un instant immobile, et sans regarder sa femme, échevelée au milieu du désastre, il disait :

– Vous en faites un boucan, sacré nom de Dieu !

Puis il refermait la porte. Ventajou-forgeron avait eu le dessus sur Ventajou-facteur. Il revenait près de son enclume, se ravisait, s'approchait du feu. Il avait un gros pli au front, et, un moment, il cherchait dans le charbon ardent un fer qu'il n'y avait point mis.

Parfois, le bruit recommençait.

Soudain, la porte s'ouvrait, comme une bouche qui hurle. Dominant la rumeur, la voix de la Nanne tonnait :

– Enfants de la peau du démon ! Foutez-moi le camp ! Allez vous perdre ! Tous, tous !

Pêle-mêle, à la fois effarés et joyeux, les petits Ventajou s'envolaient vers la rue.

J'arrêtais Mathieu au passage. Il reniflait pour remonter sa morve, opiniâtre comme un fanon de dindon. Nous gagnions ensemble la rue. Il me proposait aussitôt d'aller lyncher les chats du village.

Dans les rues étroites, le premier caillou mal dirigé cassait une vitre. Nous revenions vers la forge, haletants. Sans se retourner, le père Ventajou nous criait :

– Ne descendez pas au jardin !

Mathieu reniflait un bon coup. Il me clignait de l'œil et riait silencieusement.

À pas de loup, nous nous engagions dans le raidillon et descendions au jardin.

Il appelait ça le jardin, pauvre homme ! J'ai parlé de ce coin de terre où je venais rejoindre Mathieu Ventajou et qui, à cause des munitions qu'on y découvrait, était devenu notre Champ de Mars. À l'époque où le vieux Ventajou en interdisait l'accès, le jardin était plus morose que jamais. Quelques choux, hauts sur pattes et rayés comme des zèbres, y frissonnaient dans le vent. Adossé à la maison, le casot abritant le cochon, les lapins et les poules, perdait ses tuiles comme un arbre d'automne. Depuis une quinzaine on avait délogé les lapins de leur clapier. À leur place, derrière le grillage, le forgeron avait enfermé Florin.

Florin était le chien des Ventajou. C'était un affreux bâtard, colorié comme une page d'atlas, d'une douceur attendrissante. Il était en quarantaine. Deux semaines auparavant, un chien enragé était passé dans le village. Il y avait eu plusieurs bagarres aux carrefours. Tous les chiens qui s'y étaient trouvés mêlés avaient été abattus. Les autres, ceux sur lesquels ne pesaient que des présomptions, comme Florin, avaient été placés en observation.

Les Ventajou aimaient Florin comme un membre de la famille. Il le leur rendait bien. Il divertissait les grands, accompagnait le facteur dans ses tournées, torchait le nez des petits de coups de langue décisifs. À force de discrétion et de fidélité, il trouvait grâce devant la Nanne elle-même. Il devait trouver sa détention bien injuste !

Le vieux Ventajou avait bien défendu Florin contre les calomnies. Il s'était disputé avec des voisins qui prétendaient l'avoir vu se battre. Par acquit de conscience, il s'était conformé à l'ordre municipal, mais espérait bien sauver Florin du boudin empoisonné de l'appariteur. La torpeur de Florin ne cessait pourtant de l'inquiéter. C'est à cause de cela qu'il avait pris l'habitude de répéter :

– Ne descendez pas au jardin !

Mathieu venait voir le chien tous les jours. Il s'approcha du grillage et appela le bâtard avec des mots affectueux. Il remuait imperceptiblement la queue, le pauvre Florin, il n'osait pas approcher. Chaque visite le décevait un peu plus. Il semblait nous reprocher son infortune. À la fin, pourtant, il vint identifier de près les signes que nous lui faisions. Nous ne savions que lui dire. Nous éprouvions l'embarras qu'on doit avoir à parler au guichet d'une prison. Il remuait toujours faiblement son bout de queue, lui d'ordinaire si volubile de ce côté-là.

– Tu vois qu'il n'est pas « fou » ! me dit Mathieu, l'œil chaviré de tendresse.

– Non... Il n'a pas l'air « fou », dis-je. Mais la rage peut lui venir !

Mathieu me regarda avec dureté et il mit la main sur le loquet. J'essayai de le retenir, mais il se dégagea si brutalement que je fus rejeté en arrière.

Lorsque je vis la porte entrouverte, je m'enfuis vers la maison, brûlai le raidillon en criant de toutes mes forces et tombai, haletant, au milieu de la forge.

Le vieux Ventajou se tenait debout derrière l'enclume.

– Qu'est-ce qu'il y a ? cria-t-il.

Je ne pouvais plus parler tant mon cœur battait.

À ce moment, la Nanne ouvrit la porte de la cuisine ; le dernier-né des Ventajou marchait en titubant entre ses bras grands ouverts et elle riait de ses petits pas.

Je pus enfin crier :

– Florin ! Gare à Florin !

Ce fut alors que Florin surgit en sautant et gémissant de bonheur. Le premier qu'il vit fut le dernier-né. Ce fut vers lui qu'il bondit, ivre de joie et de liberté.

La mère poussa un cri sauvage et ses bras se fermèrent sur son enfant comme deux ailes.

Le vieux Ventajou avait gardé tout son sang-froid. Du fond de la boutique où je m'étais réfugié, je le vis empoigner à pleine main le fer qu'il venait de poser sur l'enclume. C'était un long pieu aiguisé dont la pointe grésillait de flamme bleuâtre. Il fit un grand pas au-devant de Florin, et, au passage, le poignarda !

22

La boulangerie était au bout du village, sur le chemin du cimetière. Du seuil de la boutique on découvrait le panorama des cyprès et des tombes. Cela n'empêchait pas les Nomdedeu d'être gais. Le chemin, agrémenté d'une plantation d'acacias ployant au printemps sous les fleurs, embaumait le miel et bruissait d'abeilles. De larges parapets le longeaient. Les femmes du village venaient y tricoter, les mendiants y dormir, les enfants y jouer. Cela fait que les Nomdedeu n'avaient pas trop d'occasions de penser aux morts.

Le père Nomdedeu était un petit homme replet et blafard, aux longues moustaches négligées, aux bajoues tressautantes. À cause de sa forme, de son teint, de son métier sans doute aussi, il faisait penser à un sac de son un peu mou. Le métier déteignait sur le reste de la famille ; tous les Nomdedeu montraient des visages copieusement enfarinés et tavelés, la mère et la fille toutes rousses, le père et les deux fils tout gris et blêmes.

Mon père parlait du boulanger avec une nuance de commisération et de moquerie parce que, sous des dehors bonasses et accommodants, le bonhomme dissimulait une grande vanité. Nomdedeu, qui lisait beaucoup, n'hésitait pas, en effet, à évoquer les « belles traditions boulangères » lorsqu'on lui reprochait de ne pas cuire assez son pain, et il tenait de longs et sentencieux discours auxquels les mécontentements les plus justifiés ne pouvaient songer à résister. Au vrai, les Nomdedeu vivaient difficilement de l'exploitation de leur boutique. Leur clientèle était pauvre et ils consentaient le crédit. La plupart de leurs clients possédaient une « taille », un morceau de bois blanc semblable à une règle plate dont le boulanger gardait le double. À chaque pain acheté, il faisait une encoche à l'aide d'une lime sur les deux « tailles » juxtaposées. D'ordinaire, on payait lorsque la « taille » était couverte d'encoches ; mais Nomdedeu arrangeait les clients qui ne pouvaient régler la totalité de la dette ; pour cela, il abolissait au couteau la quantité de marques qu'ils voulaient acquitter. Il accomplissait ces opérations avec une bonhomie et une compréhension jamais lasses. Mais il fallait faire attention. Il arrivait que la lime dérivât et fît deux marques au lieu d'une, ou que le couteau oubliât d'annuler une encoche. Il se trompait rarement de son côté, comme on dit. Aussi, avant d'aller payer, nous faisions en famille le calcul de notre dette. Nomdedeu revenait d'ailleurs de bonne grâce, et parfois aveuglément, sur toutes ses erreurs, et je le trouvais personnellement fort magnanime.

Les Nomdedeu me traitaient avec amitié. J'étais un voisin, un camarade de leurs fils et un client de marque. J'eusse voulu les aimer sans réserve, moi aussi, mais toutes les recommandations que je recevais de ma mère avant d'acheter un pain, et ayant trait au poids, au degré de cuisson, aux manipulations de la « taille », me prouvaient assez que je ne devais pas me livrer entièrement. Dès lors, j'exagérais ma défiance et épiais d'yeux cruels tous les mouvements du boulanger ou de sa femme. Les compliments qu'ils croyaient devoir me faire me paraissaient dissimuler de noirs desseins et je les écoutais sans complaisance ; lorsqu'ils posaient, sur le pain de six livres que je venais prendre chaque jour, ce morceau de pain appelé « la tourne » destiné à faire l'appoint de la pesée, j'étais aussi attentif et tendu que s'ils eussent pesé de l'or en barre. Mon manège ne leur échappait point ; ils se méfiaient à leur tour de moi ; je le devinais à ce qu'ils me traitaient en homme et me félicitaient de savoir faire les commissions. Je surveillais aussi de près les opérations faites sur notre « taille ». Cette « taille », je la revois encore, tout amenuisée par des rabotages successifs ; elle avait un œil rond comme les équerres. Nomdedeu possédait le double, suspendu au milieu d'un grand nombre d'autres doubles, derrière son comptoir. Notre nom était écrit dessus. Mais je le reconnaissais aussi sûrement qu'un membre de ma famille dans une assemblée.

De bonne heure, j'avais appris à considérer les marchands comme des voleurs plus ou moins adroits et cyniques, plus ou moins vulgaires ou raffinés. Cet état d'esprit était loin de m'être personnel ; les enfants du village connaissaient à merveille les marchands qui trichaient sur la qualité ou la quantité, et ils achetaient leurs friandises chez le moins suspect. J'étendais cette prévention aux Nomdedeu aussi crûment qu'aux épiciers et aux bouchers de Sainte-Marie, et il eût fallu qu'ils fussent des saints pour ne pas tomber un jour ou l'autre sous les coups de ma défiance.

On m'envoyait acheter chez eux la farine destinée aux besoins du ménage et le son pour la volaille. Je m'étais à la longue avisé que la mère Nomdedeu ne prenait plus la peine de peser ces emplettes sur les balances dont un plateau était toujours chargé de plusieurs poids de fonte. Un grand travail se fit quelque temps dans ma tête. Je n'osai faire part à mes parents des soupçons que m'inspirait cette singulière habitude et jusqu'à la générosité ostensible avec laquelle la boulangère emplissait les bourses de papier dans lesquelles elle vendait la farine et le son. Un jour que je me présentai à la boutique, je la trouvai vide. Le plateau de la balance était toujours encombré de ses poids. C'était une Roberval. Une curiosité irrésistible me poussa à enlever les poids que je posai à mesure sur le bois du comptoir. Je ne fus pas très surpris de constater que, délivré, le plateau ne reprenait pas son équilibre. Je soulevai alors la plaque de marbre qui dissimule le mécanisme de ces balances, et là-dessous, je découvris un petit poids de cuivre à cheval sur un des bras du fléau. Une grande émotion, mitigée de fierté et de peur, comme doivent sans doute en éprouver les cambrioleurs à la seconde où leurs prévisions se trouvent confirmées, s'empara de moi. Je saisis en tremblant le petit poids accusateur, laissai retomber la plaque et m'enfuis à toutes jambes vers la maison.

Ah ! les figures consternées de mes parents lorsque je leur fis part de ma découverte ! Mon père faisait tourner le poids dans ses doigts. C'était un poids de un ou deux hectogrammes, je ne sais au juste. Il parlait de le rapporter aux Nomdedeu, mais ma mère n'eut guère de peine à l'en dissuader. Cela représentait tant de périls ! On m'ordonna de n'en plus parler. Je n'osai me présenter à la boulangerie de quelques jours. Il me semblait que je ne saurais cacher mon trouble aux Nomdedeu. Lorsque je me décidai à les affronter, je fus presque soulagé de les retrouver aussi paisibles qu'avant. Je remarquai seulement que les plateaux de la balance étaient nus.

Je ne regarde jamais une balance de Roberval sans penser à cette aventure. Cet équilibre moelleux et pur, inlassablement troublé et toujours recouvré, me fait penser aux hauts et bas des consciences à la recherche de leur salut.

Cet émoi mis à part, les Nomdedeu ne m'ont laissé que de bons souvenirs. Un de leurs fils avait à peu près mon âge. Il était très timide. Il ne se sentait à l'aise que dans sa maison, et encore s'il savait toute proche la présence de sa mère. J'allais quelquefois lui tenir compagnie ; on jouait à se cacher dans le pétrin ; on goûtait le levain blotti sous un sac, au plus chaud de la gloriette ; on rentrait les fagots de genêt. Les Nomdedeu m'étaient reconnaissants d'amuser leur rejeton ; tout comme les Ventajou, ils m'assuraient que mes parents avaient de la chance de posséder un fils tel que moi ; mais ce qui me touchait le plus, c'était le « flacon », le petit pain d'un sou qu'ils me donnaient à l'heure du goûter.

La boulangerie était coupée en deux par un couloir. Le magasin de vente donnait sur la rue. La gloriette et le four étaient situés au fond d'une cour, derrière la maison. Lorsqu'on arrivait dans le petit pavillon coiffé de tôles qui les abritait, on était séparé du monde. C'est ce mystère, autant que le secret de la fabrication du pain, et la promesse d'une gâterie, qui m'attiraient. Des sièges traînaient un peu partout, et il était rare que des livres ne se trouvassent pas à portée de la main. Nomdedeu était un grand liseur de romans à bon marché. Il avait la manie de taquiner les enfants du village en leur frictionnant vigoureusement la tête, et leur donnait toutes sortes de sobriquets, tantôt puisés dans ses lectures, tantôt dans son imagination. Il appelait l'un Closcassius, ce qui, dans son esprit, devait signifier : forte tête, l'autre Comte de la Marnière ou Surcouf. Pour ma part, je le laissais assez patiemment fourrager dans ma crinière, mais je lui marquai un vif dépit le jour où il s'avisa de m'appeler Coatgoumarch, qui est, si je ne m'abuse, le nom d'un personnage d'Élémir Bourges !

Il aimait à parler, conter des histoires. Ma réputation de bon élève le rendait scrupuleux. Avec moi, il se raffinait, me posait des colles. De petits rires d'homme content de son effet le secouaient. À ces moments, tout tressautait en lui, son ventre rond, ses joues pendantes, ses bacchantes, ses yeux globuleux de batracien en mal d'amour. Il crachait de côté. Il était assez répugnant. Sa femme, qui avait plus encore que lui le respect du savoir, venait à mon secours ; elle le bousculait, l'acculait dans un coin, l'accablant de bourrades, en criant : « Baï! Baï ne fais pas le grandiose avec ce petit, que dans un couple d'ans, il t'en remontrera de tout ! » Le boulanger riait de plus belle. Il n'avait pas la force de rendre les coups, mais ses yeux luisaient. Je ne comprenais pas grand-chose à leur dispute, sinon qu'ils avaient l'air d'y prendre un grand plaisir. Ils faisaient la paix, tout troublés encore.

Nomdedeu revenait près de moi, et peut-être pour montrer à sa femme qu'il gardait une marge de supériorité plus grande que celle qu'elle venait de fixer, il me demandait à brûle-pourpoint :

– Je parie que tu ne sais pas où se trouve La Bourboule ?

C'était, ma foi, vrai... Lui, le savait. Il y était allé faire, non une saison, mais les grandes manœuvres. Il mettait son amour-propre à l'épreuve à l'aide de quelques questions de ce genre, et lorsque ma confusion était complète, il envoyait son fils me chercher un « flacon ». Il ne se tenait plus de joie. Sa femme hochait sa tête de jument d'un grand air de commisération. Ils se taquinaient à nouveau. À ma grande surprise, le boulanger en venait à bout en la chatouillant ; parfois, il poussait l'avantage en lui donnant de lourdes tapes sur les fesses ; cela mettait la boulangère en fuite, toute secouée de protestations et de rires.

Quand il boulangeait, Nomdedeu ne cessait pas de parler, ni de questionner. Mais c'était qu'il était emporté par l'habitude, car il n'écoutait pas les réponses. Je l'avais vu pétrir quelquefois, mais il n'aimait guère qu'on rodât dans la gloriette à ce moment-là. Le pétrin était surélevé. Nomdedeu montait sur une petite estrade afin de mieux plonger dans la pâte. Les mains jointes, ses petites jambes tendues à casser, il avait l'air d'un plongeur sur le tremplin. Les bras nus, englués jusqu'à la saignée de pâte molle, il se démenait désespérément contre cette glu qu'il arrachait, projetait, cognait à grands coups sourds scandés de ahans, qu'il entassait lambeau par lambeau dans un angle, pour s'y colleter à nouveau dans des corps à corps acharnés. L'effort le pâlissait. Ses bras et sa poitrine étaient blancs, d'un blanc malsain et boursouflé d'œuf monté. Des gouttes de sueur perlaient à la pointe de ses moustaches, se faufilaient sous les poils. Et son regard égaré, désespéré même à certains moments, faisait penser à un regard de naufragé. Il m'inspirait un peu de frayeur et de pitié. Parfois, nous découvrant, son fils et moi, en train de le regarder travailler, il nous chassait d'un geste de la main. Il était si exténué qu'il n'avait pas la force de crier. Mais nous comprenions qu'il était en colère, et que c'était la fatigue qui le mettait dans cet état. Il n'était abordable que longtemps après, mais alors il se rachetait, et même lorsqu'il enfournait, dans les pires flambées de l'ouvrage, il trouvait la force de nous égayer de ses histoires.

« Je vais vous dire l'histoire du fils du boulanger de Finestret... C'était un petit garçon, plus petit que vous, oh ! beaucoup plus petit. Tenez ! il était à peine plus gros que mon poing... Mais il avait un toupet d'écureuil. Il était tout le temps dans les jambes de son père, et son père devait faire beaucoup d'attention pour ne pas l'écraser... On lui avait interdit de venir dans la chambre du four, mais il passait par le trou du chat. Il jouait avec les braises, il en cachait dans ses poches, se fourrait dans les couffins et les panerettes, se penchait sur le pétrin. Enfin, c'était un vrai petit démonias.

« Un jour que son père était en train de pétrir, il entra en cachette dans la gloriette, et il se pencha tellement sur le pétrin qu'il y tomba dedans. Malheureusement pour lui, son père venait d'étirer un gros morceau de pâte, et il le lui laissa retomber dessus sans le voir. Et voilà mon petit garçon disparu, roulé, pétri, plus d'une heure. Il ne pouvait pas crier. Il avait la bouche pleine de pâte. Le père prit le grand couteau, coupa les pâtons, il aurait pu lui couper la tête, les mit à lever dans les panerettes, et le soir, il les enfourna sans se douter de rien.

« Pendant tout ce temps, la maman boulangère cherchait son petit garçon dans tous les coins de la boulangerie, puis dans tous les coins de la rue, puis dans tous les coins du village. Finestret, ce n'est pas grand, c'est la moitié tout juste de Sainte-Marie, mais il y a quand même un bon pâté de maisons toutes couvertes de tuiles rouges.

« Son travail fini, le père boulanger se mit lui aussi à la recherche du petit garçon, puis tout Finestret se mit à chercher dans les ruisseaux, les mares, les puits, partout où se noient les petits garçons qui n'écoutent pas leurs parents.

« Quand les gens virent que la nuit tombait et qu'on ne le retrouvait pas, ils se mirent à pleurer. Tout Finestret pleurait sous les fenêtres du boulanger mais lui, qui était un homme de devoir, finit par dire : “ Ce n'est pas tout ! il faut que je défourne ! ”

« Il défourna. Puis il prépara la fournée du matin, sans avoir le temps de verser une larme. Ce ne fut qu'au matin qu'il put pleurer tranquillement, mais alors, on aurait pu remplir une comporte avec ses larmes.

« La boulangère vendit le pain comme chaque jour. Les gens venaient acheter avec un peu de honte, mais il faut bien manger. Elle vendit les deux fournées en entier, sauf un pain un peu bossu, un pain manqué comme ça arrive même aux meilleurs boulangers, un pain qui a bousculé l'entrée du four, ou qui a échappé à la pelle. Ces pains, les boulangers les gardent pour eux ; ils ne sont pas plus mauvais que les autres ; quelquefois ils sont meilleurs même, parce que la cuisson ne les saisit pas comme les autres, et ils sont tout en croûte.

« Ce pain infirme, le boulanger de Finestret le garda donc pour lui, et le soir, il fallait bien réparer les forces, on le mit à table pour le souper. Le boulanger le saisit pour l'entamer. Il prit le grand couteau de cuisine ; il fit la croix, et d'un coup il fit sauter la calotte. À ce moment, il entend un cri. La mère se dresse comme un ressort. Le père aussi, sa moitié de pain sous l'aisselle. Ça sortait du pain. Il creuse un peu la mie, il en restait une petite pellicule, et qu'est-ce qu'il voit ? Son petit garçon tout recroquevillé, tout jaune, comme un poussin dans l'œuf !

« Il le tire de son creux, il le donne à sa mère qui le frotte, le secoue, l'interroge, l'arrose de larmes. À la fin, le petit garçon, debout sur la table, raconte son histoire. Tout Finestret est accouru. La rue est pleine de monde. On regarde par les portes et les fenêtres. On se monte sur les épaules pour voir et entendre.

– Tu as dû avoir chaud ? lui demande l'un.

– Eh bien ! pas tant que ça ! qu'il répond.

– Tu as dû avoir faim ! lui dit un autre.

– Faim ? Dans un pain ? Vous voulez rire ? qu'il réplique.

– Tu as bien eu un peu peur ? fait la mère.

– Je n'ai eu peur qu'à un moment, répondit-il. C'est quand le père a fait une croix au pain... »

23

Édouard Bise, appelé aussi Bise-le-Pauvre, était l'appariteur de Sainte-Marie. Je le voyais souvent à la maison. Il venait aux ordres. Avec sa grosse moustache poivre et sel rognée par les libations et roussie par les vapeurs de pipe, ses yeux ronds, cernés comme une cible, son air mi-renfrogné, mi-abruti, il faisait penser à un très vieux bouledogue.

Ce n'était pas un méchant homme. S'il n'avait pas son semblable pour licher des petits verres et culotter des pipes, personne ne pouvait prétendre faire les publications sur la voie publique avec la même autorité. On s'en apercevait bien lorsqu'il était pris par un travail pressé et que sa femme faisait les annonces à sa place ; c'était une désillusion, un four douloureux. Pour tout dire, et malgré ses défauts, Bise-le-Pauvre était un sujet de fierté pour le village.

Il était menuisier. La fonction de crieur public était son second métier. À l'inverse du père Ventajou, c'était son second métier qu'il aimait le mieux ; il mettait en tout cas moins de zèle et d'amour à raboter ses planches qu'à souffler dans sa trompe et qu'à glisser des convocations dans le bas des portes.

Chaque dimanche, il assurait à lui seul le service de la voirie, balayait la place publique, le devant des écoles et de la mairie, veillait à la propreté des rues. Il soulevait beaucoup de poussière, faisait de gros tas de feuilles mortes, enfumait le village. Cela lui donnait soif. Il entrait au café plusieurs fois dans la matinée, mais il n'y gaspillait pas son temps, comme d'autres qui le calomniaient.

Il faisait un brin de police. C'était dans ses attributions. Il essayait de se montrer sévère. Malheureusement, il était de ces gens qui ne savent pas traduire leurs colères avec les mots et l'accent qui conviennent. Ses remontrances avaient quelque chose de désespéré et de comique. C'est peut-être à cause de cette impuissance que le village restait fort sale.

Les jours de fête mutualiste, Bise-le-Pauvre portait la bannière de la société, et au 14 Juillet, le drapeau tricolore. À cette occasion, il ne se contentait pas de se coiffer de son képi à liséré d'argent ; il endossait un uniforme qui le faisait aussi beau que le facteur-receveur.

Il accomplissait toutes les tâches qui l'éloignaient de sa maison, de son métier, de sa femme, avec autant de gravité que de plaisir. Ses coups de trompe avaient quelque chose de pimpant et d'allègre qui faisait partie de la joie villageoise, qui tranchait en tout cas sur le caractère généralement morne des nouvelles qui suivaient. Lorsqu'il entrait à la Mairie, il prenait un air soucieux, voire dramatique. Il disait :

« Vous m'avez fait demander, monsieur Grégoire ? », du ton d'un soldat décidé au pire.

Ses missions n'étaient que rarement dangereuses. Il y avait le chien enragé, il est vrai, mais alors Bise-le-Pauvre organisait une vraie battue et il se tenait en arrière, comme un commandant. Quoi qu'il en fût, il ne badinait pas avec le devoir. S'il s'agissait d'une « criée », il en lisait d'abord le texte en silence, puis à voix haute, comme un acteur qui répète son rôle, sans plus ni moins de ridicule. Il y mettait toute sa foi, un peu de délectation. Mon père ne pouvait s'empêcher de sourire. Bise-le-Pauvre n'avait jamais pu s'habituer à cette ironie. Il regardait mon père et lui demandait gravement :

– Pourquoi riez-vous, monsieur Grégoire ? Que par hasard, je lirais mal ?

Mon père le rassurait, le complimentait même. Et quelque chose se détendait en Bise-le-Pauvre, qui était peut-être de l'indignation. Ces malentendus faisaient que, s'il existait de la familiarité entre l'appariteur et ma famille, elle était quelquefois réticente, parcourue d'ombres. De temps en temps, on devinait que Bise-le-Pauvre gardait ses distances.

Bise-le-Pauvre aimait pourtant converser avec ma mère. Il la trouvait plus simple que mon père, plus sérieuse aussi, plus respectueuse des fonctions officielles. Il y avait aussi, entre eux, une misère commune. Ils souffraient tous les deux de l'estomac, lui découvraient les mêmes intolérances, ressentaient les mêmes douleurs ; leurs troubles gastriques se révélaient si curieusement semblables que Bise-le-Pauvre en était tout attendri, un peu confus aussi, car il ne devait pas être loin de penser qu'il y a une hiérarchie dans la manière de ressentir les douleurs. Il n'avouait pas que son organisme était ruiné par la boisson, s'entêtait à identifier son cas à celui de ma mère, l'exhortait au courage et l'engageait à bien manger. C'était devenu une rengaine. Il faut manger... Il répétait le conseil sur le palier, dans l'escalier, et il était parfois dans la rue qu'on l'entendait encore :

– Il faut manger... Il faut manger...

Malgré son indulgence, ma mère avait fini par le prendre en grippe et le fuyait comme la peste.

À cause de sa gravité tragi-comique, Bise-le-Pauvre ne m'inspirait qu'à moitié confiance ; lorsqu'il posait sur moi le regard de ses yeux ronds et fixes de gallinacé, je n'étais pas fier ! Ce n'était qu'à la longue qu'on pouvait comprendre qu'il n'était ni bon ni méchant, qu'il était tout simplement un peu bête. Je l'avais quelquefois entendu maugréer à mon sujet, le jour surtout où il s'avisa que j'arrachai des franges d'or à la bannière de la « Conciliante », mais c'était à une époque où je commençais à être édifié sur son compte et ne le craignais guère.

J'allais quelquefois lui rendre visite dans son atelier. Il habitait l'ancien presbytère d'où la commune venait de déloger le curé. La boutique donnait sur la place par une immense baie, taillée dans l'épaisseur du mur féodal, à la hauteur d'un enfant ; on pouvait s'asseoir à plusieurs sur le rebord ; c'est de là qu'on regardait travailler Bise-le-Pauvre.

L'atelier était encombré de planches et de meubles démantelés, dressés le long des murs, jetés en travers de l'établi, à terre. Les copeaux formaient une épaisse litière, s'enroulaient comme vrilles aux barreaux des chaises, formaient des tas bouclés comme des têtes de chérubin. Bise-le-Pauvre était aussi à l'aise dans ce désordre qu'au milieu des paperasses communales. À vrai dire, il était assez difficile de le surprendre au travail. Bise-le-Pauvre était dans son atelier comme en escale. Son cœur était ailleurs, dans les rues et sur les places. Il décourageait les commandes. Mais il avait à satisfaire aux besoins d'une clientèle qui, pour rien au monde, n'eût consenti à s'adresser à Rouzaud le calotin. À tout le moins, il était forcé de fabriquer les cercueils des enterrements civils. Il en avait toujours quelqu'un d'ébauché. Nous le regardions rapporter la mesure du mort sur les arêtes du bois, et enfoncer ses clous effilés comme des poignards. Aux murs, des niches taillées dans la pierre, et qui avaient sans doute abrité quelque allégorie pieuse ou quelque saint de plâtre, servaient de débarras. Il y cachait ses bouteilles de vin, auquel il préférait pourtant l'absinthe. Là, dans sa boutique, en tête à tête avec son cercueil, une furieuse nostalgie du pernod l'étreignait. Sa femme était méfiante, de nature aigre, et elle avait l'oreille fine. Elle allait et venait à l'étage au-dessus, se montrait à la fenêtre, courait puiser de l'eau à la fontaine, l'œil et l'oreille inlassablement en éveil, surtout lorsque son mari avait un travail pressé à livrer. Devant elle, Bise-le-Pauvre tremblait comme un enfant ; ses yeux imploraient comme seuls savent le faire les yeux des alcooliques. Je l'avais surpris quelquefois dans des postures tellement humiliées que cela m'avait aussi aidé à réviser mes sentiments à son égard. Ainsi épié et cloué à sa besogne, il usait de toutes sortes de stratagèmes pour s'évader ; bien des fois, l'un de nous acceptait de se faire son complice et venait crier dans le couloir de la maison :

– Bise ! le maire vous dit d'y aller tout de suite !

Aussitôt, la femme surgissait et interrogeait âprement :

– Qu'est-ce que c'est ? Voyons, regarde-moi bien ! Gare si tu mens !

Son goitre tressautait sous le fichu et ses lèvres étaient toutes blanches. Bise-le-Pauvre se hâtait d'intervenir.

– Laisse ! ça doit être pour une « criée officielle » ! disait-il.

La femme de Bise avait pris la fâcheuse habitude de remplacer son mari lorsqu'il était occupé, mais elle était obligée de se récuser lorsque la criée était « officielle ». Bise-le-Pauvre coiffait son képi, raflait sa trompe au clou et trottait jusqu'au plus lointain bistrot, tout pressé, fournissant des explications qu'on n'écoutait pas, retournait enfin dans sa boutique pour recevoir, les yeux baissés, l'inévitable assaut de sa femme. Il acceptait les injures d'un cœur léger. Et, la bourrasque passée, nous le surprenions à chantonner.

Lorsque Taillefer ouvrit son auberge au coin de la place, à quatre pas de l'atelier, la vie de Bise-le-Pauvre subit un grand changement. Il devint casanier. Rarement vit-on menuisier plus attaché à son établi. Taillefer n'avait pas son pareil pour la discrétion. Il traînait toujours sur ses chaussons mous devant sa boutique. Sur un simple clin d'œil de Bise-le-Pauvre, il rentrait préparer une absinthe qu'il lui apportait, en rasant le mur, et posait sur le rebord de la fenêtre. Là-haut, la femme du menuisier ne se doutait de rien, mais Bise-le-Pauvre savait par expérience que le moindre arrêt dans son travail l'alertait, qu'elle y était aussi sensible qu'un pilote aux ratés du moteur. Alors, cependant qu'il absorbait son breuvage, avec une grimace à la fois voluptueuse et triste, il ne cessait de taper avec un maillet sur une planche. Taillefer attendait qu'il eût fini. Lorsqu'il lui repassait le verre vide, ils se regardaient et riaient silencieusement. Puis, cependant que l'aubergiste se sauvait avec des souplesses de matou, Bise-le-Pauvre se remettait au travail. Il passait et repassait doucement sa main sur son front, comme un homme mal réveillé. Quelquefois, m'apercevant sans doute à travers un brouillard, il me faisait un geste où je ne pouvais me résoudre à découvrir une menace, qui m'apparaissait plutôt comme le salut fraternel et mollement attendri d'un passager s'enfonçant dans la brume.

24

Balandran était charron. Il avait la clientèle de plusieurs villages. Malgré cela, il n'allumait son feu que de temps à autre, et c'était un événement. Il habitait une maison adossée aux ruines du château féodal, à l'à-pic du chemin de ronde. Il allumait ses bûchers sur une aire dominant la vallée, et, de tous les points du pays, on pouvait voir sa haute stature, et celle de ses fils, se détacher sur les flammes et les fumées.

Balandran était la terreur de Sainte-Marie, une espèce de monstre dont le village n'était pas très fier. On ne l'approchait qu'à toute extrémité. On ne lui adressait la parole qu'avec une extrême prudence. On le maniait comme un explosif. Sa réputation, je suis presque tenté d'écrire : sa légende, en faisait un être aussi mystérieux que redoutable et je me plaisais à imaginer qu'il vivait dans un antre et vêtu de peaux de bêtes.

Mon père contait que, peu de temps après notre arrivée à Sainte-Marie, le village avait été secoué d'un grand tumulte. C'était Balandran qui se battait, seul, contre les hommes d'une tribu voisine, le père et les deux oncles du Grand Farrail, gens batailleurs et cruels s'il en fut. Une partie du village assistait à ce tournoi et poussait des cris. Depuis, de telles scènes s'étaient renouvelées, et elles avaient fini par nous blaser.

À quarante ans, avec ses poings semblables à des maillets, sa poitrine renflée de bouclier, son crâne coulé dans le bronze, Balandran était beau comme un dieu. Il se battait après boire ; il avait le vin mauvais ; aux jours chauds, aux jours de ferrage aussi, il en buvait dix litres. On ne résistait guère à ses colères qu'en se liguant, et il arrivait ainsi qu'assailli par une meute enragée, il dût s'aliter à la suite d'un châtiment sévère. Il ne se plaignait pas, cachait ses plaies comme les vieux lions, et préparait sourdement ses revanches.

À cinquante ans, c'était l'image abîmée, éraillée et rogue de ses deux fils, deux garçons taillés en force, toujours souriants, bons comme le pain, doux comme savent seulement l'être les forts. Mon père les avait eus comme élèves ; devenus grands, ils fréquentaient assidûment l'école du soir et marquaient à tout propos leur reconnaissance à ma famille. L'ivrognerie et la brutalité de leur père les désolaient.

La femme de Balandran était une personne austère, grande, mince et souple comme une fumée ; elle aussi souffrait de la conduite de son mari et ne cessait pourtant de l'aimer. C'est que le dicton : « Coq de rue, douleur de maison », s'appliquait chez les Balandran à l'envers. On n'entendait jamais de cris dans la boutique ; bien mieux, le charron ne parlait jamais aux siens qu'avec douceur. Il était arrivé un troisième enfant, tard venu, mais qui promettait de devenir un homme doux et fort comme ses frères. Il était un peu plus jeune que moi. Il s'appelait Célestin ; c'était un nom que je jugeais lui aller, car il avait des yeux bleus et timides sous un front crépu comme une nuée d'orage. Le gros gars sentait encore le lait maternel qu'il eût pu jouter avec des garçons de quinze ans. Il ne montrait pas sa force. Elle l'embarrassait. Il succombait tout de suite dans les combats que je lui livrais au cours de nos jeux, mais cela ne me laissait aucun orgueil, plutôt de l'étonnement.

Célestin m'avait légèrement entrouvert le cœur de son père. Le charron le câlinait ; pour lui, sa voix caverneuse se faisait douce, ses yeux, où stagnait du sang, vacillaient de tendresse. En compagnie de Célestin, sous sa protection suis-je tenté d'écrire, j'avais quelquefois abordé le monstre. À la vue d'un étranger, si misérable fût-il, le regard de Balandran s'éclairait d'une lueur mauvaise. Je feignais de m'être fourvoyé ou de n'être que de passage. Il ne me retenait pas. S'il eût parlé, je crois que je me fusse enfui. Peut-être en avait-il conscience. De cet homme terrible, il s'échappait parfois des soupirs d'enfant. Je le regardais à la dérobée, tout en pressant Célestin de venir me rejoindre. Assis sur un banc de pierre, sa puissante musculature au repos, le cuir épais de sa nuque et de ses bras émergeant de la chemise, ses yeux fixés à terre, Balandran me faisait penser au *brau,* au taureau des pâturages, à la paix incertaine, et toujours agité de tourments. À ces moments, Célestin devenait pour moi semblable à ces pâtres dont la voix, la promesse du sel, quelque autre attrait mystérieux, mettent à l'abri l'audacieux entré à leur suite dans un *corral.* Il me tardait à me retirer. Mais je gardais un souvenir fort de ces contacts.

Mon père avait lui aussi compris qu'on pouvait gagner le cœur du charron à travers ses enfants. Il était un des rares hommes du village à se montrer curieux de Balandran, à éprouver même pour lui une sorte de compassion. Mais on ne pouvait le rencontrer que si on avait une roue à ferrer et l'affronter en quelque sorte dans ses quartiers. Il n'en sortait qu'à la morte-saison pour aller besogner dans les bois ou pour braconner. Il n'apparaissait dans le village qu'aux soirs de fête, soûl de bonne heure, mais ferme comme un chêne, le front barré de rugueuse colère. Les plus innocents comme les plus courageux s'efforçaient de l'éviter. Les rues se vidaient devant lui. Il avait conscience de la terreur qu'il soulevait. L'orgueil le durcissait. On eût dit un rocher en marche.

C'est dans ces redoutables dispositions que mon père le rencontra, un jour de fête nationale, aux premiers temps de notre arrivée à Sainte-Marie. Il n'avait encore jamais vu Balandran, mais comprit tout de suite qu'il avait affaire à lui. Le charron s'avança d'un pas si manifestement agressif que mon père, pourtant brave, en reçut un choc au cœur. Le charron lui reprocha d'avoir privé son fils – le petit Célestin justement – d'un de ces drapeaux d'un sou que les instituteurs de l'époque étaient chargés de distribuer aux enfants, avant le défilé. Mon père recouvra tout de suite son sang-froid. Il démonta le charron à l'aide de deux ou trois réflexions où vibrait, mêlé à un peu de dédain, ce besoin de clarté et de probité dont j'ai parlé. Lorsqu'il sentit Balandran ébranlé, il lui demanda :

– Mais au fait, qui êtes-vous ?

À peine le charron eut-il prononcé son nom que mon père s'exclama :

– Vous êtes Balandran, le charron ! Eh bien ! je suis très heureux de vous connaître ! Mais je vous avoue que je ne m'attendais pas à vous entendre me parler de la sorte ! Vos enfants m'ont habitué à du respect, à de l'amitié !

Sous les coups, certainement portés avec une vigueur et une finesse que j'aurais eu de la peine à traduire, le charron avait changé d'attitude. Cette énergie, déguisée sous de la politesse et de l'ironie, l'avait déconcerté. Lorsqu'il sentit la brute retournée, mon père s'empressa de se montrer généreux. Il entraîna Balandran jusqu'à la mairie, et là, il lui remit plusieurs drapeaux pour Célestin. Et ce fut, paraît-il, voûté par la gratitude et la confusion, dans un état où sans doute personne ne l'avait encore vu, que Balandran retourna chez lui.

Je ne puis me flatter d'être entré dans l'intimité de cet homme redoutable, mais, pourtant, je l'ai vu de près, j'ai été le témoin de certaines de ses sauvages ardeurs comme de certains de ses abandons. Lorsqu'il se démenait autour de son bûcher délirant de flammes, le poitrail roussi et suant, le front et les bras nus éclairés de lueurs dansantes, je n'étais pas loin de trembler d'admiration et de crainte. Le père Ventajou cognant son fer, œuvrant dans les étincelles, auréolé de feu, ne faisait jamais oublier ses faiblesses, ses tares d'homme ; il n'était pas rigoureusement grand, ni beau. Mais Balandran était fabuleux. Il s'incorporait aux flammes hautes, aux fumées denses, au brasier croulant. On remarquait à peine la présence de ses fils, pourtant grands et forts, tant il était important au milieu de ses volutes et de ses pourpres. Son travail – il passait pour paresseux –, il le faisait peut-être sans joie, mais avec une si farouche volonté, des gestes si rudes et précis, une telle maîtrise, que rien ne comptait en dehors de lui, de son acharnement, de sa sûreté, de son délire. Il me semblait assister à une bataille dont il était l'animateur, le dieu irrésistible. J'avais vaguement entendu parler de Vulcain. Il était pour moi Vulcain. Lorsqu'il alertait ses fils d'un grognement, que leurs pinces soulevaient au-dessus du brasier la couronne de fer crépitante et rouge, qu'ils la posaient sur le front de la roue neuve toute sifflante des morsures du feu, il me semblait que j'étais transporté dans un monde souterrain, aux sources d'un enfer, quand les cyclopes et les dieux collaboraient à dérouter des destinées.

25

Rouzaud, le menuisier, ouvrait son salon de coiffure le samedi, le dimanche, et à l'occasion des noces. C'était un petit homme pâle et nerveux, semblant toujours sous le coup d'un accès de colère. Il portait la raie sur le côté, et, derrière sa tête, une tonsure ronde brillait comme un miroir de poche. Il passait pour un défroqué, mais c'est une chose qu'on ne tire pas facilement au clair. Il devait sans doute cette réputation à un commencement de calvitie, au fait aussi qu'il fréquentait assidûment l'église. Il habitait en face ; le clocher lui tonnait son angélus dans l'oreille.

Rouzaud rasait et tondait dans une pièce étroite et humide, une sorte de couloir aux murs suintants. Sa clientèle était essentiellement cléricale, mais les rouges de Sainte-Marie étaient souvent forcés de venir dans sa boutique. C'était devenu un problème comme celui des cafés du Parti, des boucheries du Parti, des épiceries du Parti. On sait que les boutiques de village ne vont pas nécessairement par quartier et que, plus elles occupent une place modeste, plus leur entrée est dérobée, et plus elles sont achalandées ; mais on exige aussi qu'elles aient une couleur, et, à Sainte-Marie, Dieu merci, elles étaient assez nombreuses pour satisfaire à toutes les nuances de l'arc-en-ciel politique. Les villageois aiment donc que leur coiffeur ait une opinion nettement tranchée, et qu'il soit causant. À Sainte-Marie, c'était un sujet de graves préoccupations. Il venait chaque semaine un coiffeur de Casteillas, un Espagnol aux fines moustaches noires, au rasoir léger comme un bistouri ; mais il desservait plusieurs localités, et il faisait des infidélités, tantôt à l'une et tantôt à l'autre. Autant dire qu'il livrait sa clientèle pieds et poings liés à Rouzaud. Lorsqu'un rouge se présentait chez Rouzaud, on le considérait sans complaisance ; son arrivée arrêtait les conversations, ou bien les faisait rebondir sur le mode provocant. Rouzaud lui-même ne faisait aucun effort pour rassurer son client de hasard ; lorsqu'il le tenait sous le peignoir, tel que sous la camisole de force, il ne se gênait pas pour faire le dégoûté ; il avait des gestes nerveux, soupirait avec ostentation, et ne pensait pas à s'excuser si la lame faisait un faux pas et tranchait dans le vif. C'est alors qu'on avait décidé Piquepèbre à s'installer.

Piquepèbre s'était retiré du travail de la terre qu'il n'avait jamais sérieusement pratiqué. C'était un fainéant. Sa femme entretenait cette réputation à grand bruit. Mais Piquepèbre savait faire le sourd et vivotait sagement. Au moral, si j'ose dire, c'était un rouge. Il votait pour la République, son bulletin épinglé au chapeau. On pouvait le sortir de son apathie rien qu'en prononçant le nom d'un blanc, qu'il fût du gouvernement ou du conseil municipal. Il avait longuement hésité avant de se risquer à embrasser sa nouvelle profession. Certes, il se souvenait d'avoir manié le rasoir et la tondeuse dans sa jeunesse, mais il n'était pas sûr de pouvoir retrouver cette légèreté de main qu'à cette lointaine époque on se plaisait à célébrer. Ce fut surtout pour porter un coup à Rouzaud et à la « calotte » qu'il se décida à ouvrir boutique.

Il avait lui-même taillé son enseigne dans une longue planche peinte en rouge, sur laquelle il avait risqué cette inscription incertaine : « QUOIFER » dont certains gamins du village s'étaient avisés de critiquer l'orthographe sans autre résultat que de lui faire hausser les épaules. Puis, il avait eu l'astucieuse idée de flanquer l'inscription de deux motifs représentant une paire de ciseaux et une tondeuse entrecroisés, et honorés de cette formule : « *Instrumans de présizion.* »

Le « salon » de Piquepèbre était tout bonnement sa cuisine. On y accédait par un escalier extérieur terminé par une terrasse sur le parapet de laquelle s'asseyaient les clients lorsque la cuisine était pleine. Piquepèbre officiait devant la fenêtre ; elle donnait sur la campagne ; la maison se trouvant à l'extrême bord de la Clairière, c'était un charme de plus. Piquepèbre avait des façons un peu rudes ; il asseyait le client dans un fauteuil à bras, un fauteuil de paralytique exactement, faisait mousser les barbes comme blancs d'œufs, de coups de blaireau énergiques dont on entendait les clappements de la rue, puis, il polissait son rasoir à grands coups, le fourbissait sur le plat râpeux de sa main, attaquait enfin avec une extrême vigueur le cuir des joues et des cous. C'étaient alors de longs raclements comme on en pratique sur le porc ébouillanté. Les jambes écartées comme dans un engagement de pancrace, prenant à tout moment la mesure de son homme sur le ressort de ses vieux jarrets, Piquepèbre l'assaillait sur toutes les faces, tendu, suant, gémissant, grognant, surtout lorsqu'il remontait la lame sous le menton, le long de ces trachées-artères de paysans maigres qui font penser à des bréchets de poulet et que la pomme d'Adam parcourt de houles. Il épargnait les moustaches qu'on portait longues et savamment effilées, ou bien pendantes et lourdes comme des cordages, ou bien rognées par la vieillesse et l'absinthe, et des couleurs les plus variées. Il éprouvait un plaisir manifeste à raser les trognes vermeilles et pleines, mais ne cessait de tempêter devant certaines joues creuses, sabrées de ravines au fond desquelles il lui fallait traquer le poil comme un chiendent. Il tirait sur les peaux comme sur une arbalète. Personne ne se plaignait ; certains même éprouvaient de la fierté des imprécations de Piquepèbre, car il y a un orgueil des barbes dures. Parfois, il renonçait à vaincre la joue de l'extérieur et aventurait son pouce dans la bouche du client. Rouzaud, lui, usait d'une boule de métal qu'il lavait ensuite au goulot de la cruche. Mais c'étaient bien des manières... Piquepèbre insinuait son pouce sans coup férir entre la mâchoire et la joue, comme un davier, et le patient, réduit au silence par cette entreprise nécessaire, roulait de gros yeux et retenait son souffle jusqu'à ce que le coiffeur fût venu au bout de sa tâche. Piquepèbre redressait enfin ses reins ankylosés et demandait :

– Tu te rinces ?

Ceux qui n'aimaient pas que le savon séchât derrière leurs oreilles passaient jusqu'à un baquet aux trois quarts rempli d'une eau troublée par les ablutions précédentes, et on l'entendait un instant s'ébrouer comme un cheval. C'était un visage ruisselant qu'il revenait présenter quelques secondes à Piquepèbre qui l'épongeait, lui pulvérisait de l'eau vinaigrée sur les brûlures et les marbrures, l'enveloppait enfin dans un nuage de talc. Lorsqu'il n'y avait pas de temps à perdre, ces opérations se faisaient debout, et c'était la femme du coiffeur qui s'en chargeait. Après quoi, le client jetait un coup d'œil sur la glace, un miroir tavelé d'humidité et de mouches, payait sur le bras du fauteuil, et tout en roulant une cigarette s'en allait s'asseoir sur le banc bancal. Ce banc occupait le fond de la cuisine. C'était là que les hommes du village prolongeaient la minute du coiffeur.

Lorsqu'il tondait, Piquepèbre y mettait toute sa force. Il inclinait les nuques à en faire péter les vertèbres et attaquait les toisons avec une telle vigueur que le client jugeait la plupart du temps utile de s'agripper aux bras du fauteuil, soit pour ne pas être soulevé, soit pour mieux se contracter aux mauvais passages. C'était une rude épreuve, personne ne se le dissimulait, mais on n'osait se plaindre, si ce n'était sur un ton de gouaille qui n'indisposait personne. Le carreau était jonché de touffes de cheveux, comme lorsque Fraï, le gitan, expédiait au carrefour tous les ânes du village.

Le samedi, l'affluence était telle que les derniers arrivés étaient obligés de s'asseoir sur les marches de l'escalier extérieur. Personne n'était pressé. Il y avait de beaux parleurs, des facétieux, des parieurs. On se passait le tabac. On se confiait les derniers potins. On faisait et défaisait des combinaisons électorales. On débitait toutes sortes de crudités dont la vieille Piquepèbre se délectait tout en brandonnant le feu sous la soupe. Mais c'étaient les paris qui obtenaient les plus francs succès.

Les gageures qu'on tenait chez Piquepèbre ne manquaient ni d'originalité ni de piquant. La réputation qu'on y gagnait pouvait servir de brevet, de même qu'elle pouvait avoir des conséquences fâcheuses. C'est parce qu'il gagna un pari original que le fils Roure vit son mariage rompu.

Le fils Roure avait un jour parié que personne dans le village n'alignerait sur la toile cirée des Piquepèbre une virilité d'aussi respectables proportions que la sienne. Quoi qu'on puisse en penser, il y eut compétition, et même compétition disputée. Elle dura plusieurs semaines parce que des timides, qu'on savait bien pourvus, s'obstinaient à ne pas se faire valoir. Il fallut en débraguetter quelques-uns de force. Parmi eux, Firmin Floche, dit Chrysanthème, un grand garçon rougissant dont le nez tombait fort loin sur le menton, s'avéra comme un concurrent redoutable, et on plaignait déjà à tue-tête sa promise qui l'avait choisi sur sa fortune bien plus que sur sa mine, lorsque le fils Roure se décida à se mettre sur les rangs.

Jusqu'alors, il s'était réservé avec un peu de morgue, car il connaissait ses possibilités. Lorsque enfin le fils Roure vint s'aligner, avant même que d'apprécier sa chance en décimètres, Nargues, qui était maçon et chef du jury, poussa un cri stupéfait qui précipita trente curieux autour de la table. Le fils Roure gagna son pari de loin, confortablement, et si j'ose dire, en long et en large. Aussitôt sa gloire courut les alcôves où l'on s'entretient le plus librement de ces choses, puis elle gagna les rues, et il ne fut pas jusqu'à des oreilles innocentes comme l'étaient les miennes qui n'en fussent émues. Naturellement, la fiancée du fils Roure, si on consent à nommer de ce substantif traditionnellement pudique et tremblant la magnifique garce dont il postulait la main, la fiancée, dis-je, fut alertée à son tour. Elle choisit de considérer comme une tare ce qui eût raisonnablement dû lui sembler une vertu et même un attrait. Le fils Roure, dont l'orgueil avait sérieusement baissé comme il arrive après des triomphes tapageurs, eut beau se défendre d'être aussi bien partagé, il ne put convaincre ni la belle, ni ses futurs beaux-parents. Le mariage fut décommandé et le fils Roure fut contraint d'aller chercher ailleurs chaussure à son pied.

C'est encore chez Piquepèbre qu'Anpire le pétomane avait battu son record de pets. Tout jeune, Anpire avait déjà la réputation de pouvoir péter à loisir. Il promenait une cour de curieux et d'admirateurs dans les oseraies et les terrains vagues. Là, toutes les marques de l'inspiration sur son visage plâtré de pierrot – il était manœuvre de maçon –, les deux bras serrés contre la poitrine, les mains perdues sous la chemise, du côté des aisselles, il égrenait d'interminables gammes. Mais on croyait à une supercherie, à un ingénieux stratagème, car Anpire était homme à faire rire un cheval de bois comme à tirer un son d'une couette de plumes. Devenu grand, il se montrait moins complaisant, car il n'avait pas envie de payer d'un long célibat ses talents de société. En tout cas, il écartait résolument les mauvaises langues et les enfants de ces auditions particulières. Dans des cercles d'intimes, soit pour ne pas se rouiller irrémédiablement, soit pour ne pas perdre sa réputation d'amuseur, il exécutait de temps à autre un petit concert. Il s'était, paraît-il, perfectionné avec l'âge, et enfantait de véritables airs dans lesquels des oreilles averties parvenaient à reconnaître les passages les plus populaires de *La Mascotte*.

C'est une gageure plus singulière encore qu'avait tenue et gagnée Prosper Fouste, un bûcheron entêté et rude s'il en fut. Certain soir, il avait parié qu'il avalerait toutes les pièces de monnaie qu'on voudrait bien lui apporter, à la condition qu'elles lui appartiendraient dès qu'elles auraient dépassé son gosier. Il refusa le billon, moins par crainte d'un empoisonnement que par peur d'être mal payé de ses efforts. Malgré cela, les dons affluèrent. Un fou se fendit de trois écus. Fouste avala de la sorte la magnifique somme de cinquante-deux francs, qui n'était pas loin de représenter, à l'époque, le salaire mensuel d'un employé de l'État. Puis, un peu pâle, un peu inquiet aussi, car il se sentait l'estomac plus lourd qu'après un festin, il s'en fut chez lui prospecter ses selles.

Tout alla bien pour les pièces de dix, de vingt, et même de quarante sous, qu'il recouvra une à une avec la satisfaction que l'on pense. Mais les écus se firent terriblement tirer l'oreille. En route, l'un d'eux se rebella, s'égara dans le labyrinthe, et Fouste piqua son 41 de fièvre. Néanmoins, au moment où son état paraissait désespéré, au terme d'une nuit de contractions et de sueurs froides, la pièce franchit la passe.

Prosper Fouste resta alité trois jours. Quelque temps, il garda un teint de femme relevant de couches. Il n'était pas sûr d'être tout à fait rentré dans ses fonds. Ce fut une purge de cheval qui le remit en selle et le sauva.

26

Il y avait, à Sainte-Marie, quatre cafés, ou du moins s'intitulant tels. Le Café de Paris et le Café de l'Union étaient situés sur la place. Le premier avait la clientèle des blancs, le second, celle des rouges, mais rouges et blancs savaient, entre deux scrutins, élire unanimement les lieux où se buvait la meilleure absinthe. Ces établissements étant assez éloignés de notre maison, mon père les avait bientôt sacrifiés aux deux autres. Les propriétaires, le père Sidobre et Taillefer, lui en tenaient rigueur et fomentaient des complots dont quelques-uns franchirent les portes de l'inspection primaire.

J'accompagnais souvent mon père au café Cruchandeu, qui était à quatre pas de chez nous, et où on débitait le tabac.

Chez Cruchandeu, on était de plain-pied avec la rue. Une grosse pipe, au culot tricolore, servait d'enseigne. La salle était tout en profondeur et ne s'éclairait que par la porte et un petit jour de souffrance. À droite, en entrant, on découvrait un réduit grillagé comme un parloir de prison et percé d'une porte et d'un guichet de bois. C'était le bureau de tabac. Les Cruchandeu jouaient tout le long du jour avec de minuscules poids de cuivre et des balances aux plateaux de corne semblables à des coupes d'albâtre. Ils puisaient le tabac dans un magnifique pot de terre vernie, puis tassaient la pesée dans des cornets de papier pelure. Ils pesaient fin ; parfois, ils reprenaient quelques fils de tabac pour ne pas être lésés, et cette soustraction faisait ricaner le client. Mais les Cruchandeu paraissaient sourds. Ils n'avaient pas de concurrent. Des paquets de gris et de bleu s'entassaient dans une caisse que le débitant repoussait dans l'ombre, après usage. Sur des étagères, les paquets de cigarettes et de cigares formaient de petits remparts où une main venait tantôt ouvrir et tantôt colmater une brèche. Tout le village défilait devant ce guichet. La femme de Cruchandeu souriait beaucoup ; elle avait un double menton, une double lèvre, des yeux constamment humides, et tout bleus. Les hommes la regardaient obstinément et elle répondait à leurs plaisanteries par un petit rire gras qui la faisait trembloter et vibrer comme une bouilloire. Elle montait et descendait cent fois par jour le roide escalier qui conduisait du logement à la boutique. Ses parents l'aidaient un peu. Sa mère était une petite vieille capricante et velue ; elle ne savait pas rendre la monnaie et requérait du secours d'une voix aigre ; elle passait sa vie à protester contre toutes choses ; mais chacun savait que, par ces détours, elle entendait exprimer son remords d'avoir donné une fille aussi vaillante que la sienne à un mari d'une incroyable indignité. Elle trouvait des oreilles complaisantes. Sa fille semblait ne pas l'entendre, ou plutôt, elle paraissait s'en remettre à sa mère pour exprimer son propre mécontentement. Elle souriait à travers les larmes ; elle avait un sourire d'aquarium trop rempli ; il fallait être grand et averti pour comprendre qu'elle n'était pas heureuse et avait choisi la forme de protestation qui lui coûtait le moins et lui allait le mieux.

On ne voyait pas souvent le vieux père. Il était paralysé. Il ressemblait à sa femme comme le bouc ressemble à la chèvre. Ses gros yeux vivaient farouchement dans son visage mort, tels deux tessons dans un plâtras. Sa gorge ne laissait échapper que des sifflements et on était tout soulagé qu'il ne pût traduire en clair l'impression qu'on lui produisait. Lui non plus n'aimait pas son gendre. Il le foudroyait du regard, l'invectivait de rauquements. Mais Cruchandeu feignait de ne point comprendre, et lui demandait d'une voix douce, miraculeusement dénuée d'ironie :

– Alors, l'aïeul ! qu'est-ce qui ne va pas ce matin ?

Cruchandeu était un petit bonhomme de quatre sous, à l'œil rond et jaune de couteau de cuisine, au teint réticulé d'une infinité de veinules rouges qui faisaient penser à l'intérieur d'une orange dite sanguine. Il se tenait souvent devant la porte du débit et roulait cigarette sur cigarette, à en croire qu'il avait le tabac pour rien. Les jours ordinaires, il revêtait une blouse plissée qui le faisait ressembler à une lanterne vénitienne. On le traitait familièrement, avec un peu de mépris me semble-t-il, mais il savait faire l'homme fort, et répétait sur un ton narquois :

« Chantez ! chantez ! », expression par laquelle il entendait chasser de sa félicité les importuns et les jaloux.

Il se désintéressait autant qu'il pouvait de la marche du bureau de tabac pour ne s'occuper que du débit de boissons. Mais il aimait encore davantage qu'on le tînt pour un propriétaire vivant de son travail et non point des professions spéculatives que sa femme avait reçues en héritage. Pour justifier cette qualité beaucoup plus que par besoin, il achetait de temps à autre un âne gris, menu comme lui, nonchalant comme lui, et qui semblait de la famille. Lorsque sa femme lui décochait un de ces tendres regards dans lesquels il était le seul à discerner un reproche, ou que sa belle-mère se laissait aller à des allusions blessantes, ou que son beau-père menaçait de périr d'asphyxie en le maudissant, Cruchandeu prenait tranquillement sa serfouette — un instrument à sa taille —, s'en allait atteler son âne de poche à une carriole de bazar, et disparaissait jusqu'à l'heure du repas. On pouvait le retrouver dans sa vigne, vaste comme un mouchoir à carreaux, ou dans son olivette. Là, il taquinait le sarment, cueillait l'herbe pour les lapins, arrachait quelque vieille souche, discourait avec son âne, manifestement ravi lui aussi d'une existence aussi futile et de fardeaux si légers. Aux trois quarts de midi, Cruchandeu se hâtait de rentrer pour ne pas manquer un retour ostentatoire. Il arrivait devant le débit à l'heure de l'apéritif, déchargeait sa récolte, remisait son âne et trouvait encore le moyen d'aider sa femme à servir les clients.

Longtemps, j'avais cru les Cruchandeu paisibles et heureux ; il n'y avait que la vieille et la réputation du vieux – que je n'avais guère entrevu que deux ou trois fois par surprise – qui m'intimidaient. Je venais souvent jouer devant le café. C'était là, il est vrai, un lieu animé que les gamins du village fréquentaient volontiers. Mais je ne détestais pas de m'y trouver seul ; j'étais convaincu que les Cruchandeu m'aimaient, car ils ne m'écartaient qu'avec douceur de leurs occupations lorsque je me montrais indiscret. Je me risquais dans le débit, sur les marches de l'escalier intérieur ; j'avais poussé l'audace jusqu'à pénétrer dans le logement même, et n'eût été l'apparition effrayante du paralytique, je serais sans doute allé plus loin encore dans les aîtres de cette maison étrangère.

Un jour, pourtant, Cruchandeu m'était apparu tout tremblant de colère ; des hottées d'injures croulaient sur sa tête cependant qu'il dévalait l'escalier ; il m'avait regardé d'yeux si cruels que je m'étais enfui, bouleversé. Je contai la scène à la maison ; à ma grande surprise, mon père ne parut pas y attacher d'importance ; il haussa les épaules et dit :

– Pauvre Cruchandeu ! Ça finira par le *delirium tremens* !

Le *delirium tremens,* je savais ce que c'était bien avant de savoir lire. Il était illustré sur un tableau de l'école. Je me promis d'en guetter les symptômes dans les faits et gestes de Cruchandeu. À quelque temps de là, un dimanche, je l'avais vu se dresser à la table d'un client avec lequel il venait de trinquer, saisir les deux petits verres dans lesquels brillait un reste de cognac et les jeter à terre de toutes ses forces. Il m'apparut alors que le *delirium tremens* n'était pas loin. J'observais le cafetier d'un œil exigeant. Lui continuait à me sourire et à me traiter avec des égards, comme s'il eût voulu me donner le change.

Le samedi, mon père allait passer la soirée au café des Cruchandeu. Il m'emmenait. On s'asseyait au fond de la salle, loin des bouffées d'air froid que la porte lâchait à tout instant. Il y avait foule autour des tables. Le facteur-receveur, le facteur tout court, l'appariteur, un douanier, et quelquefois Monsieur le Maire, lorsqu'il faisait violence à sa sobriété, tout le gratin du village nous accueillait. Mon père commandait « un café rhum paille » qu'on servait sans sous-tasse, et je me confectionnais d'autorité un canard. Ce délicat, qu'une tache sur la nappe empêchait de manger, ne paraissait pas mal à l'aise dans ce bouge. Des lampes, suintantes de pétrole, déversaient des lueurs d'assassinat sur des visages mal rasés, grimaçants, et tout luisants des sueurs de la journée. Le bruit, l'odeur, la fumée étaient proprement intolérables, et cependant personne ne s'en trouvait incommodé. Des parties de cartes s'amorçaient : « brisques » puériles que le père Cardon haussait jusqu'au génie, « trucs » sonores où trois cartes bien éperonnées faisaient plus de ravages qu'un escadron, « tutti » où roi et reine d'atout chantaient quarante, « manilles » muettes au cours desquelles maints brodequins se parlaient sous les tables. Mon père était un piètre joueur. On le confiait à un partenaire éprouvé, quelque paysan obscur que les cartes auréolaient une fois par semaine d'un extraordinaire prestige. Il se laissait guider comme un enfant, faisait des gaffes, parlait trop ou trop peu au gré du demandeur dont les questions épuisaient toutes les gammes de la subtilité, ne retenait rien des propos des adversaires si ce n'étaient ceux qui étaient destinés à le leurrer, oubliait de compter les atouts passés, laissait déduire et conclure son chef comme un soldat perdu dans une bataille, si effacé, si humble, que j'en éprouvais parfois de la honte. Je me distrayais de ces passes douloureuses avec le père Cardon. Il m'initiait à toutes sortes de tours et de jeux ; j'étais né joueur ; on s'étonnait de me trouver si averti.

– Tu seras plus ferré que ton père ! criait le père Cardon.

Et on riait de l'irrévérence avec laquelle le vieux bonhomme osait parler du maître d'école.

L'attrait du jeu ne me faisait pas oublier la présence des Cruchandeu. La femme allait et venait sans arrêt, la verseuse haute, pressée entre les tablées, taquinée, polissonnée, inlassablement douce et souriante. Elle échangeait avec son mari des regards sans joie, douloureux même, et que, maintenant que j'étais au courant de leurs désaccords, j'interprétais avec certitude.

Encore qu'elle fût très occupée, la patronne ne cessait de veiller sur son mari. Elle était naturellement chargée de la tâche la plus ingrate, le service des boissons chaudes, café, grogs, punchs, qu'elle descendait du premier étage, tout allumés, semblables à des bougies vacillantes dans les courants d'air. Cruchandeu s'occupait des liqueurs et des spiritueux. Les bouteilles étaient rangées au fond d'un placard situé sous l'escalier. Cruchandeu entrebâillait l'huis avec des précautions de voleur, empoignait une bouteille, et, subrepticement, si vite qu'il fallait être aux aguets pour le remarquer, il se servait et s'enfilait un petit verre de rhum, ou de vermouth, ou de chartreuse – cela dépendait de la commande qu'on venait de lui faire. Il surgissait de son réduit, la lèvre essuyée d'un revers de main, l'œil allumé, et il traînait par toute sa figure cet air suprêmement dédaigneux que j'avais tant de fois surpris sur le visage de Bise, l'appariteur, et que les blasés affectent après un vif plaisir. Je lui trouvais l'air méchant et n'osais le regarder de peur de rencontrer ses petits yeux effilés où une lueur sombrait dans du sang.

On veillait tard. Parfois le sommeil m'abattait sur un coin de table. Mon père me secouait pour me réveiller. Cruchandeu me décochait une plaisanterie. Je le revois, raidi comme un hareng, puant l'alcool, la peau irritée et suintante. J'eusse défailli s'il m'eût touché.

Le lendemain, il n'y paraissait rien. On retrouvait un Cruchandeu placide et ironique, celui-là même qui savait si bien dire : « Chantez ! chantez ! »

À quarante ans, il en paraissait soixante, mais il devait rester vieux très longtemps, plus vieux que l'ordinaire des vieux. L'alcool le conservait comme il conserve les fœtus.

Les Cruchandeu avaient perdu une fille de mon âge. Elle ne ressemblait ni au père ni à la mère. Elle était grande, maigre, et s'appelait Philomène. Elle me répugnait un peu parce qu'elle avait de minces jambes rouges et des cils blancs. Son père me montrait ses cahiers et me demandait ce que j'en pensais. J'étais troublé de voir qu'il tenait à comparer les capacités de sa fille et les miennes, tremblais qu'il ne me l'offrît en mariage, comme cela arrivait souvent entre parents qui plaisantaient, mais plantaient tout de même un jalon sur la route de destins balbutiants. Par chance, la pauvre fillette mourut de tuberculose méningée, mais les Cruchandeu se remirent à l'ouvrage, et après deux ou trois fausses couches qui n'affectaient pas plus la boutiquière qu'un saignement de nez, il leur arriva une deuxième fillette, menue et ridée comme une nèfle oubliée sur une étagère, et qui se mit à défier tous les pronostics, je veux dire à vivre. La fierté que cette enfant inspirait à ses parents avait quelque chose d'irritant et de provocant ; elle eût tenu dans un verre à apéritif, ils eussent pu la peser dans leur balance à tabac, et ils vantaient sa précocité et sa force. La félicité les rendait aveugles et sourds. Cruchandeu en était arrivé à voir l'avenir avec d'autres yeux ; il en oubliait de boire. Le dieu des ivrognes, qui passe pour plus providentiel que tous les autres dieux réunis, fit ce miracle de lui conserver sa fille et de l'arrêter sur le chemin de l'abjection. Non seulement je dus renoncer à le voir succomber au *delirium tremens* dont j'attendais la manifestation comme on guette le passage d'une comète, mais je l'en vis s'éloigner jour après jour, pas à pas, irrésistiblement, et sans espoir.

À l'heure qu'il est, le vieux paralytique et sa chèvre d'épouse paissent depuis longtemps les halliers du Seigneur ; la femme Cruchandeu, dont la double lèvre n'effleura jamais un verre de gnôle, est morte aussi. Mais Cruchandeu leur survit allègrement. Il porte des fleurs sur leur tombe qui est une des plus coquettes du cimetière de Sainte-Marie. Il a marié sa fille à un garçon économe et sobre. Il va toujours muser dans la vigne et l'olivette. Il a gardé la passion des ânes gris. Les ânes gris passent et lui, reste. Il déteste le tabac et l'alcool, récolte un vin léger auquel il ne touche guère. Il a vendu son fonds, bien entendu. Le débit de boissons lui sert de remise ; à la place des lampes, pendent des jambons. Le petit entrepôt de tabac est maintenant plein de pommes, et lorsqu'il entrouvre la porte du placard où s'alignaient naguère ses poisons, c'est pour y jeter une brassée de fenouil odorant, car c'est à lui qu'incombe l'entretien des lapins.

J'ai quelques fois revu Cruchandeu depuis la mort de sa femme. Je ne lui rappelle pas grand-chose du passé. Il y a comme un parti pris chez lui. Il y a aussi quelque chose d'éteint dans ses yeux jaunes. Il ne dit plus : « Chantez ! chantez ! » mais il ne faudrait pas trop le pousser. Il sait qu'il tient le bon bout.

Le seul souvenir qu'a daigné évoquer Cruchandeu, c'est celui de mon père jouant aux cartes. Il a réparé les terribles ravages que l'alcool avait faits en lui, il a effacé de sa mémoire et de son cœur toutes les douleurs et toutes les voluptés de sa vie, mais il n'est pas parvenu à rayer de son esprit cette surprise, mitigée d'un peu de dédain, qu'un « homme aussi capable que mon père » se laissât rouler au « solo » par le premier venu.

27

Le Café de Paris et le Café de l'Union étaient deux maisons de belle apparence. Pour les raisons que j'ai dites, mon père n'y allait pas souvent. Il était pourtant tenu d'y accompagner les enfants, au 14 Juillet, et en d'autres occasions moins solennelles, chaque fois que la municipalité offrait à boire. Le père Sidobre et Taillefer, les patrons de ces établissements, lui faisaient grise mine. J'en étais arrivé à les considérer comme des êtres dangereux, et, à cause de cela, ils excitaient ma curiosité.

Le Café de Paris était le refuge du radicalisme conservateur et le siège officieux des municipalités du village depuis cinquante ans. C'était là que le maire arrangeait les affaires de la commune avant de leur faire affronter le grand jour. C'était là que descendait le député sortant. On y répudiait le socialisme, on y combattait l'école laïque à travers tous les maîtres d'école qui se succédaient, mais on y ruait volontiers contre le curé. À travers mesquineries, dérobades et contradictions, on y résumait en somme assez bien l'histoire de la Troisième République, et qui a vu trois ou quatre villageois, mus par l'intérêt et la vanité, se jouer de cent autres moins courageux, moins intrigants, ou plus sages, admire infiniment moins les grands hommes d'État.

Le patron du Café de Paris, le père Sidobre, était un homme charpenté comme un dieu, mais un dieu vieillissant et las d'être fort. Large et haut comme un buffet de campagne, la moustache triste et l'œil morne, il exhalait par tous ses pores, comme un crayon sent le cèdre, une lente et majestueuse odeur d'absinthe. À le voir, en manches de chemise, voûté par l'habitude de se pencher sur les tables, toutes ses rides, ses regards, ses poils tirés vers le bas, vers ce peuple de gens assis, exploités comme les choux d'un potager, échenillés depuis un demi-siècle de leurs petits sous, avec ses mains molles et blanches, ses reins larges et cassés, son pas traînant et veule, on le devinait cafetier où qu'il fût et quoi qu'il fît, comme on reconnaît une maquerelle entre cent bigotes, ou un cyprès parmi les arbres d'un verger. Il avait trois passions : celle de l'absinthe qu'il avouait sans parler, celle de la pêche et celle des abeilles. Il pêchait le barbeau au ver, l'anguille à la tripe, en eau trouble, muni d'un parapluie d'escouade dans lequel il recevait les grosses prises, en pleine nuit, éclairé par un fanal de roulier planté dans la glaise de la berge, tel un ver luisant. Il fabriquait ses ruches lui-même, avec l'écorce des chênes-lièges : rondes et de pied griffu lorsque l'enveloppe de l'arbre s'était montrée docile, carrées et coiffées comme des docteurs *honoris causa,* à étages, vrais buildings du miel moderne. Il les disposait au soleil, le long d'une terrasse défendue par une triple clôture de barbelé, allait les voir plusieurs fois par jour, et je crois même qu'il parlait à mi-voix aux abeilles. Ces bestioles, qui, un jour de canicule, avaient assailli un âne qui leur disputait le chardon et l'avaient bel et bien mis à mort, ne le piquaient jamais et il poussait la coquetterie jusqu'à faire la levée du miel sans fumée ni gants. Il en usait comme d'une deuxième clientèle, mais avec plus de respect et de tendresse car ses yeux morts s'éclairaient lorsqu'il en parlait.

Sans qu'il s'en doutât, j'avais fait le tour du père Sidobre bien avant qu'il se fût avisé de mon existence, et, malgré sa grande taille et son manque habituel d'aménité, je ne le craignais nullement ; il me faisait l'effet d'un de ces molosses vieillissants que les petits toutous peuvent impunément déranger dans leurs rêves. J'avais affaire à lui, de temps à autre, quand sa femme et sa fille lui laissaient l'épicerie sur les bras.

Le père Sidobre avait doublé son commerce de boissons d'une épicerie, mais il se désintéressait de cette branche aussi farouchement que si elle ne lui eût rien rapporté. C'étaient sa femme, une matrone au teint de saindoux, et sa fille, une espèce d'oie de Toulouse affectant une préciosité de poule de Houdan, et qu'à cause de ses ridicules on surnommait la Finoselle, qui en avaient reçu la charge. Cependant, il arrivait qu'elles fussent occupées ailleurs, et on avait alors recours au père Sidobre qu'on trouvait désœuvré, quelque part, dans sa maison. Il allait et venait dans l'épicerie, trop étroite pour ses larges épaules, grommelant contre « ses femmes » qui le laissaient mal informé de la place où elles rangeaient leurs marchandises, me faisait répéter la commande comme s'il eût espéré s'en trouver illuminé, et parfois il restait tout rêveur, comme frappé de stupeur par le problème que je lui posais. De toute évidence, ce n'était pas son métier de débiter du saucisson d'âne ou du roquefort, et j'étais frappé par l'impuissance de cet homme immense, ainsi que par la modestie dont il faisait preuve lorsque sa femme ou la Finoselle arrivaient à son secours.

Je savais que les Sidobre n'aimaient pas les miens, qu'ils complotaient volontiers contre eux. Ma mère ou mes sœurs n'eussent pour rien au monde osé se montrer dans leur boutique où on m'envoyait par un recours extrême, mais, malgré cela, aucun des Sidobre ne parvenait à m'en imposer. Ils me regardaient d'un peu haut, tournaient autour de moi comme s'ils eussent décidé de m'investir. J'étais une souris se jouant de gros chats. Les questions qu'ils me posaient, ou les réflexions qu'ils me priaient de faire à ma mère, tombaient comme gouttes d'acide dans un océan d'innocence. Ce n'était qu'à mon retour à la maison, et grâce aux commentaires indignés de ma mère, que je prenais conscience de mon héroïsme, que je pénétrais aussi dans les arcanes de la laideur humaine.

Le père Sidobre me paraissait moins noir que « ses femmes ». J'aimais le rencontrer seul dans la boutique. Il était tout à son embarras et n'avait pas le temps de s'occuper de ses rancunes ; certains jours, j'avais le sentiment qu'il ne me reconnaissait pas ; j'étais pour lui un client intempestif, et rien d'autre. Pourtant, j'étais si hardi à le tirer de ses hésitations, je lui dévoilais avec une telle assurance et une telle précision la place des petits-beurre ou le casier aux épices, qu'il ne pouvait s'empêcher de me regarder attentivement. Il avait alors le tressaillement et le regard d'un bœuf dérangé dans son pacage, un regard à la fois étonné et inquiet, comme s'il se fût subitement trouvé devant une force insoupçonnée. Je ne puis assurer qu'à ces moments-là je lui avais arraché un sourire, mais je jurerais que je dérangeais sous son front rugueux des pensées élémentaires et peut-être sordides, car il secouait son indolence et sa mauvaise humeur et me servait avec toute la gentillesse dont il était capable.

Il vint un jour où l'impression que je produisais au père Sidobre dépassa l'ascendant, à tout prendre ordinaire, qu'un esprit vif peut prendre sur un esprit lent.

À la belle saison, le père Sidobre avait l'habitude d'installer un brin de terrasse près de l'abreuvoir communal, à l'ombre d'un grand ormeau. C'étaient deux ou trois guéridons entourés d'un rond de chaises de jardin, dans le courant d'air de la placette. Là, s'arrêtaient quelque oisif, quelque passant altéré, quelque valet conduisant son cheval à l'abreuvoir et tenté par l'occasion. On vidait des canettes tenues au frais dans l'eau courante, à l'ombre du feuillage agité de brise. Le père Sidobre prenait sa part de libations, ravi de commercer à des heures creuses pour ses concurrents, moins bien placés ou moins bien inspirés que lui. C'était un des rares moments de l'année où on le découvrait causant et aimable, animé même. Un jeudi que, mêlé à d'autres gamins du village, je jouais sur le parapet de l'abreuvoir, j'entendis le père Sidobre prononcer le nom de mon père, et soudain, je le vis se lever dans un mouvement exalté et crier au petit cercle d'hommes qui l'entourait :

– S'il nous emmerde encore, ce maître, il n'y a qu'à le foutre « à la pile » !

« La pile », à Sainte-Marie et dans tous les villages catalans, c'est l'abreuvoir. On menace d'y jeter les fâcheux, les candidats à la députation, les curés honnêtes, les fonctionnaires rigides, tout ce qui fait obstacle à la quiétude publique. Encore que d'une forme aquatique, c'est une sanction aussi expressive que le pilori. Néanmoins, en cent ans, le miroir des eaux de « la pile » n'a guère été troublé que par la chute de quelque gamin imprudent, et le cri : « À la pile ! » n'est guère considéré que comme un excitant. N'empêche ! On ne l'entendait jamais sans être impressionné !

La peur et l'indignation me clouèrent sur le parapet. À ce moment, le père Sidobre, qui ne voyait jamais les enfants, posa les yeux sur moi. Il resta interdit. À ma pâleur, il comprit que j'avais entendu sa menace. Il se leva, et, abdiquant toute pudeur, le regard suppliant, il me cria :

– C'est pour rire hein ! Surtout ne va pas répéter ça à ton père !

Je me sauvai, cependant que le père Sidobre se rasseyait au milieu du groupe chuchotant. J'essayai de garder la chose pour moi ; je ne sais au juste quel sentiment me retenait de parler. Mais le soir, au repas, je n'y pus tenir et je lâchai mon secret dans un sanglot. Mon père avala sa bouchée avec un effort et se mit à rire.

On ne parla plus de cet incident en famille, mais ni le père Sidobre ni moi ne cessions d'y penser. Une partie serrée se jouait entre nous chaque fois que je m'aventurais dans les parages du Café de Paris. Dès qu'il m'apercevait, le père Sidobre feignait d'être requis par une tâche urgente, entrait dans le café, et je voyais parfois, à travers la demi-obscurité de la salle déserte, son regard me chercher dans la lumière de la place. Il guettait mes allées et venues comme s'il se fût agi d'un ennemi redoutable. J'avais une exacte conscience de ma force, spéculais sans pitié sur cette certitude. Je le traquais de longs instants. Cependant, je ne cessais de me poser des questions, celles-là mêmes qu'un chasseur bien armé, audacieux, et sûr de lui, doit tout de même se poser lorsqu'il force un gros gibier. Oui, je ne suis pas certain que je n'eusse pas détalé si le père Sidobre se fût dirigé sur moi de son pas élastique et lourd d'éléphant. Pour tout dire, mon ascendant m'effrayait un peu et j'en usais chaque jour avec de moins en moins d'audace.

Pauvre père Sidobre ! Il n'était pas de ceux qui foncent ! Il avait le tempérament « fuyard », comme il est dit des taureaux taillés pour le combat et qui s'y dérobent obstinément. De temps à autre, pourtant, il prenait une résolution virile, paraissait sur le seuil, bâillait ostensiblement en regardant le ciel, intéressait un passant à ses découvertes pessimistes, telles que la maligne allure d'un petit nuage précurseur d'orage ou de vent, ou bien riait tout haut, d'un rire artificiel où je tremblais de discerner de la provocation.

Sa position devint intenable. Un jour, il se décida à me regarder, bien en face, puis me héla. Notre manège durait depuis des semaines. Mes nerfs faiblissaient. N'eût été l'extrême affabilité de son appel, je me fusse enfui au plus vite. Mais je m'approchai, le cœur battant, me préparant à une révélation extrêmement émouvante, et qui sait, peut-être à une explication d'où je sortirais allégé. Lorsque je fus près de lui, je le vis lever lentement sa lourde patte qu'il posa sur mon épaule, comme font les fauves domptés, je le vis se casser en deux pour mieux se mettre à ma portée, me faire sentir sa bonhomie, et il me demanda, d'une voix douce :

– Tu aimes le miel ?

Et comme j'avalais ma salive, pour débloquer ma gorge contractée, il ajouta :

– Attends-moi un petit moment, veux-tu ?

Il rentra dans sa maison, reparut, confidentiel, son paquet enveloppé d'un linge blanc dans les mains.

– Tiens ! me dit-il, porte ça à ta maison. Tu sauras me dire si on l'a trouvé bon !

Jamais triomphateur n'a regagné sa capitale avec autant d'émotion et de fierté. Jamais présent ne fut accueilli avec plus de surprise et de plaisir. Le miel du père Sidobre me parut très doux, de cette douceur qu'on trouve aux récompenses et à la paix.

28

Les jeux de bouchon se montaient sous la maison Costasèque, non loin de la place publique, dans le redan que forment deux pans de vieille muraille. On ne pouvait apercevoir les joueurs que si on y tenait expressément, et c'était un besoin de discrétion qui leur avait fait choisir ce coin retiré et abrité des regards profanes ou malveillants. Presque tous ceux qui venaient là risquer leurs sous et perdre leur temps étaient des hommes d'âge mûr, aux femmes acariâtres. J'avais remarqué de bonne heure que les paysans prenaient leurs divertissements avec mille ruses, qu'ils les gardaient des curiosités comme on cache des turpitudes ou des voluptés trop criantes. Et il m'était plus d'une fois arrivé de crier : « Alzine ! voilà ta Marie ! », rien que pour le plaisir de voir la figure d'Alzine changer d'expression, ses yeux se colorer d'effroi, sa main retirer la « mise » en tremblant, puis le bonhomme en entier se sauver, tout voûté et tout humble.

Alzine n'était pourtant pas le premier venu. C'était le meilleur joueur de bouchon et de palet du village. Il avait dans les cinquante ans. Quoique maçon de son métier, il était toujours propre comme un sou neuf, et on eût vainement cherché un cal à ses mains ou une tache de plâtre à ses vêtements. Sa femme, la Marie, était une personne fort agréable, au nez retroussé, à l'œil doux parfois aiguisé de rancune. Proprette et charnue, bien prise dans des peignoirs frais, ses bandeaux noirs soigneusement lissés sur les tempes, elle produisait depuis plus de vingt ans une vive impression sur les hommes. Elle était de ces femmes dont Anpire disait, avec une pointe d'envie : « Cul de chaudron, œil de grive, méfie-t'en ! » Et, de fait, son mari ne s'était pas assez méfié. On le disait cocu. Peut-être le savait-il, s'en contentait, et jugeait comme Scarmentado, que « c'était le plus doux état de la vie »... La Marie pestait bruyamment contre la paresse de son homme, et lui, essayait de l'apaiser avec des attitudes et des mots d'une incroyable humilité. Cela donnait lieu à des scènes pénibles dont j'avais été quelquefois témoin. Je n'arrivais pas à comprendre qu'un homme aussi prestigieux pût s'humilier ainsi devant une femme dont les charmes ne pouvaient encore me rendre indulgent. Aussi, j'avais pris de bonne heure le parti d'Alzine, et ce n'est guère que par esprit d'imitation que je me laissais aller parfois à lui faire peur.

C'est Alzine qui avait inventé de jouer au bouchon avec des « douros », la « mise » s'échelonnant de deux sous à un franc. Cette innovation de milord avait tout de suite exclu de ces parties les impécunieux, les avares, les malins, appelés aussi « tondeurs de couillons », les trop jeunes gens, toutes personnes avec lesquelles Alzine et ses pairs n'aimaient pas jouer pour des raisons à la fois pratiques et morales. Il s'était ainsi fait autour de lui une sélection d'hommes au porte-monnaie bien pourvu : propriétaires sans préjugés, rentiers ou retraités, boutiquiers farauds qu'on piquait d'amour-propre et qu'on dépouillait de leur argent de poche aussi insolemment qu'à main armée.

Alzine se faisait ainsi de belles journées. Il comptait ses gains avec ostentation, sur le granit des parapets, et, clignant de l'œil, mettait de côté la somme avec laquelle il prétendait clouer le bec à sa femme lorsqu'elle exigerait des comptes. Parfois, nous le suivions jusqu'à sa maison pour voir s'il ne se vantait pas. On y accédait par un escalier extérieur couronné par une terrasse. Il s'asseyait un instant avant d'entrer, comme s'il se fût reposé d'une journée de labeur, nous regardait sans amitié, nous priait même d'aller jouer ailleurs, jusqu'à ce que celui d'entre nous qui avait le plus de toupet ou le moins de compassion lui fasse observer que la rue était à tout le monde. Il nous tournait le dos, risquait un coup d'œil dans l'intérieur de sa maison. La Marie ne tardait pas à paraître, passait à côté de lui sans daigner le voir, descendait les marches avec une majesté de reine, s'éloignait vers l'épicerie ou la fontaine. Alzine la regardait, son attention tendue comme un filin. Parfois, la voyant en conversation avec un passant, il l'appelait, espérant qu'elle n'oserait faire de l'esclandre en public, mais elle feignait de ne pas l'entendre et sa confusion redoublait. À ces moments-là, je me sentais le cœur serré. J'aurais voulu intercéder en faveur d'Alzine. Et justement, la Marie était très bonne pour moi. Elle avait un garçon de l'âge de Robert, lui recommandait de nous fréquenter, était pleine de respect pour ma famille. Toutes ces considérations m'enhardissaient, et il m'arrivait de monter auprès d'Alzine avec le dessein de l'assister. Il me regardait avec tendresse, me parlait doucement, me retenait auprès de lui. Mais je le sentais préoccupé des allées et venues de sa femme. Enfin, la Marie retournait à la maison ; cependant qu'elle montait l'escalier, il y avait un prodigieux silence ; elle tenait ses yeux fixés sur moi, me souriait. Elle était belle. Au passage, elle m'entraînait dans la cuisine et me questionnait avec l'affection d'une vraie maman. Au-dehors, Alzine écoutait notre conversation. Soudain, il se décidait à entrer, toussait pour éclaircir sa voix, pâli par la détermination héroïque qu'il venait de prendre. Une fois, je l'avais vu s'approcher de la Marie qui posait la cruche sur le bord de l'évier, et esquisser une caresse de sa grosse patte tremblante. La Marie s'était guindée, et, tout enlaidie par le mépris et la colère, le repoussa. Je n'oublierai jamais le regard qu'Alzine me lança pour me prendre à témoin de l'injustice dont il était l'objet.

Alzine était bègue. Il bégayait surtout dans ses colères, et alors, il était à peu près impossible de le comprendre. À ces moments, il en eût coûté à quiconque se fût avisé de rire ou même de sourire. Alzine bégayait aussi lorsqu'il était repentant, mais cela prenait alors une forme douloureuse. La Marie ne s'y laissait pas prendre. Elle le bafouait, devant moi qui étais éperdu de honte, et une fois, je m'étais jeté dans ses jupes pour arrêter un flot d'injures. Alzine ne m'en eut nulle reconnaissance. Je crus même remarquer qu'il m'en tenait rigueur ; il évitait de me rencontrer ou de me parler. Cela ne manqua pas de me faire rêver. J'étais aussi privé d'une joie : cette complicité des grandes personnes dont l'enfant ressent tant de fierté et qui peut exalter en lui les plus admirables sentiments.

L'ère du palet s'ouvrait aux premiers froids. La recherche des pierres plates commençait. Le lit desséché du Tech, large en certains endroits de plusieurs centaines de mètres, était parcouru en tous sens par une nuée de gamins auxquels se mêlaient parfois des hommes, et plus singulièrement Alzine. On choisissait des pierres d'une forme et d'une matière qui les rendissent propices à leur emploi, mais comme ces vertus étaient rarement rassemblées dans la même pierre, qu'au surplus chaque joueur avait ses préférences et ses marottes, qu'enfin il fallait distinguer entre les palets à « placer » et les palets à « tirer », c'étaient avant tout des pierres plates, dures, larges, avantageuses, qu'on recherchait, celles que le marteau et le ciseau pourraient corriger. En qualité de maçon, Alzine connaissait les pierres, et en qualité de joueur, il leur portait un véritable amour. Il arrêtait son choix aux silex triangulaires, denses et polis par l'eau. Ceux-là, aux formes biscornues, aux douceurs de savonnette, aux exiguïtés anguleuses, il en possédait tout un jeu ; il les utilisait dans les coups difficiles, lorsqu'il était des derniers à pointer et que le bouchon était entouré de palets adverses ; il les lançait en leur imprimant au départ un mouvement de rotation. Ces palets glissaient en tournant comme des toupies, se faufilaient entre les obstacles encombrant leur route, ricochaient et parfois sautaient jusqu'au bouchon, comme un bateau qui trouve la passe de roc en roc. Peut-être à cause de leur grain piqueté, peut-être à cause de leur vivacité, peut-être pour les marquer de sa tendresse, Alzine les appelait ses *perdiouettes,* ses petites perdrix. Il dédaignait les granits et les marbres qui accrochent, ou se brisent en blancs éclats, ou font des points de repère au concurrent. Il recherchait le schiste feuilleté et friable, plat, terne et large comme une dalle, pour en faire ses *planaduras*, appelés ainsi par analogie avec les planches que le paysan promène sur son champ après les semailles. Alzine en usait lorsque le devant du bouchon était libre ; elles arrivaient en glissant et en grondant, dans un flot de poussière, sapaient doucement le bouchon qui roulait sous le choc et abandonnait sa pile de gros sous. Parfois, en chemin, les *planaduras* se fendaient, lâchaient une de leurs strates, mais ce n'était pas plus compromettant que pour un monstre de perdre une écaille dans un assaut. Lorsque Alzine était le premier à tirer, tous ses adversaires s'inclinaient d'avance et tâtaient leur gousset pour y puiser la nouvelle mise.

Nous faisions des tas de nos pierres dans l'oseraie. Chacun de nous avait sa cachette où il venait puiser lorsqu'un joueur en réclamait. Nous ne les vendions pas. Nous les offrions. Mais il était rare que, dans le feu de la partie, sur un coup heureux, celui que nous avions obligé ne nous donnât pas un sou, parfois deux, comme une cagnotte allègrement consentie.

Le jeu principal, celui des grands ténors, se tenait sur la route de Casteillas, un chemin en pente où passait peu de charroi, exactement sous le jardin du curé. Mossen Soubirane montrait parfois sa haute silhouette de l'autre côté du canal. Il était souvent incommodé par les discussions qui s'élevaient devant sa maison, mais il lui suffisait de se montrer pour apaiser les querelles ; il en usait avec finesse et avec esprit, ne se faisait voir ni trop longtemps ni trop ostensiblement ; tout, dans son attitude, en appelait aux bons sentiments, et il était presque toujours compris. Lorsque arrivait l'heure des vêpres, Mossen Soubirane sortait de sa maison par un chemin dérobé. On le voyait soudain apparaître au loin, sur la crête du cimetière. Quelqu'un poussait parfois le cri du corbeau. Il y avait des protestations. Alzine, qui de sa vie n'avait mis un pied à l'église, menaçait d'abandonner le jeu. On se moquait de lui. Il se mettait en colère, bégayait, et ses palets, gagnés par la contagion, bégayaient aussi.

Lorsque la chance le favorisait par trop, le Tirit, qui osait tout dire, lui criait :

– *Carall !* il te faudra aller voir ce que fabrique ta Marie !

Cette plaisanterie, tant de fois entendue qu'elle en devenait commune, faisait tout de même rire tout le monde, et Alzine plus haut que les autres. Mais si le Tirit insistait, Alzine lui répliquait :

– Tais-toi, *patot* ! tu sais que la Marie n'est pas pour ton bec !

Et Tirit concluait avec une grimace pleine de comique tristesse :

– Malheureusement !

Une ombre passait sur le visage des joueurs. Le cœur des petits battait. La vie mystérieuse et ardente de la Marie passait sur nous d'un grand coup d'aile.

29

C'était un peu plus loin, près de la rivière, que se tenait « la cible », une compétition organisée par Cantagrill, le principal boucher du village. La cible était un grand rond de bois blanc sur lequel étaient dessinés des cercles concentriques avec un « mille » de la grosseur d'un écu. On l'adossait à la falaise du cimetière. Une publication mettait les habitants du village en garde contre le danger d'une promenade dans ces parages, mais le bruit des détonations eût suffi à alerter la vallée entière. Le tournoi prenait toute l'après-midi ; il était arrêté au « repic » de six heures, près de la chute du jour. L'enjeu consistait en un couple de chevreaux ou d'agnelets, un jeune bélier. On tirait à volonté, à cent mètres environ, à raison de cinquante centimes le coup de fusil. Celui qui avait exécuté le meilleur tir quand sonnait le « repic » emportait l'enjeu. C'était une grande émulation. Il venait les meilleurs chasseurs de la région. Des rivalités, des jalousies, des haines même s'aiguisaient là, au long des heures.

J'enviais Barraquer, le marqueur. Il se cachait dans une grotte, au pied de la falaise, à quatre pas de la cible et il apparaissait entre les coups de feu un drapeau rouge à la main. Il balançait l'étoffe mollement, de gauche à droite, pour dire : non ; de haut en bas, et véhémentement, pour dire : oui, lorsque le meilleur tir était supplanté. Puis, il bouchait le trou de la balle avec de la terre glaise, s'attardait parfois à glaner au pied de la cible des plombs aplatis, et entrait précipitamment dans sa bauge à la sonnerie du clairon qui annonçait la reprise des hostilités.

C'était Roumaguère qui était chargé de ces annonces, mais Roumaguère, qui cumulait les titres de clairon et de compétiteur, tremblait parfois d'émotion lorsqu'un concurrent avait frappé la cible, et son coup de langue s'en ressentait. Cantagrill, l'organisateur, tremblait, pour son compte, tout le long de l'après-midi ; il suffisait, en effet, que le « mille » fût atteint ou approché de très près, pour que la cause fût jugée, et il se voyait contraint de renouveler l'enjeu. Mais, la chance, l'art aussi avec lequel il exerçait son industrie, voulaient que les meilleurs tirs se fissent à la dernière heure. Les bons tireurs se réservaient pour ces instants suprêmes, soit qu'ils y trouvassent leur bénéfice, soit que Cantagrill les eût adroitement circonvenus.

Roumaguère était le meilleur chasseur de Sainte-Marie. C'était un petit homme sentant la poudre et la garrigue. Guêtré court, le fond du pantalon lâche, la veste tachée de sang de mille exploits, l'œil tapageur et vif comme un impact et le poing aux moustaches, il ricanait toujours, mais d'un ricanement machinal d'homme inoffensif, sans ironie, sans esprit, sans fiel, d'homme qui connaît son adresse, et à travers vantardises et mensonges, sait la montrer soudain, irréfutable, diabolique, et supplantant les plus beaux contes de l'imagination.

Roumaguère, je le connaissais bien. C'était un voisin. Il venait souvent chez nous. Il était veuf. Il habitait une masure avec ses quatre enfants. Chez lui, tout marchait au clairon. Il rappelait sa progéniture comme on rappelle les cailles. Un coup de langue, et Mélanie, l'aînée, qui remplaçait au foyer la maman défunte, s'empressait d'accourir du lavoir ou du coin du village où elle se trouvait en courses. Pour Torin, le dernier de la famille, c'étaient quatre coups de langue, espacés et vibrants tels les cris d'une sommation. Torin les comptait comme on compte les heures au clocher. Furibard, la moustache hérissée, l'œil roulant, et avec cela incapable de tuer une mouche, Roumaguère aimait que ses enfants filassent doux.

– « L'indizibline », monsieur Grégoire, gn'y a que ça ! disait-il.

Et mon père opinait de toutes ses forces, car Roumaguère était prolixe, et la moindre apparence de contradiction l'eût lancé dans un interminable débat.

Il venait nous vendre, et quelquefois nous offrir, un *llapinot* tué d'un petit plomb dans la tête. Il vendait en même temps son secret :

– Le furet me le sort... Trap, trap, trap... Je le laisse courir pour pas l'abîmer, quoi, vingt, vingt-cinq mètres, et au rebond, chac ! dans le haut des oreilles ! Que voulez-vous, je suis pas comme certains qui t'en font une bouillabaisse ! C'est plus propre...

Il nous rendait visite le soir, après le repas, et à son premier mot, nous nous tenions de rire. Du poing, il écrasait sa moustache sur sa lèvre frémissante de matou, et les poils se rebellaient toujours. Il contait ses exploits du jour, puis les plus marquants de sa vie, imitait les chiens, le fusil, le gibier, des copains. Toute la chasse passait devant nous en tumultes et sensations. Il sautait, courait, se terrait, l'index braqué sur notre cercle effaré, épaulait enfin, jusqu'à ce que, dans un dernier cri, le lapin cabriolât dans la mort, du côté du potager. Il était grotesque et magnifique. Il nous ravissait et nous effrayait. Et enfin, il y avait ces lapins, ces lièvres, ces sangliers, qu'il rapportait à pleins carniers, à pleines civières, et qui étaient des preuves.

Nous aimions lui faire répéter l'histoire de Firmin Floche, dit Chrysanthème, que nous avions entendue vingt fois. Il ne se décidait pas tout de suite, et disait :

– Pauvre Chrysanthème ! Il est bien marié. Mais enfin, comme chasseur, c'était pitié et compagnie ! Ah ! vous voudriez que je vous raconte l'histoire de la boîte de sardines ! Mais vous la savez ! Hein ! monsieur Grégoire qu'ils la savent ? Ils veulent me faire parler, ces gaillards !

Nous protestions. Mon père affirmait qu'on ne se lassait pas de l'entendre. Alors, il s'y mettait.

– Oh ! ce n'est pas une affaire de la semaine passée... Il y a bien... Qu'est-ce qu'il peut bien y avoir ? Voyez ! le Tort était encore vivant... Ah ! ah ! pauvre Chrysanthème ! c'est qu'il se met en colère quand on lui en parle !... Nous montions au sanglier vers Matacans, cinq ou six, moi, le Tort, Arnaudiès, deux ou trois autres. Ah ! il y avait Toinet aussi, le neveu de la Tia-Chaude. On avait invité Chrysanthème pour la raille, avec un fusil du Maroc qui nous faisait peur à tous. En chemin, le temps se fait malade. Une brume basse qui nous mouille comme des figues. Adieu sanglier, j'ai dit ! Tout d'un coup, la brume se met à pisser. Nous nous sauvons dans le premier abri venu. C'était le Casot du Goulousan, vous connaissez, au-dessus de Saint-Luc... Que faire ? On casse la croûte, on raconte la sienne, on se chine, on se dispute. Et tout d'un coup, Toinet dit : « Si on se faisait au plus adroit ? » Il sort du casot et il va quiller une boîte de sardines sur une fourche de chêne-liège, en face de la porte, à vingt mètres quoi ! Pan ! Arnaudiès la manque. Flast ! le Tort la frise ! On tirait à balle. « Laisse ! laisse ! » que je fais au Tort qui voulait retirer. Et chac ! je te leur fous la boîte par-ci par-là, avec un trou dans le front ! On se dispute pour aller requiller... « Moi j'irai requiller, nous dit Chrysanthème, mais je serai le premier à tirer ! » « Bon ! que je dis, c'est entendu ! » Et je cligne de l'œil aux copains... Lorsque je vois mon Chrysanthème qui grimpe à l'arbre avec ses grandes échasses, qu'il lève un bras pour requiller la boîte, tout pendu comme un singe, je te lui lâche un coup de fusil de Reine Sanctissimette... Le voilà qui tombe de là-haut, tout mou dans la bruyère. Tout le monde saute dehors. On le prend sous les bras, on l'étire. Il était comme mort... Au bout d'un moment, il ouvre les yeux, il nous regarde et il nous demande : « Qui c'est qui a tiré ? » Alors, je m'approche avec une figure d'enterrement et je lui dis : « Écoute ! C'est moi. Je suis un misérable ! Le coup m'a échappé ! » « Ah ! c'est toi, il me dit, eh bien ! Roumaguère, ça me fait de la peine de ta part ! » « Regardons-le bien ! » dit le Tort. On lui défait le pantalon. On lui défait la chemise. Quand il se voit presque nu, il nous arrête. « Laissez, laissez ! qu'il dit. Je crois que je ne suis pas touché ! Mais, la balle, je l'ai entendue siffler. Elle m'a enlevé la boîte des doigts... » Alors, nous nous mettons à rire, à rire... Au Tort, je me pensais qu'il lui faudrait le médecin...

À ce moment du récit, Roumaguère se penchait sur Robert et sur moi, qui étions les plus petits, et comme s'il craignait de faire injure aux autres en leur expliquant le fin mot de l'histoire, il nous disait, d'une voix confidentielle :

– Vous comprenez, maïnade... Mon fusil, je l'avais chargé à blanc !

C'est ce Roumaguère qui défendait le prestige de Sainte-Marie à la cible. Lorsque l'heure de la clôture approchait, il devenait nerveux, chargeait son flingot, les dents serrées. La cible était criblée comme une passoire. Des messieurs à veston cintré la regardaient à la jumelle, et parfois, le capitaine Tastu, qui se trouvait en permission, disait :

– Roumaguère, vous avez un rayon de cinq centimètres pour vous !

Roumaguère trouvait que cinq centimètres c'était peu. Pourtant, lorsqu'il tirait, la confiance était grande. On entendait l'impact de la balle avec un retard qui paraissait immense. Barraquer, le marqueur, sortait de son trou et faisait non du drapeau. Le capitaine Tastu dirigeait le tir.

– Vous l'avez mouchée dix centimètres trop haut... Mais l'axe de tir est bon !

Roumaguère rechargeait son fusil.

Souvent, c'était entre le « pic » et le « repic », dans un intervalle de deux minutes, que Roumaguère enlevait le morceau.

30

Un cirque ou une ménagerie venait parfois s'égarer dans nos parages. Les ménageries laissaient derrière elles un souvenir pestilentiel, et les rois du désert perdaient à peu près tout le prestige péniblement amassé dans les livres. Il me souvient d'un dompteur qui achetait les vieux ânes du pays, les assassinait en public, et, le soir, les donnait en pâture au cours d'un numéro intitulé : le repas des fauves. Il entrait dans la cage centrale, une espèce de clapier où se coulait, sous les coups de trique, une hyène hérissée comme un collier à pointes ; il tisonnait la bête avec un épieu tenu d'une main, et de l'autre, lui offrait une chaise à broyer ; le numéro cessait dès que la chaise, disloquée par la terrible mâchoire, tombait en morceaux. Après cela, l'homme chassait la hyène à coups de pied, et sa bravoure se teintait d'un irrésistible humour.

Sur le tard, on faisait coulisser une grille, et le lion de l'Atlas faisait son entrée. C'était un énorme animal, blanchi, croûteux, ravagé comme un vieillard qu'il était. Il regardait le public avec ennui. Pistolet et cravache en main, le dompteur le forçait à tourner autour de la cage ; il se prêtait à ce manège d'assez mauvaise grâce et les coups de lanière lui arrachaient des grognements. Une effroyable puanteur déroulait ses nappes cependant que les spectateurs se bouchaient le nez. Le repas des fauves – repas qu'ils prenaient séparément, car ainsi que le faisait remarquer Clément, « la hyène eût bien pu bouffer le lion » – n'était guère suivi que par un carré de villageois à l'estomac bien accroché. Dès cette époque, je ne jugeai des curées qu'avec infiniment de prévention.

Ma mère raffolait du cirque. Elle ne manquait pas de nous y conduire. Les sourires narquois de mon père ne parvenaient pas à nous gâter le plaisir. Nous en revenions quelquefois couverts de poux, mais nos rêves n'en restaient pas moins parcourus d'écuyères aux cuisses éblouissantes et descendant de leurs montures comme de trains en marche, de chevaux galopants, dansants et instruits comme des hommes.

La « troupe Bila » venait de Moret. Elle était composée du père, de la mère et de leurs trois enfants, deux garçons et une jeune fille. Ils jouaient les amants en famille, et cela dégoûtait profondément ma mère qui n'en parlait jamais qu'avec mépris. Les représentations se tenaient dans la salle du café Garrigue. La scène était montée sur des chevalets par un maçon du village, et elle pliait sous les irruptions des acteurs, surtout dans les duels. Les coulisses étaient faites avec des rideaux de cretonne, et lorsque Pauline, qui était une fort jolie fille, changeait de costume, nous, les enfants, qui étions assis par terre, au long de la rampe, nous avions l'avantage de la découvrir toute nue. À l'entrée, la mère Bila distribuait les tickets : quatre sous les grandes personnes, deux sous les enfants, prix spéciaux aux familles. La troupe jouait *Guillaume Tell, Joseph vendu par ses frères, Geneviève de Brabant*. À l'entracte, un oripeau jeté sur le décolleté du drame, et toute frémissante de passions hautement clamées,

Pauline passait dans les rangs des spectateurs pour leur vendre des surprises. La soirée se terminait sur une farce. Le père Bila arrivait en scène, le visage charbonné jusqu'au blanc des yeux, un vieux feutre enfoncé jusqu'aux oreilles, une besace à l'épaule, et il annonçait : « J'arrive de Fontpédrouse ! » Ses fils jouaient les citadins distingués, mais le vieux mettait les rieurs de son côté rien qu'en ouvrant la bouche. Sa femme, qui ne paraissait que dans des rôles de duègne, s'asseyait au milieu des spectateurs pour suivre la comédie et elle se divertissait follement.

Je ne sais plus dans quel sombre mélodrame les deux fils Bila, costumés en spadassins, se défiaient, cependant que Pauline, le visage enfoui dans ses mains, se consumait de douleur. Un guéridon séparait les deux bretteurs. À un moment donné, l'un d'eux saisissait son verre et le brisait sur le plancher avec un cri de défi. C'était une terrible seconde et tous les visages étaient peu ou prou défaits. Aussitôt, les deux hommes dégainaient. Le vieux Bila venait escamoter le guéridon pour donner du champ aux combattants, peut-être aussi pour qu'il ne tombât pas dans la salle au cours du combat. Le duel durait un long moment. Je regardais de tous mes yeux l'homme qui devait succomber, et c'était celui-là que j'aimais.

31

À côté de ces distractions, qui représentaient comme un faste et laissaient mon cœur bouillonnant de longs jours, le passage des forains prenait un visage paisible. C'étaient des vanniers, des rétameurs, des raccommodeurs de porcelaine, des rempailleurs de chaises ; des merciers, des quincailliers, des maraîchers, des revendeurs de poisson ; un petit monde industrieux, ingénieux, rapace, sur lequel détonnait quelque belle figure empreinte d'honnêteté, quelque phénomène de candeur venant faire son métier comme on pratique un art, avec un désintéressement, un dédain de l'opinion et de la popularité, et pour tout dire une noblesse digne d'être louée.

Il y a, dans *On purge bébé,* une scène où Cassive souleva l'hilarité de toute une génération avec le jeu scénique du plus intime des ustensiles de toilette. C'est une comédie infiniment plus grandiose et plus haute en couleur que vinrent jouer, un jour, deux marchands spécialisés dans la vente de la faïence et la porcelaine. Ils s'étaient amenés avec une immense roulotte fourrée de paille et le déballage avait duré tout un matin. C'étaient deux frères aux trognes vermeilles. Ils s'étaient installés sous le clocher. Leur étalage avait trente mètres de long. Là, brillaient des services de toute sorte, des verreries, des porcelaines et des cristaux, de la céramique, de la poterie et du biscuit, de quoi faire délirer les ménagères les plus timorées. Les deux bougres avaient réservé une place d'honneur à la plus ahurissante exposition de vases de nuit qui se puisse voir. Ils étaient là, ces braves pots de chambre, pressés sur plusieurs rangs, ventrus, cossus, dodus, joufflus, bouche ouverte, telle une assemblée de notables ; il y en avait de brillants de tous leurs émaux et de leurs filets d'or, et rehaussés de motifs comme des trônes ; il y en avait de discrets, de couleur tendre, portant comme un pudique maquillage, sur leurs joues pleines, des roseurs émues ; il y en avait d'ornés de dessins burlesques, et certains montraient, dans leur fond, un œil extasié dont on ressentait comme une gêne. Mais tous ces pots brillaient encore plus par les vertus que les marchands s'époumonaient à leur trouver. À tour de rôle, se relayant pour ne pas être brisés par l'effort oratoire, ils en vantaient la solidité, la capacité, le confort et l'opulence ; ils en saisissaient par l'oreille et les montraient à bout de bras, les tapotaient, les dorlotaient, les retournaient sur toutes les faces, les faisaient miroiter dans les fantaisies de la lumière et ne s'arrêtaient pas de les essayer ; mais leur jovialité et leur truculence étaient telles qu'on était surpris de les voir pris d'une suprême pudeur... À la fin, pour ébranler définitivement la clientèle aux trois quarts conquise, un des frères saisit un pot de chambre, dans un lot à part, le lança contre le mur de l'église, et, ô miracle, le vase retomba sans se briser. Plusieurs autres prirent le même chemin. C'étaient des pots de chambre en ferblanc ripoliné. Ils rebondissaient avec fracas. Les deux frères allaient les ramasser dans les rires et les gloussements du village assemblé. Lorsqu'ils se décidèrent enfin à vendre, ils connurent un grand succès.

Buffarul était rétameur ambulant. Il venait de Moret, dans une carriole bâchée, en compagnie d'un apprenti rouquin. C'était un Espagnol installé en France depuis la guerre de Cuba. Il avait un gros nez, de lourdes bajoues, et malgré ses moustaches et ses sourcils fournis, il faisait penser à un ecclésiastique. C'était un taciturne ; il n'ouvrait la bouche que dans les cas urgents. Le reste du temps, il suppléait au langage par des gestes, des signes, des grognements. Les ménagères, l'apprenti, les enfants et les chiens ne l'abordaient qu'avec circonspection. Il creusait le trou du foyer dans un coin de la place publique, entre deux platanes, et bientôt le bivouac se peuplait de cercles concentriques d'ustensiles à rétamer ou à réparer. C'était miracle que Buffarul se retrouvât là-dedans. D'un regard de ses yeux soupçonneux, il identifiait en même temps le paquet de cuillères et la personne qui l'apportait ; du doigt, il montrait la place où il entendait qu'on le dépose, et lorsqu'on émettait une crainte que cela s'égarât, il haussait les épaules, sans mot dire. Les couverts étaient trempés dans l'eau forte et paraissaient plus ternes et plus misérables qu'auparavant. Lorsque le grand plat d'étain était calé au-dessus du foyer, que le canon du soufflet faisait jaillir les premières flammes courtes et bleuâtres, Buffarul faisait signe aux enfants de s'écarter. On le regardait travailler d'un peu loin ; on se rapprochait pas à pas jusqu'à éprouver une nouvelle impatience de sa part. L'étain fondait et miroitait. Buffarul l'aspergeait du bout des doigts d'une petite pluie d'eau froide qui crépitait, bouillait, crevait en bulles, formait enfin une petite écume noire qui gâtait le miroir. Puis, les couverts sombraient dans ce bain éblouissant. Buffarul retirait les cuillères et les fourchettes une à une, du bout des pinces, les frottait d'un tampon d'ouate qui crissait et faisait perler des gouttes, en frappait d'un coup sec l'arête du plat, puis les laissait couler dans un seau plein d'eau claire où elles fusaient comme du poisson blanc.

Nos couverts étaient marqués d'une étoile. Lorsque c'était leur tour de plonger, je ne pouvais m'empêcher de dire à haute voix : « Ceux-là sont à moi ! » Alors, Buffarul levait les yeux, et parfois il me demandait : « Tu es sage, au moins, à l'école ? »

Durant toute la journée, le rouquin arrivait de ses tournées dans le village avec des brassées de fer-blanc, un chaudron à l'épaule. Le vieux le regardait poser sa moisson à terre, sans intérêt semblait-il. Quelquefois, le rouquin laissait percer son mécontentement ; il nous semblait bien audacieux. Mais Buffarul se contentait de déblayer sa gorge et ne pipait mot.

Sourribes, le mercier, venait de Fontfrède. C'était un maigrichon nasillard et cireux dont on prédisait la fin prochaine depuis trente ans. Il emmenait sa fille. C'était une brune aux yeux de feu, aux jambes délicieusement tournées ainsi qu'on en pouvait juger lorsqu'elle grimpait à l'échelle lui permettant d'atteindre les rayonnages supérieurs de la roulotte. Bien des garçons s'étranglaient à la détailler, mais chacun savait qu'elle était promise, qu'elle faisait partie des amours inaccessibles. Sourribes était, en effet, fort riche et ne s'en cachait pas.

Le souvenir de Sourribes est étroitement lié dans mon esprit au souvenir de la première casquette que j'étrennai. C'était une casquette de collégien à visière et jugulaire de toile cirée, et montée sur carton. Je l'aimai deux semaines et la maudis des années durant. Pour qu'elle ne s'affaissât pas, on bourrait la coiffe de papier fin ; elle bruissait au moindre choc ; je me faisais l'effet d'un melon emballé dans de la frisure. La première averse vint à bout de ces embarras ; la visière se cassa d'elle-même ; elle avait une odeur de colle et poissait les doigts. La jugulaire, avec ses deux curseurs de papier, déserta. Les deux petits boutons de cuivre qui la retenaient se seraient longtemps entêtés à servir si je ne les avais échangés contre des plumes. Chaque fois que ma casquette avait une défaillance nouvelle, ma mère la remettait d'aplomb ; je mobilisai positivement la machine à coudre. Elle dura plusieurs années. Elle eût duré un siècle si je ne m'étais décidé à la perdre.

La casquette à Sourribes m'eût donné le droit de me méfier du mercier et de sa fille, mais je n'en fis rien. J'étais inlassablement à tourner autour de leur étalage. Léa me souriait. Son père ne l'appelait jamais que : « Nine ! » qui veut dire : ma fille, aussi bien que mon amour, ma vie, mon tout. Elle avait, dans le cou, tout près de l'oreille, un trait de beauté ; son ébouriffement léger avivait son teint pâle ; je ne pouvais en détacher les yeux et je lui trouvais une sorte d'impudeur assez inexplicable. Mais le moindre mouvement de sa tête le cachait et elle redevenait pure. Sa beauté, que j'entendais vanter, se trouvait confirmée en moi par une souffrance inexplicable. Ce devait être de la jalousie. Je comparais Léa à Angèle Talayrac, à Marinette ; je lui faisais une place dans mon cœur, mais je comprenais qu'elle n'y aborderait jamais, comme les autres l'avaient fait, quelque temps. J'y renonçais sans qu'elle s'en avisât, mais son départ me laissait plongé dans une poignante mélancolie, comme la fin d'un beau jour.

Celui des marchands ambulants qu'on appelait l'Auvergnat était vraiment d'Auvergne. À distance, cette coïncidence m'étonne encore. C'est que, à Sainte-Marie, on ne se montrait pas très pointilleux sur les origines. Après Agadir, pour peu qu'un visiteur eût un visage antipathique, pour peu qu'il eût de l'accent, on le signalait comme Allemand. Les Hollandais qui font le tour du monde, les Turcs qui placent leur pacotille, passaient pour des Allemands. On leur faisait les yeux durs. Les seuls étrangers qui trouvassent grâce auprès des villageois, et qu'on disait Suisses, de Suisse française naturellement, étaient précisément deux Allemands. C'étaient des Bavarois blonds, grands, beaux, bien vêtus. Ils achetaient le raisin sur souche, offraient le maximum du vin. À la gare, stationnaient, une bonne partie de l'automne, deux wagons-foudres à leur nom : Meinher frères, en lettres de cuivre que certains croyaient en or. Ceux-là, on les aimait et on les respectait. Ils avaient l'argent facile, le cigare facile, le rire facile, de belles peaux lumineuses et qui riaient d'elles-mêmes. Je rappelle cela pour répéter, enfin, que l'Auvergnat, quand j'y pense, vingt ans après, ça m'étonne qu'il ait été vraiment d'Auvergne.

Il devait avoir dépassé la soixantaine. Trapu, velu, un peu ours, il était engoncé, été comme hiver, dans un vêtement épais d'où émergeaient sa grosse tête et le bout de ses pattes rognées court. On le rencontrait sur les routes, poussant devant lui sa voiturette, une sorte de longue civière montée sur deux roues et munie de brancards si minuscules qu'ils semblaient vouloir exclure jusqu'à l'idée d'un attelage. Sous la bâche d'un vert fané, l'étalage comptait cinq vitrines s'ouvrant du côté du vendeur, inclinées du côté de l'acheteur et recouvertes de stores, comme des serres de jardin. Là-dessous, couvait toute une pacotille qui ne trouvait d'éclat que dans la lumière.

Dans chaque village, l'Auvergnat élisait, une fois pour toutes, une rue. À Sainte-Marie, c'était celle du cimetière. Il stationnait près de la boulangerie Nomdedeu, à la sortie du village, à un endroit d'où on découvrait largement la campagne. Il s'installait face au paysage et tenait son regard obstinément fixé sur les prés, les montagnes, le ciel.

Il attendait. Pas de son de trompe, pas d'appels, pas de gestes. Rien. Il attendait, dans ses sabots. Il sauçait dans ses sabots aux chaussons mous comme dans une flaque. L'étalage lui allait à la ceinture ; dessous, on ne voyait de lui que ses pieds, et dessus, son buste carré, comme posé sur la vitre. Je m'approchais silencieusement. Il se dandinait. Il esquissait un pas à gauche, un pas à droite. Alors, je voyais qu'il était vivant.

Parfois, il tirait un calepin de sa poche. Il y consignait de menues choses qui étaient sans doute des chiffres. Son crayon semblait grignoter les pages. Une sacoche gonflée de billon pendait à son épaule.

Le village ne se pressait pas d'accourir. La singularité de l'homme intimidait ou mettait en méfiance. Mais la prévention ne durait guère. C'est que les couteaux, les lunettes et les blagues de l'Auvergnat étaient d'un prix raisonnable et de la meilleure qualité. Il rendait la monnaie sur le coin d'une vitre, sans regarder une seule fois l'acheteur. Il ne grondait jamais les enfants. Lorsque l'un de nous s'approchait, il semblait même que son rude visage s'éclairait. Je m'étais souvent agrippé à la voiture pour mieux voir. Je me souviens d'une assemblée de lorgnons chevauchant une tige d'acier ; ils étaient bien une cinquantaine, à la queue leu leu, à presser leur monture ; à travers les appliques de corne blonde, on discernait, par transparence, tout le mystère de leur structure. J'avais acheté un couteau « universel » ; on en tirait des lames à volonté, toutes différentes, comme les sons d'un clavier, un trident qui pouvait faire office de fourchette, une alêne, un tire-bouchon, que sais-je encore ! J'en étais très fier. Je le prêtais à ma mère pour éplucher des pommes de terre et déboucher des bouteilles. Mais il était lourd et crevait mes poches. Il me pesait comme toutes les choses dont on a de l'orgueil. J'avais aussi acheté un boîtier bombé, au gros œil vert pâle, dans lequel je blottissais les montres détraquées de la maison. Je revois les rasoirs aux manches blancs, serrés comme un banc de poissons, les portefeuilles bâillants, les blagues à tabac en caoutchouc rouge, sagement assises sur leur gros derrière. Je revois aussi un miroir à trois faces qui excitait la curiosité des jeunes gens et sur lequel aucun n'osait porter la main. L'Auvergnat les laissait s'attiser sans mot dire. À la fin, l'un d'eux demandait à le voir de près ; tout le groupe regardait par-dessus son épaule. Une haleine experte faisait lever dans chaque miroir une femme nue s'étirant voluptueusement dans la buée. Les garçons riaient ; certains avalaient leur salive.

– Munich ! Il y a écrit Munich !

Les rasoirs venaient eux aussi d'Allemagne.

L'Auvergnat reprenait l'objet en maugréant. Les plus audacieux rentraient en eux-mêmes.

Quand la guerre de 1914 éclata, à la gare de Sainte-Marie, il y avait deux wagons-foudres au nom des frères Meinher. Ils restèrent plusieurs mois sur la voie de garage, puis ils disparurent. Le bruit courut qu'ils avaient été confisqués et que les frères Meinher étaient deux espions. Les villageois qui leur avaient vendu leur récolte se refusaient à le croire ; ils évoquaient leurs rires francs, leurs libéralités ; ils repalpaient l'or qu'ils en avaient reçu, et de le retrouver si cristallin, si authentique, ils se rassuraient. Les pauvres du village ricanaient. Mais cela n'allait pas plus loin.

Sainte-Marie fit brillamment son devoir durant la guerre. Il y eut beaucoup de morts. Mais il dut à sa position géographique d'avoir quelques déserteurs. Lorsqu'un permissionnaire du front arrivait dans sa famille, il humait l'air des montagnes. Le ciel était bleu, la lumière dorée et calme. Il pensait à Tahure, au Chemin des Dames. Le ciel devenait plus bleu et la lumière plus légère encore. Il s'arrachait à la contemplation au prix d'un terrible effort. Parfois, il succombait. Il gagnait les vallons. On n'entendait plus parler de lui.

Une atmosphère de suspicion empoisonnait Sainte-Marie. On guettait les allées et venues des étrangers. Une promenade en direction de la frontière était jugée comme insolite. Les dénonciations pleuvaient. Bise-le-Pauvre était sur les dents. Tantôt on le jetait sur la piste d'un rogue Anglais chargé d'aquarelles, et tantôt aux trousses d'un vieux chemineau chargé de poux. Il les arrêtait, et s'ils regimbaient, appelait du renfort. Les suspects étaient conduits à la mairie, quelquefois sous les huées ; ils coulaient doux ; un geste équivoque leur eût coûté la vie.

Ce fut à cette époque que l'Auvergnat revint à Sainte-Marie où on ne l'avait pas revu depuis deux ou trois ans. Il avait maigri et blanchi. Sans sa voiturette, on ne l'eût pas reconnu. Il s'arrêta à l'orée du village, comme de coutume ; puis s'assit, la tête tombée dans ses mains. On l'observa tout d'abord avec plus de curiosité que de crainte. Des villageois se risquèrent à l'approcher. Si l'Auvergnat y eût prêté attention, il eût reconnu la veuve de guerre dans le plein état de son deuil, le vieillard galvanisé par la lecture du communiqué du matin, l'adolescent dégagé de la tutelle paternelle, tout l'optimisme de l'arrière. Mais il était trop préoccupé par son débat intime. Il eut plusieurs gestes qui firent reculer les gens. Vers le soir, comme le soleil se couchait, il s'exalta. On l'entendit blasphémer Dieu et la Patrie.

Durant quelques jours, Sainte-Marie vécut dans la terreur de l'Auvergnat, posté sur le chemin d'Espagne. On le crut fou. Mais les permissionnaires à qui on en parla haussèrent les épaules. Ils évoquèrent la prospérité du vieux, avant la guerre. On ne s'était pas assez méfié. On ne s'était pas assez méfié des frères Meinher, non plus... À leur avis, c'était crapule et compagnie. L'Auvergnat, oui ! ça ne pouvait être qu'un espion dont les crédits étaient coupés. Avec ses malédictions et ses singeries, il ne duperait personne.

Du village enfiévré, une délégation partit pour Moret. Le soir même, des gendarmes à cheval vinrent passer les menottes aux mains de l'Auvergnat.

Il se laissa faire. Il sortit du village sous les huées.

On n'eut de ses nouvelles qu'un peu plus tard, par le journal. On y déplorait « l'erreur d'une population que le sentiment patriotique, le plus louable et le plus haut des sentiments, avait égarée... »

C'était un brave homme. La peine en avait fait un pauvre homme.

Il s'appelait Charles Labeylie. Il était natif d'Arfeuille, un petit village du Cantal, tout en chaumières, d'où il partait et où il revenait, tous les ans, depuis près d'un demi-siècle qu'il exerçait la profession de marchand forain. Il était parvenu à donner à sa famille une enviable aisance.

Mais, ses deux fils ayant été tués à Charleroi et sa femme étant morte de douleur, il était assez naturel qu'il fût devenu fou...

32

La fête locale était le gros événement de l'année. Elle se tenait tout au début de septembre, dans la première joie du vin nouveau, durait trois jours, et attirait une grande foule.

À la maison, la question des toilettes se posait longtemps à l'avance. Mes sœurs décidaient à la courte-paille laquelle des deux en parlerait la première au papa. Elles choisissaient une heure favorable, celle des matins d'été où, de leur chambre, elles pouvaient entendre nos parents deviser calmement dans leur lit. C'était une heure indulgente. Alice se présentait en chemise de nuit, les pieds nus. Mon père était un peu surpris de la voir paraître d'aussi bonne heure. Il l'écoutait jusqu'au bout sans l'interrompre. Ces jours-là, il sautait du lit plus tôt que de coutume, devenait soucieux, taciturne, mal commode même. Lorsqu'il était question de toilettes, mon père se montrait d'une injustice qui eût pu faire douter de sa bonne foi et de son bon cœur. Ma mère feignait de tempérer nos exigences mais on la sentait tout de même heureuse que le grelot fût attaché. Après la démarche d'Alice, mes sœurs attendaient patiemment que ma mère complétât la besogne. C'était une guerre sourde, un siège sans éclat. Enfin, on nous annonçait que papa emmenait mes sœurs à Moret.

À la maison Parpère, on dévastait les rayons pour leur montrer les plus beaux tissus. Mon père ne marchandait pas. Il se fiait à la probité de Mme Parpère, une maîtresse femme, presque aussi séduisante et désintéressée que Mme Ulysse Boucoton. Aussi, les factures arrachaient-elles à ma mère, et parfois à mon père lui-même, des cris de stupéfaction indignée. N'importe. Mon père commandait avec une désinvolture de richard et il se fût récrié si on avait objecté qu'une chose pût être trop chère pour un des siens. Tous les Grégoire mâles ont hérité de ce travers. Ils partent avec des intentions modestes et tombent dans le faste parce qu'une demoiselle de magasin – jolie, car devant les laides, ils s'insurgent ! – suit de près la scène de l'achat, parce que le patron les sonde avec vulgarité, parce qu'il est insupportable d'être contenu dans l'étroitesse et la prudence par une question d'économie, parce qu'il est difficile d'être humble en public, parce qu'il y a des surprises à faire, de grands cris de réprobation et de joie à provoquer chez ceux que l'on aime, pour cent raisons complexes, les unes bêtes et les autres belles, les unes impulsives et les autres profondes, héréditaires, chargées de toute la noblesse du sang des aïeux...

La fête commençait véritablement ce jour-là. Jane Delcros était chargée de la confection des robes, cependant que ma mère et mes sœurs s'occupaient des dessous qui devaient faire un tout gonflé et raide pour être au goût de l'époque. Les chapeaux d'été étaient en général garnis de fleurs, de velours et de plumes. Mes sœurs essayaient l'ensemble la veille de la fête ; tout le monde était peu ou prou nerveux. Avant de se coucher, elles arrangeaient leurs cheveux pour la nuit. Alice, qui les avait longs et raides, les serrait en lourdes nattes ; Émilienne mouillait les siens pour les aplatir, mais elle obtenait l'effet contraire. La famille avait du mal à s'endormir tant le lendemain était lourd de choses neuves.

C'étaient les cloches qui réveillaient la maisonnée. Mes sœurs se paraient longuement et passionnément. Alice avait des pâleurs subites, mais une gronderie de ma mère, qui connaissait de singuliers remèdes, la remettait d'aplomb. Enfin, elles partaient à la grand-messe, un peu guindées – je devinais leur émoi à la manière dont elles se serraient, tout en s'éloignant –, et ma mère courait à la fenêtre pour les regarder passer. Je me rendais à l'église un moment après, seul, en amateur. Moi aussi, j'étais sur mon trente et un. Je montais au lutrin, parmi les hommes. La voix d'Émilienne éclatait dans les chœurs. Mossen Soubirane, pendant le prêche, avait un mot aimable pour elle, puis il profitait de l'affluence pour placer un sermon bien senti. Eugène Pompidor, le principal enfant de chœur, était amoureux d'Alice. C'était un grand dadais de quinze ans. Sous sa robe rouge et son surplis ajouré, il avait une allure intermédiaire entre le pot de confitures et le cardinal. Je l'observais avec la plus vive admiration. Il allait et venait derrière le prêtre avec une aisance et un naturel de grand artiste. Il changeait le missel de place après une savante génuflexion, versait le vin dans le calice avec l'assurance d'un vieux barman, agitait la clochette comme on fait un cocktail, rangeait les burettes avec des minuties d'avare, balançait l'encensoir comme une escarpolette, quêtait enfin dans un lourd plat de bronze qui résonnait sous le billon. J'en restais baba. J'avais de la peine à retrouver sous cette onction, cette diligence paisible, cette assurance de prélat en herbe, cet Eugène Pompidor dont mes soeurs se gaussaient parce qu'il avait deux grosses surdents qui faisaient ses sourires tout menaçants et une si grosse voix qu'elle lui interdisait les confidences.

Ma mère n'entreprenait sa toilette que l'après-midi, pour assister aux danses. Exténuée par le travail de la matinée et la confection d'un repas digne de la journée et des invités, elle trouvait le moyen de se transformer en un tournemain et d'effacer les traces de fatigue que portait son visage. Elle passait sa robe de soie noire ou grise, discrètement rehaussée de tulle au col et aux poignets, se coiffait ensuite minutieusement, à la catalane. Je la regardais mettre son bonnet de Malines. Elle peignait d'abord longuement ses cheveux, les lissait en bandeaux de chaque côté du front, puis roulait son chignon plus plat que d'habitude. Elle serrait alors ses cheveux ainsi troussés sous un premier bonnet de calicot blanc qu'elle recouvrait d'un second bonnet de taffetas moiré, raidi et noir, très froncé sur la nuque et retenu sur le front par un bandeau laissant déborder les cheveux. Enfin, elle mettait le bonnet de dentelles ; il était finement empesé et retenu sur le devant par un bandeau dentelé qui se retournait, au-dessus des oreilles, en deux ailes palpitantes et légères. Des épingles noires et blanches tenaient en respect le savant édifice. Son visage maigre et fin ainsi encadré, ses yeux avivés d'une pointe de fièvre, ma mère était ainsi fort jolie.

Sur l'estrade, il y avait un orchestre en renom. Les terrasses des cafés encerclaient une foule de badauds qui encerclaient eux-mêmes les danseurs. C'était une cohue étonnante, électrisée de cris, de rires, d'odeurs, de poussières, une joie vulgaire et bête, une joie de relents, de beuveries, de hoquets et de coups de gueule, une joie incompréhensible et étourdissante pour l'enfant que j'étais.

Je m'évadais vite de cette liesse pour aller faire un tour devant les baraques foraines. Il y en avait plusieurs en marge de la fête. Je possédais une vraie fortune : mes parents, les invités m'avaient gâté. Je tenais mon poing fermé dessus. Mais ce trésor ne me donnait nulle assurance. Tout me tentait, mais il y avait le marchand à affronter ! J'attendais qu'un autre enfant achetât une pâte frite, une pomme caramélisée. Je le voyais payer deux ou trois sous. Alors, j'achetais « comme lui », et je payais d'avance. Ma pomme croquée – il y en avait qui dissimulaient sous leur vernis rouge une âme gâtée –, je comptais l'argent qui me restait et achetais une deuxième, une troisième pomme, non pour le plaisir, car mon appétit était lui aussi de surface, mais pour venir à bout de cet argent qui me brûlait. Une fois ruiné, je ne trouvais pas l'apaisement qu'instinctivement je cherchais. Je me créais des remords : regret de n'avoir point su varier mon plaisir, d'avoir gaspillé mon avoir, de m'être montré timide et égoïste. La honte me mettait au bord des larmes. Alors, je pensais à mes parents comme un naufragé peut penser au salut. Je courais jusqu'à eux. L'élan que j'avais alors n'était jamais remarqué ni compris.

Mon père avait la manie d'inviter des collègues. Certains arrivaient la veille. Tous les lits de la maison étaient dédoublés ; on couchait jusque dans la salle de la mairie, toutes portes ouvertes, car il faisait chaud. Nos invités parlaient haut et longuement. Ils conversaient encore au lit et leurs questions et leurs rires nous tenaient longtemps éveillés.

Au repas, Robert et moi étions placés au bout de la table. On s'occupait peu de nous. Mon père et ses hôtes étaient tout à leurs histoires ; ils parlaient beaucoup de l'inspecteur primaire, affichaient une indépendance que mon père n'osait mettre en doute, qu'il se contentait d'illustrer, de temps à autre, par un éclat. Rôti, civet, purée, cela ne nous intéressait que médiocrement. Nous attendions le flan. Il arrivait en tremblotant, bien moulé, ruisselant de caramel. On le flambait pour nous amuser, et pour corser notre surprise, on mettait une cuillerée de feu dans notre assiette.

Les invités restaient parfois jusqu'à la fin de la fête. Ma mère les regardait partir avec un mélange de tristesse et d'allègement. Et moi, je m'avisais soudain que, malgré qu'ils fussent grands, âgés, très loin de moi, malgré qu'ils ne se fussent préoccupés de ma petite personne que par politesse et à temps perdu, malgré qu'ils me fussent restés à peu près étrangers, trois jours durant, je m'avisais, dis-je, que je m'étais habitué à leur présence, que je m'étais attaché à eux. Leurs adieux nous emplissaient de mélancolie. Les yeux de mon père s'embuaient ; ma mère, dérangée dans ses interminables préoccupations, arrivait, essuyant ses mains à son tablier, et elle était toute triste aussi. Le vieux dicton catalan :

L'hôte est comme le poisson menu :
Au bout de deux jours, il pue !

ne valait pas pour eux, j'en suis sûr. Pour moi, une certitude s'avivait. Des amis partaient, et nous, on restait. Leur départ coïncidait avec la fin de la fête, cette fête pesante et endolorissante dont les charmes ne m'apparaîtraient qu'au retour de l'existence quotidienne. C'était plus qu'une séparation, mais un véritable arrachement.

Le soir tombait tristement. On dînait de restes. La journée de septembre se défaisait comme un bouquet qui a donné tout son éclat. On se couchait de meilleure heure. Sur la place, la fête continuait. Le trombone me tenait longtemps éveillé. Il martelait doucement, obstinément, le village. Poum, pam, poum poum pam, poum ! Il y avait quelque chose de poignant dans ce battement exténué et discord et qui rythmait comme l'agonie de la joie.

33

Quelquefois, on décidait de participer à la fête d'un village voisin. On s'y rendait à pied, par la grand-route. On en retournait au cœur de la nuit et la campagne se constellait de lumières dansantes.

J'étais aussi allé voir des corridas aux grandes fêtes de Moret, la première fois, ç'avait été dans le charreton de Cruchandeu, le cafetier. En route, Cruchandeu essayait de m'intéresser à son âne gris, mais je ne pouvais que penser au drame dont j'allais être le spectateur. Des images romaines me venaient à l'esprit. De peur de paraître ridicule ou poltron, je n'osais poser des questions, mais j'étais très inquiet pour notre sécurité. Je n'avais vu d'arène que sur des gravures ; j'imaginais que le taureau pouvait bondir sur les gradins et cette perspective m'angoissait. Cependant, le calme de Cruchandeu et de mon père me rassurait.

Les arènes de Moret étaient situées en pleine ville, et beaucoup d'habitants suivaient le spectacle de leurs fenêtres. Il y avait ce jour-là au cartel, deux matadors de cinquième zone, mais on avait exalté leur réputation. La course était une inoffensive *capea,* sans mise à mort, toute en fantaisies et enjolivures de goût incertain, avec des camarguais hauts sur pattes, encornés comme des caribous et véloces comme des zèbres. Néanmoins, l'émotion m'étreignait et je ne cessais de souffrir tout au long de la tragi-comédie.

La seconde corrida à laquelle j'assistai était une *novillada*, c'est-à-dire une course avec mise à mort, mais sans picadors. Des hommes bleuis de peur et suants sous leurs costumes d'apparat, la *coleta* nouée de travers sur leurs nuques blêmes, passèrent le plus clair de l'après-midi à larder de coups d'épée, sous les sifflets et les projectiles, six taureaux ruisselants de sang et implorant la mort le long des barrières. Mon père en revint à peu près malade. Ce spectacle me plongea dans une véritable hébétude. Il me semblait que je venais de tremper dans un crime. Les plus authentiques, les plus grandioses corridas que j'ai pu voir, depuis, n'ont pu effacer en moi ce sentiment d'horreur et de honte.

J'assistai, une autre fois, dans ces arènes où le sang avait séché, à un festival musical. Tous les orphéons et toutes les chorales de la région s'y trouvaient réunis, dans un grand branle-bas de bannières à velours violet, grenat, mauve, parmi une floraison de palmes, de médailles, de fleurs et de rappels de fleurs, propre à faire pâlir la plus délirante distribution de jeux floraux. À tour de rôle, des groupes d'hommes en uniforme de chefs de gare, de pompiers et de receveurs de tramways, venaient se ranger sur le plateau ; ils se serraient autour de leur étendard avec une si farouche gravité qu'on eût pu croire qu'ils se préparaient à le défendre autrement qu'avec des clameurs. De temps à autre, une vieille et magnifique chanson du terroir surgissait du sein de cette pauvreté et de ce ridicule, et mon père me touchait l'épaule pour mieux me faire partager son émotion. Ce défilé monotone m'emplissait de lassitude. Ces chanteurs pétrifiés, aux yeux blancs, aux moustaches poissées de limonade, j'en voyais tous les jours, à la casquette près. Parfois, on annonçait un Grand Prix d'Honneur, cueilli à Beaucaire, à Moissac, à Carpentras. Un groupe lent et rugueux, à la discipline guindée et triste d'orphelinat, s'avançait dans le soleil. Il y avait des préparatifs solennels et sourds, dans un silence qu'une toux d'homme ému peuplait d'une note rassurante. Malgré mes précédentes désillusions, j'attendais quelque chose de hardi, une espèce de performance inédite, de ces hommes chevronnés et couronnés sous des cieux étrangers. Je crois que, si l'un d'eux se fût mis à marcher sur les mains ou à jongler avec des sous-tasses, j'eusse éprouvé autant de soulagement que de plaisir. Hélas ! eux aussi, ils chantaient. Ils chantaient ni mieux ni pis que les autres... La foule applaudissait à s'en rompre les mains. Elle soulageait ses nerfs. Des cuivres, recrutés je ne sais où, remplissaient les intermèdes ; ils délassaient si manifestement le public que des rires hystériques fusaient de tous côtés, et des jeunes couples singeaient, sur les gradins, des danses, des remuements de boléros et de matchiches.

Au retour, pour ne point gâter le peu de joie que nous avions prise, peut-être aussi pour justifier un déplacement assez onéreux, mon père faisait à la famille un récit circonstancié, coloré, outrageusement indulgent de la fête. Mais à certains affaissements de sa voix, à certains traits ironiques, je devinais qu'il travestissait, comme moi, une grosse désillusion.

C'est en 1910 ou 1911 que je vis le premier avion. Les plus audacieuses comme les plus burlesques inventions des hommes, émeuvent les campagnes longtemps avant qu'elles soient conviées à les connaître.

Mon enfance était de la sorte assoiffée de curiosités et de mystères. Je n'avais pas encore lu Jules Verne, mais mon père me le contait. J'étais en familiarité avec les visionnaires, les précurseurs et le génie. Je veux dire que je ne me laissais pas facilement étonner. La vue d'un vélocipède ne me surprenait pas plus que celle d'une brouette. Cependant, le premier teuf-teuf entrevu en éclair sur la route nationale m'avait intrigué, de même que le passage de la comète de Halley que nous attendîmes, sur l'aire du village, sous un ciel brasillant d'étoiles, et dont je ne me souviens plus si je la vis ou non – mais l'important est que j'en fus longtemps convaincu et que son image m'apparaît dès que je la requiers de se montrer, brûlante et fantastique, baignée de vapeurs, telle une vive lumière qu'on regarde à travers des larmes. L'automobile du comte de Banyuls s'arrêtait tous les jours devant le bureau de postes, se sauvait dans un filet de fumée. Mais elle n'effaçait point dans mon esprit la gloire du train Renard, cette autre comète zigzaguant à travers les terres dans des nébulosités de poussière. La machine à vapeur, c'était le rouleau compresseur qu'on allait voir à des kilomètres et qui m'impressionnait bien moins que l'œil blanc du chauffeur ; c'était le train, cette distraction villageoise. Les frères Montgolfier avaient fait des petits et il n'était pas un ciel de foire où ne culminât un exemplaire en papier du fameux Patatrac. Mais toutes ces preuves, et même les premiers exploits de Wilbur Wright et de Santos-Dumont, ne parvenaient pas à m'exalter, à fouetter mon imagination exigeante.

Mon père m'avait rapporté de Perpignan un avion de toile rouge dont l'hélice était animée par un élastique. Il piquait affreusement du nez. J'avais pris le parti de le délester de l'hélice et du train d'atterrissage, et de la sorte, lancé de la fenêtre, il volait fort bien.

Aussi, lorsque les premiers hommes volants se risquèrent à travers la France et que les premiers meetings aériens s'essaimèrent en province, je commençai à être ébranlé dans ce que je me risque à nommer mon scepticisme. Brindejonc des Moulinais était venu se poser à Montpellier, à Narbonne, à Perpignan. Son Morane butinait comme fleurs les éclatantes villes du Midi. Et, tout à coup, le bruit courut qu'il viendrait se poser à Moret où une grande fête serait donnée en son honneur.

Au jour fixé, des milliers de curieux accoururent. À Sainte-Marie, il n'y eut guère que les paralytiques qui restèrent dans leurs maisons, et encore, on citait le cas du vieux Mingou qui s'était fait porter sur une éminence pour voir passer Brindejonc. C'était un dimanche. L'atterrissage devait avoir lieu sur un pré, à quelques centaines de mètres de la ville. Des gendarmes à cheval le gardaient. On avait allumé un feu de broussailles pour attirer l'attention du pilote. La foule s'était éparpillée dans les champs et les bosquets. On attendit des heures, mais c'était un peu parce qu'on était arrivé à l'avance. Soudain, il y eut un cri, un coup de clairon aussi, je crois, comme aux courses de taureaux. Le ciel était bleu et pur. Je regardai intensément. On se montrait, au-dessus des flèches du château des Banyuls un minuscule signe blanc qu'on ne découvrait qu'à force de chance et de volonté, qu'on perdait de vue à la moindre distraction, au moindre cillement des paupières. Le point grossissait, se nuançait, et il vint un moment où le ronron du moteur s'insinua dans les murmures de la foule et s'imposa. Le bruit enflait dans le prodigieux silence, fait de stupéfaction, d'angoisse, de gratitude, mais ce qui devait dominer, si j'en juge par mes réactions personnelles, c'était la tendresse.

Le Morane, tout frêle, semblable à un gros papillon un peu gauche, piqua droit sur le pré, ses roues, souples et fines comme des pattes de bergeronnette, touchèrent le gazon et l'appareil, avec des bonds qui le déséquilibraient et le déhanchaient, fit une longue course, puis s'arrêta.

Alors, ce fut du délire. Une marée humaine en chapeaux mous, casquettes, bibis à plumes et foulards, se rua de tous les points de l'horizon. Brindejonc sortait de sa carlingue. Il était grand et mince. Il enleva son casque de cuir, ses lunettes, et il sourit. Mon père me soulevait au-dessus des têtes. De cet homme tombé du ciel, je ne vis et ne retins à peu près que cela : ce sourire charmant, à peine ému, et qui semblait dire : « Vous voyez comme c'est simple ! »

34

Clément avait deux enfants maintenant, une fille et un garçon. Il s'était résigné à les envoyer chez nous, à la campagne, pour quelques mois. Ils y restèrent en réalité plusieurs années et me tinrent lieu de petit frère et de petite sœur. C'est une expérience qui a infiniment de charme et je puis dire que jamais la jalousie ne m'effleura.

Clément et sa femme venaient tous les ans, en septembre. Mon frère apportait un impressionnant attirail de pêche, un vélo pourvu de tous les perfectionnements modernes, et il nous avait à peine embrassés qu'il partait à la rivière.

La pêche a passionnément occupé Clément sa vie durant. Pêcheur, écrivain halieutique, inventeur, familier des plus savants ichtyologues, véritable sorcier des eaux, il n'a cependant jamais cessé de considérer cet art complexe et difficile comme un divertissement, un dérivatif, une hygiène du corps et de l'esprit. De même que nulle douleur du philosophe ne résistait à une heure de bonne lecture, nul souci, nulle exaltation pernicieuse, dont fourmillait sa vie, n'ont pu résister à un contact avec l'eau.

Enfant, dans le puissant sillage de l'oncle Tia, il avait parcouru tous les torrents et les gouffres du Capcir et du Confluent. Un jour qu'il marchait, de rocher en rocher, derrière « l'araignée » de l'oncle, une grosse truite s'emmailla et se débattit avec une vigueur capable de renverser un enfant. À travers le tumulte des eaux torrentielles, l'oncle lui cria :

– Tue-la ! Tue-la ! Mords-lui la tête !

Harcelé par l'ordre farouche, Clément saisit à pleines mains le filet et la truite, et il mordit de toutes ses forces. Il lui entra, entre deux incisives, un os effilé et perfide comme une aiguille. Sur le moment, il pensa devenir fou de douleur. L'esquille avait filé sous la gencive et s'y était enkystée ; elle ne devait ressortir, seule, que des semaines après. Ce fut sa première leçon de biologie. Plus tard, il devait apprendre qu'il restait, dans la tête de la truite, cent dix-neuf autres os semblables à celui-là.

À Sainte-Marie, de douze à dix-sept ans, il avait pratiqué toutes les pêches possibles dans une rivière, depuis la pêche au vairon dans une bouteille jusqu'aux razzias au filet et aux massacres à la dynamite. Il partait seul, à la pointe du jour, pourvu d'un long roseau, de mauvais crins, de hameçons blancs et fragiles, et revenait chargé de chevesnes et de barbeaux. Parfois, il décidait notre père à le suivre et l'initiait vainement aux subtilités de la pêche au ver ou à la sauterelle. La rivière était poissonneuse, mais Clément avait remarqué que le poisson se tenait en amont ou en aval du village, au plus fort des courants. Il entraînait papa au diable. Mon père ne se résignait jamais aux espadrilles ou au débraillé. Il suivait, sur ses souliers fins, dans son veston d'alpaga bien tendu, sous son canotier éblouissant ; il maugréait, mais persévérait tout de même, par bonté, par faiblesse, par condescendance aussi. Cependant que Clément pêchait, il lisait son journal, assis sur une pierre brûlante, sous un ciel de feu, en pleine gravière. Lorsqu'un gouffre se présentait, Clément se déshabillait en un tournemain et piquait une tête. Mon père ne regardait jamais à ce moment-là.

Un jour, Clément parvint à le décider à prendre une canne. Il le plaça devant un petit gouffre. Le chevesne y grouillait comme dans une nasse.

– Voilà, lui dit Clément, ce n'est pas difficile. Tu lances délicatement. Tu laisses flotter ton bouchon. Dès qu'il s'enfonce, tu tires !

Au premier émoi du bouchon, mon père tira de toutes ses forces. Un poisson de la grosseur du petit doigt monta en éclair, cassa le fil et alla se perdre dans les profondeurs du ciel.

– Tu as tiré un peu trop fort ! lui dit Clément, maîtrisant son envie de rire. Essaie encore !

Mon père ferra une deuxième fois. L'hameçon s'en vint crocher dans le ruban de son chapeau. Alors, il rendit la canne à Clément en lui disant :

– Tiens ! pêche donc toi-même !

Au fur et à mesure que ses sœurs et ses frères étaient capables de résister à la fatigue, à l'ennui, enfin à sa tyrannie, Clément les emmenait tour à tour. Nous étions chargés de porter ses espadrilles et le poisson ; nous l'aidions à refaire sa provision de sauterelles ou de vers-bois ; lorsque ses crins ou ses hameçons s'épuisaient, nous étions requis de courir jusqu'à l'épicerie du village, parfois fort éloigné. Il nous décourageait tous plus ou moins, mais il exerçait sur nous comme une fascination.

D'instinct, il pratiquait toutes les pêches, depuis la pêche au coup, en eaux mortes ou troubles, jusqu'au lancer en plein bouillon. Il utilisait un matériel rudimentaire, des roseaux emboîtés ligaturés avec de la ficelle, des lignes qui s'effilochaient, des crins qui craquaient. Il rangeait ses cannes dans le vestibule toujours éventé de l'école, oubliait la dernière sauterelle sur l'hameçon. Le vent la faisait balancer comme une araignée au bout de son fil. Parfois, une de nos poules survenait, la happait, puis s'enfuyait, l'hameçon dans le gésier, dans un beau raffut de cannes traînantes et de cris de douleur. Il perfectionnait son attirail de saison en saison, en même temps qu'il aiguisait ses techniques. À quinze ans, d'un lent remous d'eaux troublées par l'orage, il tirait un parti de pêcheur chevronné, déterminait infailliblement le carrefour des courants imperceptibles au profane, sondait les fonds, lestait son bas-de-ligne d'une exacte charge de plomb, réglait son flotteur jusqu'à rendre sa plume aussi sensible qu'un couteau de balance. Et c'était merveille de le voir laisser calmement bourrer le barbeau et annoncer sa taille avant de le ferrer d'un geste paresseux et doux de vieux *pescofi.* Mais le lancer – qu'il appelait alors « la volante » –, avec ses aspects de jeu, de chasse et de lutte, l'attirait comme plus sportif, plus combatif, plus brillant. Là, il avait le sentiment de lutter, de traquer la proie dans ses repaires et dans ses jungles ; chaque prise lui semblait revêtir un mérite plus grand, et lorsqu'il ferrait une truite en plein bouillon, son cœur battait à se rompre.

Un jour qu'avec Robert, âgé de sept ou huit ans, il remontait la rivière, il aperçut, non loin d'un gouffre, dans une flaque d'un demi-pied d'eau, une énorme truite qui tentait de retourner dans le courant et ne parvenait pas à franchir l'isthme de sable qui l'en séparait. Il l'empoigna. Le poisson se débattit faiblement ; il avait sans doute été surpris par une subite baisse des eaux et était épuisé par ses efforts. C'était une magnifique truite à la caudale large comme une main et ocellée comme un paon. Il lui passa une tige d'osier sous les opercules et rentra triomphalement au village. En chemin, il dit à Robert, qui avait suivi la scène avec autant d'innocence qu'il se peut :

– On va dire que je l'ai attrapée à la ligne !

Ils furent tout droit à l'épicerie du père Sidobre, où le vieux soupesa d'abord la truite du regard, puis faillit tomber à la renverse lorsqu'il vit la balance accuser le poids de 1,780 kg., chiffre précis, bien fixé dans la tête de Clément et des membres de la famille susceptibles de retenir les chiffres, chiffre aussi immuable dans nos souvenirs que la date de Marignan ou de Waterloo. Une bonne partie du village vint flairer le phénomène de près. Ce fut la célébrité pour Clément. Mais le miracle fut que jamais personne n'eut de doute sur la manière dont il avait accompli son exploit. Soit candeur, soit complicité, jamais Robert n'infirma le récit de Clément. On ne pouvait parler de chasse ou de pêche devant mon père sans qu'il ressuscitât « l'histoire de la truite ». Il contait comment son grand fils l'avait ferrée en plein remous, comment il l'avait travaillée des heures avec du mauvais fil et une canne de deux sous, comment il avait été entraîné à se jeter à l'eau pour ne pas perdre le contact, comment il l'avait « faite blanchir » après une lutte sauvage, comment il l'avait « amenée à résipiscence » – c'était une expression que mon père chérissait et qui faisait sensation –, comment enfin il l'avait saisie et jetée sur la berge dans un vrai corps à corps. Depuis, devenu homme et infiniment moins glorieux, Clément avait souvent eu l'occasion de rétablir la vérité. Mais comme il arrive presque toujours, la vérité venait trop tard, ou, en tout cas, elle bouleversait trop de choses pour être acceptée. Et aujourd'hui, les pêches au brochet et au saumon de

Clément, ses réussites les plus miraculeuses, n'ont pu supplanter dans mon esprit le joli conte.

Quelle révélation avait été pour lui la première rencontre d'un pêcheur à la mouche, botté jusqu'au ventre et pourvu d'une canne en bambou refendu ! Il l'avait regardé pêcher et son instinctif dédain de paysan pour le luxe s'était soudain mué en surprise, puis en émerveillement, car il avait vu ce pêcheur de salon prendre du poisson çà et là, alentour, à la volée, dans des mouvements pleins de légèreté, d'impertinence et de grâce ! Il en avait rêvé. Il en avait même rêvé des années durant, car sa première canne à lancer, il ne devait l'acquérir qu'à Paris, pour une somme folle.

J'avais souvent accompagné Clément aux bords du Tech, au temps de ses pêches héroïques. Quand j'étais tout petit, il ne m'emmenait pas loin ; nous poussions jusqu'aux Affres ou jusqu'à l'Aigall, deux gouffres qui figuraient en amont et en aval du village, mes bouts du monde. Je m'arrangeais pour ne pas le perdre de vue tout en me réservant le plaisir de flâner ; mais c'était très difficile. Lorsqu'il passait un bras de rivière après m'avoir fait un signe de la main pour m'engager à ne pas avoir peur, je n'étais pas loin de me croire perdu. Il se retournait à tout instant pour m'encourager à patienter, me montrait chaque prise brillant à son poing. Lorsqu'il revenait vers moi, il riait, et je discernais dans cette gaieté toute la joie, toute l'affection qu'il ressentait de me savoir tremblant, mais muet, agrippé à ma fierté comme à une épave. C'est pourtant dans ces circonstances que j'ai éprouvé tout ensemble l'horreur et l'attrait des eaux, leurs mystères, leurs langueurs, leurs traîtrises. Je m'écartais du torrent tonitruant comme d'une bête en furie ; d'autres fois c'était un lent remous, au plus noir d'un gouffre, qui me fascinait. J'étais pris de frissons. J'interprétais les cris et les mouvements de l'eau de manière à corser mes terreurs, et je gardais ces jeux secrets, comme indignes d'être contés. Il y avait des fientes sur toutes les pierres. Je savais qu'elles étaient posées là par les oiseaux que ma présence effarouchait à de grandes distances ; les villageois disaient qu'elles marquaient le passage de la loutre, *la mare lloudri* ; j'optais farouchement pour cette croyance et le moindre rocher de forme insolite m'arrachait des sueurs froides. Ces jeux de l'imagination ne duraient pas longtemps. Je m'amusais à pourchasser les sauterelles de gravier qui giclaient de toutes parts avec des bruits secs de moisson flagellée ; sous leur humble cache-poussière, elles cachaient des robes et des parures de fées, et je ne les décapitais qu'en tremblant. Parfois, un serpent d'eau, assoupi sur la berge, déroulait silencieusement devant moi ses anneaux grisâtres et gagnait le courant. Un jour, au bord d'une flaque où s'érigeaient des massettes, j'avais aperçu une grosse anguille émergeant de la vase ; elle ondula sur le sec qu'on m'avait dit mortel pour son espèce, se marqueta de graviers comme une idole et atteignit le plus tranquillement du monde son élément.

De loin, quelquefois séparé de moi par toute la largeur du torrent, Clément ne cessait de veiller. Il m'avertissait des dangers longtemps à l'avance avec un grand geste du bras, et je voyais aussi sa bouche s'ouvrir et crier des avis dont il ne m'arrivait que des lambeaux. C'était aux environs des gouffres. Avec leurs tufs rouges, leurs sourires glauques, leur sournoise puissance, les gouffres m'attiraient. Je regardais d'un peu loin leurs eaux gesticuler à l'entrée et à la sortie ; ils étaient semblables à des églises au seuil desquelles s'arrêtent les bouillonnements et les passions de la rue. D'immenses blocs rouges, noirs, sabrés de grimaces, apocalyptiques, aux trois quarts immergés, avaient l'air de monstres à la baignade. Le courant clapotait contre leurs flancs polis; on eût dit qu'ils vivaient, qu'ils respiraient au rythme du flot. Lorsque j'avais très soif, c'est là que je me désaltérais. Je me couchais à plat ventre, sur une pierre lisse et large comme une dalle; je buvais à même l'eau affleurante; c'était une eau limpide au fond de laquelle gravitaient mollement des sables gris-vert; elle était fade, décevante, mais il ne fallait pas moins que les menaces de Clément pour m'en détacher.

J'avais vu Clément prendre tellement de poisson que j'en étais blasé. Je m'intéressais cependant au résultat parce que j'avais ma part d'admiration à notre retour. Quelques étonnements, quelques émotions émergent cependant de ces grisailles. Je me souviens qu'un jour, Clément venait de pêcher un chevesne d'au moins une livre et qu'il le jeta sur la berge, tout palpitant. Comme il bâillait, j'eus l'idée saugrenue d'enfoncer un doigt dans sa bouche ronde et molle. J'eus l'ongle pincé et la peau crevée par les dents pharyngiennes; cela me fit autant de mal que si mon doigt eût été pris dans une porte. À mes cris, Clément accourut, comme autrefois l'oncle Tia. Il me délivra, puis m'expliqua que le chevesne ne l'avait pas fait exprès; il étouffait et il essayait de respirer fortement. Ce fut, pour moi aussi, ma première leçon de biologie, mais j'ai moins poussé dans cette voie que Clément. Il me resta de cette aventure un sentiment complexe, fait de méfiance et de pitié. Je ne puis voir une agonie de poisson sans y penser.

Mon premier grand émoi aquatique date aussi de cette époque. Clément m'avait appelé à grands cris. Il était penché sur une anse, perdue dans les rocs, une petite crique dentelée, fissurée, une miniature de fjord. Un serpent d'eau, un beau spécimen de quatre-vingts centimètres environ, retour de chasse, essayait d'aborder avec sa proie dans le petit dédale aux parois abruptes. Il tenait en travers de la bouche une truite d'assez forte taille. La lutte devait durer depuis longtemps et toucher à sa fin, car les deux bêtes paraissaient exténuées. La truite ne réagissait que mollement, et la couleuvre, rivée à elle, les yeux à demi clos, laissait parfois sombrer ses anneaux comme si elle se fût trouvée à bout de forces. Nous regardions le spectacle de très près. Le serpent ne chercha ni à fuir, ni à entraîner sa proie plus loin. Il ne se convulsait pas comme d'habitude, lorsqu'un danger se précisait. Il semblait même avoir renoncé à pousser son avantage dans la lutte qu'il venait de gagner. Des frémissements animaient les deux combattants, puis ils retombaient dans une immobilité de cadavres. Clément était aussi ému que moi. Il avait vu maintes captures de truites, mais cela allait rondement. Le rapt avait irrésistiblement sa conclusion sur le rocher ou sur le sable où le serpent déglutissait sa proie. Il approcha le bout de sa canne des deux bêtes. À sa grande surprise, elles se laissèrent toucher sans réagir. Il les attira vers le rivage et les souleva comme il eût pu faire d'un haillon. À peine à terre, la couleuvre desserra sa bouche cornée ; une houle légère l'agita, puis elle ne bougea plus.

– Tu vois... me dit Clément, qui se donnait manifestement une explication à lui-même, elles sont toutes les deux mortes, ou presque. Elles sont mortes toutes les deux asphyxiées ! La fatigue... Une intoxication rapide... Et la couleuvre n'était pas dans son élément... Elle, vois-tu, aurait encore des chances de s'en tirer...

Il lui écrasa la tête d'un coup de talon.

La truite agonisait doucement ; ses ouïes étaient noires de sang coagulé ; sur les flancs, elle portait deux marques elliptiques faites par la bouche exacerbée du serpent. La prise était défectueuse, trop éloignée de la nageoire dorsale, du ressort fonctionnel. Selon Clément, la couleuvre avait été d'abord victime d'une trop grande ambition : sa proie était trop grosse, puis d'une mauvaise exécution : sa prise était mauvaise. Il estimait que la lutte avait pu durer plusieurs heures.

Je ne cessais de regarder le serpent mort. Il était splendide. Il était marqueté de damiers noirs, jaunes et cendrés sur fond rouge. Le fin bout de sa queue vivait encore.

Trente années durant, j'ai vu pêcher mon grand frère ; j'ai pêché à ses côtés avec les engins les plus modernes ; nous avons souvent donné à nos expéditions un caractère de recherche, d'expérimentation, de collaboration scientifique ; mais je ne l'ai jamais accompagné qu'humblement, et gardant intacts en moi l'admiration et les étonnements de mon enfance.

À Paris, dès qu'il avait senti autour de lui cette eau qu'il pensait ne plus retrouver qu'aux vacances, il avait compris qu'elle le sauverait. En quelques années, il s'était familiarisé avec toutes les pêches et toutes les eaux de l'Île-de-France, depuis les fouilles, les mares, les étangs, jusqu'aux trois fleuves : la Seine, la Marne et l'Oise. Pour situer ses lieux de pêche, il faudrait énumérer toutes les villes, tous les bourgs, tous les villages, tous les bouchons essaimés dans un rayon de cinquante kilomètres autour de Paris. Il avait visité, expérimenté, coté toutes les eaux de cette zone, en sportif et en solitaire. Il entraînait sa famille dans des sorties dominicales qui fleuraient au début leur Maupassant, mais il trouvait moyen de la perdre dans quelque guinguette ou quelque bocage, pour assouvir plus pleinement son goût de la marche, de la lutte, du changement, de la solitude.

De sa première pêche au brochet, il emplit une lettre à l'époque. Il s'était muni d'une canne américaine en bambou refendu, une Dovaggiac, une soie tressée d'une résistance de huit livres, une plombée de quinze grammes, des cuillères Spin Well, un moulinet à quadruple multiplication Takapart, engins fastueux, derniers mots de la technique, et qui lui paraîtraient en ce moment aussi démodés que le premier coucou de Santos-Dumont. Il savait à peine lancer. Il avait lu un bref ouvrage de vulgarisation, et le freinage au pouce, le lancer droit et de revers, le lancer sous la main, rasant et vertical, ces babioles du genre, étaient encore pour lui des choses pleines de difficulté et de mystère. Il s'était rendu aux fouilles Corvol et Morillon, à Choisy-le-Roi, dans des eaux regorgeantes de brochets. Il avait passé sa journée à démêler cet embrouillage indébrouillable de soies et de bas-de-ligne qu'on désigne sous l'aimable nom de « perruque ». Sur le tard, alors qu'il venait de lancer sa cuillère à une trentaine de mètres du large, une de ces fâcheuses « perruques » vint mettre le comble à sa nervosité. La cuillère s'était fixée au fond par son trident aux pointes acérées, et il pensait perdre dans ce coup malheureux une partie de son attirail fort cher. De la vase au genou, puis au ventre, il démêla patiemment la « perruque », puis il tenta un ferrage vigoureux pour décoller la cuillère. La manœuvre réussit, et c'est la joie au cœur qu'il récupérait sa soie à bons tours de moulinet, lorsqu'un arrêt brutal lui arracha la manivelle des mains ; le moulinet, non freiné, se dévida comme la foudre, se buta, repartit encore, dans un chevauchement de spires. Là-bas, au bout du fil, une force monstrueuse tirait toujours, tendait la soie, cintrait la canne, menaçait de tout casser. Cela dura quelques secondes. Clément s'était délibérément reculé sur la berge. Il venait de comprendre qu'il remorquait, à vingt mètres, au fond d'une épaisseur liquide, son premier brochet.

Crochée en pleine gueule et profondément harponnée, la proie monta bientôt à la surface, l'éclaboussa de sauts, fusa dans son écume, se convulsa, jusqu'à ce que, par des manœuvres instinctives, Clément la conduisît jusqu'au bord de la fouille. Là, des touffes de verdure jaillissaient çà et là de l'eau, comme des bouquets. Par chance, d'un dernier saut, le brochet alla s'échouer sur l'une d'elles. Alors, Clément jeta sa canne à terre et courut s'agenouiller positivement sur sa victime, une bête de quatre livres, son premier brochet.

Un tel début ne pouvait qu'enfiévrer sa passion. Il devint vite un terrible pêcheur au lancer.

Au bureau, il entra volontairement au service de nuit. Il travaillait une nuit sur deux, de six heures du soir à cinq heures du matin. C'était un métier éreintant – on appelait, par ironie, ces nuits-là : des nuits d'amour ! –, mais Clément ne voyait qu'une chose, c'est qu'il le laissait libre deux jours entiers. À l'issue de ces veilles sinistres, il dormait rarement ; le plus souvent, il partait à la pêche sans passer par sa maison. Sauter dans un train, courir vers l'étang, monter les engins et lancer contre vents et marées, tel était le programme. Il lui était advenu de prendre vingt livres de brochets avant le lever du soleil, et il se voyait contraint de rentrer à moins que de les rejeter à l'eau pour pêcher encore. Il prenait le poisson en horreur, mais son désintéressement avivait sa passion. Un soir, au mois d'août, il regagna la rue des Martyrs avec une charge de gros brochets, un véritable fagot de vingt-cinq à trente livres ; il les avait capturés coup sur coup, à la tombée de la nuit. C'était après des exploits de ce genre que ses soucis commençaient. Sa femme lui suggéra d'aller les vendre à des restaurateurs du quartier. Il se présenta successivement à *La Biche,* à *L'Ane Rouge,* à *L'Écrevisse.* Avec ses brochets emmaillotés dans du papier journal, ses souliers de pêche Charcot suiffés et encroûtés de boue, ses effets de coutil souillés, il n'inspira pas confiance.

Durant dix ans, il avait fourni de poisson ses amis, ses collègues, ses voisins de palier et jusqu'à sa concierge, une vieille toupie à tête branlante qui allumait le gaz à moitié à son étage pour économiser des frais à un propriétaire multimillionnaire. Celle-là, il avait fini par la prendre en grippe et il lui refilait les brochets de la fouille Colette. C'était, près de Villeneuve-Triage, une belle nappe d'eau qu'on comblait avec des ordures amenées par trains entiers de la gare de Lyon. Cette putréfaction faisait pulluler les brochets. Ils étaient verdâtres, avec des reflets soufre, et quand on les sentait, il fallait se retenir pour ne pas tomber à la renverse. La concierge en raffolait. Ils ne l'avaient jamais incommodée.

Que d'histoires contait Clément qui l'illustraient, le peignaient, campé dans ses cuissardes, sa canne aussi flambante qu'une épée, vif, tendu, rigolard, ses yeux noisette parcourus de toutes les lumières que la passion, l'enjouement et l'esprit peuvent engendrer !

À Villeneuve encore, sur une voie militaire qui s'en allait vers des inconnus sans mystère, puisqu'ils manquaient d'eaux, il avait découvert une petite fouille de rien, avec une pancarte délavée fichée au milieu, par cinq mètres de fond. Eau de cristal à qui un foisonnement de callitriches foncées donnaient un air de deuil. En fixant avec attention cette encre, il y vit passer des perches. Il vint là deux mois durant. Après des succès extraordinaires, suivit une dégression rapide. La fouille se révéla enfin à peu près dépeuplée. Par acquit de conscience, Clément y retourna, un dernier matin. Un batelet somnolait dans une anse. La pancarte venait d'être repeinte à neuf, et on y lisait : « *Propriété de M. des O... Pêche réservée.* »

Un jour qu'il pêchait à la mouche sur le canal de l'Ourcq, un gros lièvre surgit devant lui, sur la rive opposée, sauta à l'eau et se mit à nager droit dans sa direction. Il lui lança une bûche qui le souleva sans le blesser. Le lièvre fit demi-tour, regagna la rive et se mit à patauger misérablement sans pouvoir aborder. Clément s'empressa aussitôt de franchir le canal sur un ponceau situé à une petite distance, et courut vers la position présumée où se débattait l'oreillard. À la dernière seconde, le lièvre eut un sursaut qui le sauva. Tout près de là, Clément aperçut alors un bonhomme en vareuse, qui venait vraisemblablement de suivre la scène, et le regardait en ricanant. Lorsqu'il fut près de lui, l'homme lui dit :

– Vous avez de la chance de l'avoir manqué !

– Et pourquoi ? fit Clément.

– Parce que je suis garde-chasse !

Pendant l'absence de ses maîtres, le fils du concierge du château de V... l'avait invité à pêcher ses étangs. Le garçon doutait en effet de l'efficacité de certain devon qu'il n'avait jamais vu entre les mains de M. le Comte ni de ses invités. En deux heures, Clément amena sur le bord six brochets de plusieurs livres, dont une femelle de cinq à six kilos manifestement pleine d'œufs. L'effroi du jeune homme fut tel que Clément rejeta la femelle à l'eau. Lorsqu'il revenait dans ces parages, il rencontrait parfois le fils du concierge, mais celui-ci feignait de ne point le reconnaître.

Il avait eu un bateau quelque temps, à Ablon. Il se mettait en manche de chemise, et quelquefois son linge était si éblouissant qu'à distance on eût pu le prendre pour un bourgeois venu prendre un peu de plaisir. Ces jours-là, quelque chose en lui renonçait aux équipées ; il pêchait au coup, la pêche du paysan, du retraité, du boutiquier, ramenait des gardons, des brèmes, des tanches à la douzaine. D'autres fois, il louait un rameur et pêchait à la mouche ; bientôt, le bonhomme requis pour mener la barque dans des coins propices, à raison de vingt sous l'heure, se laissait gagner par l'émerveillement et en oubliait ses avirons ; Clément lui donnait le coup de grâce au moment de la séparation par quelque générosité insolite. Il ne lui restait plus qu'à s'ingénier pour ne plus retrouver le rameur sur son chemin.

À force de rencontrer des pêcheurs, il avait fini par en faire une classification aussi sûre que celle des poissons. Il s'en trouvait peu de pacifiques, encore moins de désintéressés et de sages. Il avait failli se faire tuer par un pêcheur à qui il avait pris, par mégarde, sa caisse de terre : la terre fine et argileuse sert à faire des pelotes. Cette brute, soûle de chaleur et de vin, avait braqué sur lui son revolver et parlait « de le descendre », pour de la terre ! À Esbly, avec son fils, ils furent poursuivis, dans un galop effréné à travers les labours, par deux pêcheurs qui craignaient qu'ils vinssent occuper *leur place.* Arrivés sur les lieux, les deux hommes décrivirent un large cercle sur la berge, puis, le plus fort des deux annonça : « Çui-là qui entre dans ce rond, on le bouzille !... » Clément pêchait un jour à l'asticot dans un étang. Il amenait à la surface de belles carpes qui cassaient aussitôt son équipement trop fin. Il allait renoncer, lorsqu'un pêcheur accourut et lança sa ligne sur la sienne. Il fit remarquer au rustre qu'il occupait sa place, mais l'autre lui répliqua qu'il venait là depuis des années, et s'installa encore plus confortablement. Clément n'insista pas, mais il saisit sa boîte d'asticots et vida sur le coup tout son contenu, de quoi occuper et nourrir jusqu'au soir tous les poissons de l'étang... Les pêcheurs aimables et discrets étaient ou très jeunes ou très vieux. Les costauds de trente ans se montraient à peu près tous ignobles. Ils eussent tué un homme pour un vairon. Les pêcheurs sportifs étaient, en général, plus civilisés ; ils n'en venaient pas aux mains.

C'est vingt, c'est cent anecdotes qui me reviennent en mémoire : incidents, accidents, surprises, mystères, drames, beautés et laideurs du bord de l'eau, tout un naturalisme en canotiers et manches de chemise, s'opiniâtrant, grondant, suant, ronflant, tirant son couteau pour couper le pain en tranches aussi bien que pour égorger un concurrent.

Clément était tombé souvent à l'eau. Certaines fois, emporté par le courant et tout empêtré dans son attirail, il ne parvenait à sortir du bouillon que par miracle, ses sacs et ses vêtements gonflés d'eau, ses bottes ras-bord, et pesant plus de cent kilos ; d'autres fois, ligoté dans ses chutes par ses courroies, sa ligne, son filet d'épuisette, il s'était vu livré pieds et poings liés à la noyade. Dans ces circonstances, il faisait preuve d'une initiative et d'une énergie peu communes, et il ne gardait pas trace de son effroi.

Un jour que je remontais en pêchant un torrent où il m'avait devancé, je l'aperçus, à cent pas, rigoureusement nu, et continuant à faire voltiger ses leurres avec un flegme et une distinction de lord dans sa réserve. Il était tombé dans un gouffre, s'était dévêtu, avait étalé alentour sa lessive, ses bottes retournées, son tabac. Il avait pu préserver le petit cigare qu'il tenait à la bouche et qu'il fumait de cet air dédaigneux qui marquait chez lui les plus vifs plaisirs. Il approchait la quarantaine. Sous ses vêtements de coutil, il ne payait pas de mine. Je fus frappé par la jeunesse, l'harmonie et la force de son corps, auquel les mouvements du lancer prêtaient une grâce extraordinaire.

Un autre jour, à Choisy-le-Roi, il s'était aventuré fort avant dans les vases d'une fouille, afin de sauver un leurre efficace et cher, lorsqu'il s'était senti immobilisé par les boues. L'eau lui venait au ventre et il s'enlisait lentement. C'était en décembre, par un froid de loup. Il eut la présence d'esprit de se délester, de se coucher sur la nappe d'eau, du côté du large et de se dégager à la brasse.

Une autre fois encore, en plein hiver, il s'était laissé surprendre par la nuit, dans une boucle de la Marne sans routes ni sentiers, loin de toute habitation, entre Lagny et Meaux. Il se risqua, dans une nuit d'encre, sur un terrain glissant et coupé de fondrières. Il marcha des heures dans un silence impressionnant. Il se trouvait dans la boucle de Chalifert. Las de tourner dans ce pot au noir, il tenta de passer la nuit dans un fourré, mais le froid l'en chassa. Vers minuit, las à mourir, angoissé aussi, il put voir enfin un train rayer la nuit de son trait de feu, le long de la Marne. Il trouva à tâtons le chemin de halage, et, pas à pas, ramonant le noir, il put gagner Esbly trois heures plus tard. Sur la fin du trajet, une grosse bête l'avait suivi dans le noir, longuement, à quelques mètres. Elle s'arrêtait lorsqu'il s'arrêtait, exactement comme dans ce récit de Jack London, *L'Amour de la vie.*

C'étaient aussi des surprises avec le poisson lui-même. Un brochet de cinq livres dont il piquait le crâne avec son couteau sur la levée du bateau, dont il manquait le bulbe comme le matador manque son *descabello,* et qui se convulsait et s'échappait son couteau dans la tête... Un autre brochet qu'il offrait à un ami, qu'on vidait devant lui, et dans le ventre duquel on trouvait, intact, et point tout à fait mort, un superbe rat... Un brochet encore, pêché sous une usine de Choisy où on traite les matières fécales, qu'il se disposait à rejeter mais qu'un copain le suppliait de lui offrir, pour lui confesser, un peu plus tard, n'avoir mangé de sa vie un mets plus délicat...

Dans son logement de la rue des Martyrs, il conservait, dans une baignoire d'enfant, des poissons divers, des goujons surtout, et de temps à autre un brochet que le hasard maintenait vivants. Il renouvelait tous les jours l'eau de ce petit vivier en laissant couler une douche placée au-dessus de la baignoire. Un jour qu'il avait fait cette opération au bénéfice d'un magnifique brochet, que ses enfants avaient baptisé d'un nom d'amitié, il entendit un grand bruit. La baignoire avait été portée dans la cuisine, près du buffet bourré de vaisselle. Voulant sans doute remonter ce qu'il croyait être une cascade, le brochet avait sauté par-dessus bord, était tombé dans le buffet entrouvert et y avait saccagé la porcelaine et les verres.

Lorsqu'un brochet cohabitait avec les goujons, il n'en mangeait jamais un seul. Mais chacun de ses mouvements provoquait des paniques ; les goujons bondissaient hors de la baignoire et on en trouvait parfois, le matin, dans les chaussures.

Il existait enfin un Clément écrivain, conteur, inventeur, qui observait la rivière et sa faune en spéculateur et en poète, confrontait ses expériences et ses conclusions avec celles des naturalistes, des biologistes, des ichtyologistes les plus notoires, et qui parfois protestait... Une fois, c'était parce qu'un savant – qui n'était pas allé voir les choses de près – faisait frayer les brochets en été, dans le Manitoba, sur l'Assiniboine... Une autre fois, c'était pour secouer des torpeurs ou des préjugés en préconisant des soies en fuseau décalé – une vraie révolution dans le lancer – ou une palette en caoutchouc pour cuillères plastiques de lancer léger. C'était encore pour ouvrir un grand débat sur « la mouche juste »...

Un profane à qui on ouvre sa boîte à mouches aux cent casiers de verre tout remplis de couleur, d'éclat, d'ébouriffement, ne manque pas de pousser un cri de stupéfaction qu'il corrige quelquefois d'un hochement de tête où il entre de la compassion. Clément les connaissait toutes, ces mouches de l'école anglaise, depuis les cent vingt-cinq spécimens de la *Max von dem Borne* qui doivent à l'ara aracauna, au macao rouge, à l'ibis, au toucan, au cotinga, à la corneille des Indes leur féerique originalité, jusqu'aux cent modèles d'*Halford*, en passant par les quarante flottantes et les quinze noyées de la collection *Schaw* et les *Farlow* à quatre ailes. Il avait pêché avec elles dans toutes les rivières de France, à toute heure du jour, seul, en compétition, en exhibition, et il en avait joué comme d'une palette, en grand artiste. Il s'était tout de suite décidé à resserrer son choix, à synthétiser dans des imitations toutes les particularités et les vertus d'une collection. Il les fabriquait lui-même, à l'aide de modestes outils : un étau, une pince à morille, une paire de ciseaux fins, une bobine de soie, de la poix, un flacon de vernis ; et tout un lot de fournitures tenant dans le creux de la main : des hameçons, des hackles de vieux coq, des débris de laine, de soie, de fil de toutes couleurs, du clinquant, du raphia, du caoutchouc. Il troussait les plus communes en cinq minutes. Elles sortaient de ses doigts, écarquillées, aériennes, et leur corselet faisait une petite tache éclatante semblable à la touche de carmin de certains bourgeons. Grises, rousses, vertes, bleues, écarlates et mordorées, selon le hackle qui leur servait de parure, elles formaient un type général acceptable, quand « ça mordait ». D'autres, pourvues d'ailes diaphanes, tranchaient sur ce peuple standardisé, et toute leur race apparaissait dans la discrétion de leur ton. Cependant, aux heures et parfois aux journées critiques où les torrents paraissent endormis ou déserts, il fallait employer des types spéciaux, tentants, ponctuels, provocants même, accordés à la couleur, à l'odeur, au goût de l'heure, des leurres appropriés, stimulants, irréprochables à la vue desquels une truite ne pouvait avoir la moindre hésitation, ce qu'on appelle « la mouche juste ».

Clément avait dépouillé de leurs embarras et de leurs redondances publicitaires les collections les plus célèbres qu'il lui eût été facile de pasticher avec un assortiment de plumes exotiques. Il rassemblait dans une seule imitation la *Coachman,* la *Governor,* la *Hawthorn,* la *Hazel Fly,* la *Silver Horns,* la *Peacok Fly,* la *Braken Clock,* et c'était une synthèse hardie, une merveille de pureté et d'efficacité qui jaillissait de ses recherches... Une seule mouche figurait aussi à la fois la *Royal Coachman,* la *Hofland's Fancy,* la *Wickham's Fancy,* la *Jockey Fly,* la *March Brown,* la *Red Stinner,* vingt autres... C'était un délicieux poème ! Il sélectionnait, imitait, perfectionnait, en dépistant, par le raisonnement et l'expérimentation, les astuces de la variété dans la forme et dans la couleur. Il était d'avis qu'une seule mouche peut faire merveille, mais que dans certaines circonstances, elle ne sera pas prise. Il fallait une gamme sous la main. Au bord de l'eau, pour déterminer la « mouche juste », la mouche du milieu, la mouche du moment, il examinait, après l'avoir raflée du bout des doigts à la pointe des herbes, la mouche dominante, celle qui occasionnait les gobages. Il l'examinait comme on mire un œuf, en l'interposant, entre son œil et le ciel, et il cherchait la correspondante dans sa gamme. Et lorsque sa trousse ne contenait pas un type similaire, il déballait son nécessaire, et en montait quelques exemplaires.

Il avait pêché en compagnie des meilleurs pêcheurs anglais et français, dans des torrents bretons, catalans, auvergnats, alpestres, pyrénéens, des rivières qu'il connaissait comme on connaît les impulsions de ses artères, des cours d'eau qu'il avait dans le sang. Il les voyait lancer la mouche noyée, se raviser, la changer pour une flottante grise, tâtonner, passer à l'imitation de larve, puis à la petite palette papillonnante, parfois en vain. Il souffrait, les épiait, entre les failles du roc, sans oser les secourir, car il savait par expérience que le vrai pêcheur, comme le vrai poète, n'aime que sa propre rime. Enfin, une « flottante », toute blanche, faisait surgir la première truite. Clément les voyait pâlir d'orgueil, parce que l'inspiration était revenue.

– Ah ! ah ! leur disait-il, en passant, vous avez trouvé la bonne carburation !

Aussitôt leur sourire s'élargissait. Ils ouvraient leurs trousses et lui offraient une poignée de *Moth Fly*, les mouches blanches des plus grands faiseurs de Londres. Il en acceptait une, par politesse, et il s'éloignait vite, de peur d'avoir à montrer son panier à moitié plein, ou bien ses mouches qu'une série de ferrages et de succès avaient gauchies et décolorées.

À un savant halieutique, il expliquait en vain qu'il fallait lancer le plus près possible, à huit ou neuf mètres au plus, et avec le bas-de-ligne le plus gros possible. Le savant ne pouvait s'y résoudre. Il avait lu tellement d'auteurs qui préconisaient le lancer à vingt-cinq mètres, avec des racines invisibles ! Il croyait faire du purisme. Il ne tendait qu'à cela. Et il cassait des lignes, épointait des hameçons, cisaillait des soies... Clément l'abandonnait alors à son sort de savant, qui croit aux livres, et qui mettra dix ans à comprendre que la pêche ça n'est pas le calcul intégral, ni la trigonométrie. Mais le savant ne le lâchait pas d'une semelle. Dans un retour de pitié, mon frère lui disait, en souriant :

– Maître ! pour lire les auteurs de pêche, il faut savoir pêcher !

– Oh ! oh ! faisait le savant, en clignant de l'œil au paradoxe.

– Oui... reprenait Clément. Ensuite, il ne reste plus qu'à faire le contraire de ce qu'ils conseillent !

Il était tout entier dans ces boutades. Lui, il adorait les livres de pêche, mais il avait commencé par s'en passer. Il se moquait des règles rigides et des découvertes qui ne découvraient pas grand-chose, mais il en composait et en faisait, non par philanthropie, ni vanité, mais par goût. Il rompait des lances sur le « rôle de la main gauche dans le lancer », bien avant que personne se fût douté que la main gauche pût être d'une utilité quelconque. Tous les manchots du royaume le maudissaient. Il convoquait les manchots dans un tournoi et les battait à plate couture... Le premier en France, et peut-être en Europe, il préconisait le « fuseau décalé » à la place de la soie de section dégressive et finissant comme un cheveu ; et quatre ans après, d'autres que lui prenaient de mirifiques brevets... Il ne traitait que de questions épineuses. Il devançait de plusieurs années les connaissances des meilleurs techniciens. Il les lançait puis s'écartait des profits. Il collaborait gratuitement à des revues et trouvait le moyen de se faire respecter par une confrérie de requins et de barbeaux, non pour son ingénuité et son désintéressement, certes, mais pour sa lucidité, son esprit inventif, la rigueur avec laquelle il illustrait toutes ses théories. Enfoncé jusqu'au cou dans ces eaux troubles, où nageaient vaillamment des marchands, des fabricants, des parlementaires, des placeurs et des vendeurs, il trouvait le moyen de repousser les offres de collaboration ou de lancement et payait ses engins au prix fort. Il aurait eu honte de monnayer une connaissance qui ne lui coûtait pour ainsi dire rien et alimentait sa passion. En une leçon, il avait montré à un ingénieur qui croyait savoir lancer, pourquoi il ne savait ni ne pouvait savoir. Il avait calculé la vitesse et la puissance de sa canne, de sa soie, inertie et fuseau. Il avait lancé trois fois et résolu son équation, empiriquement, et sans erreur.

Et les fonctions de la ligne latérale chez les poissons ? Peu de gens peuvent imaginer que, sans yeux, sans oreilles, sans langue, un poisson puisse voir, entendre, goûter. Beaucoup plus par la fréquentation du milieu aquatique que par les explorations et les hypothèses les plus hardies des biologistes, Clément percevait et acceptait ce miracle et l'imaginait dans ses détails les plus déliés. Il émit cette hypothèse que, dans une eau de plomb, noire, immobile, un poisson connaît tout ce qui l'entoure : relief, végétation, fond et surface, dès le premier battement de nageoires, par cette fameuse ligne latérale où il concentre et décuple toutes les vertus de nos cinq sens. Il sentait cela aussi vivement que s'il eût été poisson. C'était, en somme, de l'imagination autour de quelques connaissances assez sommaires. La vraie science, qui comporte des connaissances approfondies et sûres en mathématiques et physique, lui eût éclairé maints horizons restés obscurs, mais il se rachetait par des intuitions aiguës, une sorte d'inspiration qui le menait plus loin que le pur savoir, une ingéniosité expérimentale et didactique qui confondait des savants eux-mêmes.

C'est ainsi qu'il se faisait entendre, en même temps que d'une élite, par une majorité que la théorie eût rebutée. Il usait d'images et de points de comparaison qui venaient à bout des problèmes les plus ardus et en apparence insolubles. Il les résolvait avec des mots au lieu de formules chiffrées, avec un vocabulaire tangible au lieu d'inconnues. Lorsque les mots sont appropriés, tout le monde comprend ; tout se ramène à de la concision, des termes propres et des images heureuses.

Il ne connaissait à peu près rien de la balistique, mais résolvait expérimentalement le problème le plus difficile, et l'expliquait clairement. Il était possédé d'une manière de divination, d'une sorte de génie circonscrit au domaine de l'eau.

35

Le 2 août 1914, commencèrent de prodigieuses vacances.

Les cloches de Sainte-Marie-d'Albère sonnaient à toute volée.

Les bancs de l'école avaient été rangés, comme de coutume, contre les murs, et la classe ainsi dégagée ressemblait à une salle de bal.

Jamais Bise-le-Pauvre, l'appariteur, ne s'était trouvé autant d'importance; il avait fait la plus solennelle « criée » de sa vie, et maintenant, il était occupé à coller les affiches de la mobilisation générale.

La Dépêche de Toulouse et *L'Indépendant des Pyrénées-Orientales* se vendaient comme des petits pains.

M. Alari, le facteur-receveur, était sorti devant le bureau de postes, et, juché sur l'extrême pointe de ses souliers fins, il avait épinglé la première phrase officielle de la guerre.

Dans les rues du village, on criait : «À Berlin ! » Dans sa cuisine, ma mère pleurait, mais on sait que, de sa vie, elle n'était jamais parvenue à partager l'enthousiasme des foules. Je me sentais partagé entre ces deux extrêmes, mais c'est du côté de la rue que je penchais.

Mon père sortait de temps à autre au balcon ; il était nerveux comme aux jours d'orage.

De petits nuages d'été, ardents et rapides, voguaient très haut au-dessus des toits, s'égaillaient dans les lointains de la vallée, comme des voiles de pêche sur le bleu du large.

C'était un jour très pur, enivré de chaleur et de lumière, et qui ne vira au rouge que vers le soir, du côté du couchant...

Aventures et témoignages

Des aventures, des drames, des découvertes, racontés par ceux qui les ont vécus ou des témoins passionnés.

BELLEMARE Pierre
Les dossiers d'Interpol
2844/4 & 2845/4
Le crime ne connaît pas de frontière et l'imagination des criminels semble sans limite. A travers une cinquantaine de courts récits, les auteurs démontrent que la justice finit cependant par triompher.

BELLEMARE P. et ANTOINE J.
Les dossiers extraordinaires
2820/4 & 2821/4
Les affaires criminelles les plus extraordinaires du siècle.

CHOW CHING LEE
Le palanquin des larmes
859/4
Le concerto du fleuve Jaune
1202/3

CLOSTERMANN Pierre
Le Grand Cirque
2710/5

COUSTEAU Commandant
Nos amies les baleines
2853/7 Illustré
Les dauphins et la liberté
2854/7 Illustré
Un trésor englouti
2967/7 Illustré
Compagnons de plongée
3031/7 Illustré

DERLICH Didier
Intuitions
3334/4

DURIEUX Evelyn
Princesse aux pieds nus
3556/3
L'histoire commence comme un conte de fées : Evelyn, une jolie métisse, épouse un prince africain richissime. Mais ce prince n'est autre que le fils aîné des cinquante-cinq enfants de Jean-Bedel Bokassa et le rêve tourne vite au cauchemar...

Dr ETIENNE J.-L.
Transantarctica
3232/5
En dépit des conditions extrêmes, le Dr Etienne et ses compagnons vont parcourir 6 300 km dans un désert glacé, avec trois traîneaux et quarante chiens. Un pari insensé.

FAVIER Sophie
L'accroche-cœurs
3673/4 Illustré
Petit guide du savoir-plaire au féminin.

GARRISON Jim
JFK
3267/5 Inédit

GEORGY Guy
La folle avoine
3391/4
Le petit soldat de l'Empire
3696/4
Souvenirs irrésistibles d'une Afrique aujourd'hui disparue, par un petit périgourdin qui devint gouverneur de la France d'Outre-mer.

L'oiseau sorcier
3805/4 (Décembre 94)
Devenu ambassadeur en Bolivie, l'ancien gouverneur des colonies capture, en visitant une tribu indienne, un oiseau-sorcier doté de pouvoirs étranges.

GLASER & PALMER
En l'absence des anges
3318/6

GOTLIB
J'existe
Je me suis rencontré
3719/4

GRAY Martin
Le livre de la vie
839/2
Les forces de la vie
840/2

HAWKING Stephen
Une brève histoire du temps
3361/3
Dans un langage simple et accessible, l'un des plus brillants physiciens de notre époque expose les découvertes récentes sur la nature du temps et du cosmos. Un livre fascinant.

HUET & COQUART
Bourvil ou la tendresse du rire
3195/4

JOHNSON "Magic" E.
L'amour sans risque
3363/2
L'un des sportifs les plus aimés du public, devenu séropositif, s'est donné pour mission d'informer les jeunes sur le sida et ce que l'on doit absolument savoir sur cette terrible maladie.

MAALOUF Amin
Les croisades vues par les Arabes
1916/4

MacLAINE Shirley
Amour et lumière
2771/4
Vivre sa vie
2869/3

Aventures et témoignages

MANIGUET Xavier
Les dents de la mort
3302/7 Illustré

MARIN Maud
Le saut de l'ange
2443/4
Depuis sa plus tendre enfance, Jean sait que la nature s'est trompée et qu'il est en réalité une femme. L'étonnant parcours d'un transsexuel : un document bouleversant et un plaidoyer contre l'intolérance.
Tristes plaisirs
2884/3
L'auteur a connu la prostitution. Devenue avocate, elle s'est vouée à la défense des filles de joie, dont elle a partagé les souffrances.
Le quartier des maudites
3214/4

MARTINO Bernard
Le bébé est une personne
2128/3

MOITESSIER Bernard
La longue route
3738/8 (Août 94)
Dix mois d'aventures sur les mers, par l'un de nos plus célèbres navigateurs.

OGER Armelle
Enquête sur la vie très privée des Français
3341/6

PAULY Francis
O Garimpeiro
3250/5

RABANNE Paco
Trajectoire
3411/3
La fin des temps
D'une ère à l'autre
3786/3 (Novembre 94)
Saccage de la Terre, dévastations atomiques, prolifération des sectes : toutes les prophéties des textes anciens semblent se réaliser, annonçant la fin des temps. Mais pour Paco Rabanne, rien n'est perdu. Car si le Déluge eut ses survivants, ceux de l'Apocalypse connaîtront un lumineux Age d'Or.

RONSAC Charles
On ne se lasse pas d'aimer
3657/3
«Je ne peux plus parler. Je ne vois plus clair. Je perds la tête, le voyage m'a achevée...» Celle qui parle, c'est Marthe, atteinte au soir de sa vie de la maladie d'Alzheimer. Mais Charles, qui partage son existence, refuse de l'abandonner. Alors commence une lutte farouche.

ROUCH Dominique
Dieu seul le sait
3266/3

SEZNEC Denis
Nous, les Seznec
3823/9 (Septembre 94)

SIMPSON Joe
La mort suspendue
3740/5 (Août 94)

SPALDING Baird T.
La vie des Maîtres
2437/5
Inde, Népal, Tibet, Perse : des hommes aux facultés étonnantes communiquent à distance, voyagent par lévitation et guérissent des malades incurables. Un extraordinaire voyage initiatique.

VALLEE Brian
Une femme en enfer
3176/3

VAUJOUR Nadine
La fille de l'air
3478/3

VILOTEAU Nicole
La femme aux serpents
2022/4 Illustré
Dès l'enfance, Nicole Viloteau nourrit une véritable passion pour les reptiles. Adulte, elle réalise son rêve : parcourir tous les continents pour capturer ou photographier , parfois au risque de sa vie, les serpents les plus dangereux.

ZAMBERLAN Anne
Mon corps en désaccord
3231/3

Les chemins de l'enfance

Enfances merveilleuses ou meurtries, des témoignages et des récits où le rire alterne avec les larmes.

BAILLY Othilie
L'enfant dans le placard
3029/1

BARATAUD Bernard
Au nom de nos enfants
3555/3
Le créateur du Téléthon témoigne.

CHEDID Andrée
Le sixième jour
2529/3
L'enfant multiple
2970/3

COLETTE
Le blé en herbe
2/1

COLOMBANI M.-F.
Donne-moi la main, on traverse
2881/3

CORMAN Avery
Kramer contre Kramer
1044/3

GLASER & PALMER
En l'absence des anges
3318/6

HAYDEN Torey L.
L'enfant qui ne pleurait pas
1606/3
Sheila, six ans, a ligoté un bébé à un arbre et mis le feu. Elle est envoyée dans un hôpital, puis dans un groupe d'enfants inadaptés, dont s'occupe Torey.
Kevin le révolté
1711/4
Kevin a cessé de parler à neuf ans. Abandonné par sa mère, confié à des institutions spécialisées, personne n'est venu à bout de son mutisme.
Les enfants des autres
2543/5
La forêt de tournesols
2988/5
Une enfant comme les autres
3369/6

JULIET Charles
L'année de l'éveil
2866/3

KLEIN Norma
Mon rayon de soleil
3367/3
Kate avait vingt ans, elle aimait la vie, la campagne et surtout Sam et Jill, sa petite fille. Et puis la maladie frappe. Pendant des mois, Kate va lutter, lutter...

L'HÔTE Jean
Confessions d'un enfant de chœur
260/2
La Communale
2329/2

LAFON Monique
Mon enfant, ma douleur, mon bonheur
2901/3

LEFEVRE Françoise
Le petit prince cannibale
3083/3

LOWERY Bruce
La cicatrice
165/1
Affligé d'un bec-de-lièvre, Jeff cherche à sortir de sa solitude mais il s'y enferme encore plus.

de MAISTRE M.C. et G.
Interdit d'enfance
3515/5 Illustré

MOUSSEAU Renée
Mon enfant mon amour
1196/1

OYLER Chris
Va vers la lumière, mon fils
3004/3

PROVIS Martine
La soupe aux cailloux
3557/3
Les chemins de pierre
3751/3 (Septembre 94)
Quand on a connu une enfance martyre, cloîtrée et rouée de coups par ses parents, même la liberté a un goût amer. C'est ce que découvre Martine Provis, sur ces chemins de pierre et d'errance.

RENARD Jules
Poil de carotte
11/1

RHODES Evan H.
Le prince de Central Park
819/2
New York. Central Park est un immense parc, domaine des écureuils et des oiseaux. Fuyant la violence, le petit Jay-Jay y trouve refuge dans les branches d'un grand chêne, tel un nouveau Robinson...

THOMAS Eva
Le viol du silence
2527/3
Dans le silence de la nuit, Marie est violée par son père. Sans défense, victime rêvée... Trente ans durant, elle vit l'horreur de cette nuit-là. Jusqu'au jour où elle ose parler, nommer le mal, dénouer les liens qui l'ont rendue muette. Bouleversant.

WILLIAMS Donna
Si on me touche, je n'existe plus
3445/4

Des vies hors du commun

Biographies, récits ou documents... des destins exceptionnels.

ALLEGRI Renzo
La véritable histoire de Maria Callas
3699/6

ANDERSEN Christopher
Citizen Jane (Fonda)
3338/7

BERBEROVA Nina
C'est moi qui souligne
3190/8

BLUNDEL & BLACKHALL
Diana, Fergie, Charles...
3533/8

BOGGIO Philippe
Coluche 3268/7
C'est l'histoire d'un môme qui fait rire ses copains, d'un mec qui ridiculise les beaufs et les princes, qui fait l'acteur et les Restos du Cœur.

BOWIE A. & CARR P.
Backstage. Ma vie avec David Bowie 3789/7 (Nov.)

CHAZAL Claire
Balladur 3581/2
Edition mise à jour.

CICCIOLINA
Confessions 3085/3 Illustré

DANSETTE Adrien
Leclerc 3737/5

DESGRANGES & FOUCAUX
Roch Voisine 3482/3 Illustré

de DIOS Luis
Stéphanie 3484/4

DORIN Françoise
Nini Patte-en-l'air
3105/6

D'EAUBONNE Françoise
Isabelle Eberhardt 2989/6

FLEOUTER Claude
Johnny 3610/4

GAGARINE Marie
Blonds étaient les blés d'Ukraine 3009/6
Chassée de son pays à 17 ans par la révolution russe et après un périple hallucinant, elle s'installe en France, avec sa fille Macha Méril.

Le thé chez la Comtesse
3172/5 Illustré

GUERAND & MORICONI
Cyril Collard : la passion
3590/4

HUET & COQUART
Bourvil ou la tendresse du rire
3195/4

LAHAYE Jean-Luc
Cent familles
3134/5 et 3135/4

LEFEBVRE Jean
Pourquoi ça n'arrive qu'à moi ? 3193/3 Illustré
Mais qu'est-ce qu'elles me trouvent ? 3507/3

MacGRAW Ali
Une vie tremblée 3536/4

PIAT Jean
Le parcours du combattant
3028/4

PU-YI
J'étais empereur de Chine
2327/6

ROBINE & SECHAN
Georges Brassens
3424/5 Illustré

RUGGIERI Eve
Mozart 3322/3

SIM
Elle est chouette, ma gueule ! 1696/3
Elles sont chouettes, mes femmes 2264/3
Le charme de Sim ne lasse pas. Une leçon de bonheur.

SORAYA
Le palais des solitudes
3251/4

STRASBERG Susan
Marilyn et moi
3444/5
Fille du fondateur de l'Actor's Studio, S. Strasberg a 15 ans lorsque M. Monroe arrive à New York. Dès lors, les Strasberg vont suivre la vie et la carrière, les crises et les rires de celle qui devient leur amie.

SUMMERS Anthony
Les vies secrètes de Marilyn Monroe 2282/6

THURSTON Robert
1492. La conquête du paradis 3403/3

TROYAT H.
Catherine la Grande
1618/7
Pierre le Grand
1723/5
Nicolas II
3481/5
Le destin tragique du dernier des tsars et de la famille impériale, dans la Russie tumultueuse du début du siècle, déchirée par la guerre, les grèves et l'agitation révolutionnaire. En évoquant la poussée des nationalismes, les affrontements idéologiques, les timides essais de parlementarisme, Henri Troyat éclaire les problèmes actuels de l'ex-URSS.

J'AI LU

3787

R.I.D. Composition 91400 Gometz-la-Ville
Achevé d'imprimer en Europe (France)
par Brodard et Taupin à La Flèche (Sarthe)
le 10 octobre 1994. 1809 K-5
Dépôt légal octobre 1994. ISBN 2-277-23787-6
Éditions J'ai lu
27, rue Cassette, 75006 Paris
Diffusion France et étranger : Flammarion